# 光と陰の紫式部

三田誠広

*Mita Masahiro*

作品社

目次

第一章　不可思議な未来が展ける　5
第二章　源氏の物語を書き始める　46
第三章　彰子入内と怨霊との対決　91
第四章　天満宮上空に北辰が輝く　133
第五章　皇子の誕生と望月の和歌　181
終　章　帝の夢を女院が引き継ぐ　244
天皇家と藤原家の姻戚関係図　270

## 主な登場人物

香子《かおりこ》……紫式部　土御門殿《つちみかどどの》女房　掌侍《ないしのじょう》
藤原為時《ふじわらのためとき》……香子の父　漢学者
惟規《のぶのり》……香子の弟
藤原道長……土御門殿の入り婿　内覧左大臣
詮子《あきこ》……道長同母姉　円融帝《えんゆうてい》女御　東三条院
一条帝……懐仁《やすひと》親王。詮子の実子
彰子《あきらこ》……道長長女　一条帝中宮　上東門院
源倫子《みなもとのみちこ》……彰子実母　道長正室
源雅信《まさざね》……左大臣　倫子の父
穆子《あつこ》……雅信後妻　倫子の母　為時の従妹
源明子《あきこ》……道長側室　源高明《たかあきら》娘
藤原兼家《かねいえ》……右大臣　摂政　道長の父
道隆《みちたか》……兼家長男　摂政関白　皇后定子の父
伊周《これちか》……道隆正室長男　内大臣
定子《さだこ》……伊周同母妹　一条帝皇后
御匣殿《みくしげどの》……定子同母妹
高内侍《こうのないし》……高階貴子《たかしなのたかこ》　定子と伊周の母
高階光子《たかしなのみつこ》……高内侍の妹　宣旨
清少納言《せいしょうなごん》……定子の側近
赤染衛門《あかぞめえもん》……土御門殿女房　『栄華物語』作者

藤原公任《きんとう》……関白藤原頼忠《よりただ》子息　のち権大納言
藤原行成《ゆきなり》……蔵人頭　『権記』筆者
藤原実資《さねすけ》……右大臣　『小右記』筆者
藤原頼通《よりみち》……道長長男　関白　母は正室倫子
藤原能信《よしのぶ》……道長四男　権大納言　母は側室明子
藤原文範《ふみのり》……香子の曾祖父
敦康《あつやす》親王……一条帝第一皇子　母は定子
敦成《あつひら》親王……一条帝第二皇子　母は彰子　後一条帝
敦良《あつなが》親王……一条帝第三皇子　母は彰子　後朱雀《ごすざく》帝
三条帝……東宮居貞《おきさだ》親王　花山帝異母弟
敦明《あつあきら》親王……三条帝第一皇子　母は娍子《よしこ》
藤原妍子《きよこ》……彰子同母妹　三条帝中宮
禎子《さだこ》内親王……三条帝皇女 母は妍子 後朱雀帝中宮
後三条帝……後朱雀帝第二皇子　母は禎子内親王
大弐三位《だいにのさんみ》……藤原賢子《かたいこ》　香子の娘　後冷泉帝《ごれいぜい》乳母
蘆屋道満《あしやどうまん》……邪悪な陰陽師《おんみょうじ》
天后媽祖《てんこうまそ》……式神《しきがみ》
千里眼《せんりがん》……天后媽祖の脇侍
順風耳《じゅんぷうじ》……天后媽祖の脇侍
安倍吉平《よしひら》……安倍晴明長男
安倍吉昌《よしまさ》……安倍晴明次男
安倍晴明《せいめい》……天文博士　陰陽師

# 光と陰の紫式部

# 第一章　不可思議な未来が展ける

その男と初めて会ったのは幼いころのことだ。

東宮に出仕していた父が客を連れて戻ってきた。人づきあいの不得手な父が自邸に客を招くのはめったにないことだ。

父は貧窮した暮らしぶりだったが、先祖から受け継いだ古びた邸宅は寝殿造りで、広い主殿があった。姉と弟とともに主殿に呼ばれ、男の前に並んで座した。

男は髻《もとどり》を結わずに白髪を肩の後ろに垂らした異形の姿で、目つきに不気味な鋭さがあった。どうやら陰陽師《おんみょうじ》のようで、人相を見て人の未来を占うらしい。

父が知りたかったのは弟の惟規《のぶのり》の将来だったのだろうが、ついでに女児も呼ばれたのだ。

男は弟の顔をじっと睨んでいたが、急に目を逸らしてつぶやいた。

「若くして文章生《もんじょうしょう》となる」

男が語ったのはそれだけだった。

文官を志望する下級貴族の子弟は大学寮で学ぶために試験を受け、文章生、得業生《とくごうしょう》、最難関の方略試に及第した秀才……と段階を踏んでいくことになる。

かつては文章生の試験も難関だった。しかし平安遷都から二百年近く経過し制度は形骸化していた。公卿《くぎょう》（参議以上の上流貴族）の嫡男が公卿の地位を継承するのは当然として、学識が必要な文章博士《もんじょうはかせ》などの役職も世襲が慣例となっていた。家柄の良い者は出世が約束され、下級の者は大学寮で勉学しても職が得られるとは限らなかった。

文章生になったとしても、将来が約束されるわけではない。

男は弟のその後については何も語らなかった。

続いて男は姉の方に目を向けたが、すぐに顔をそむけた。語るほどのことはないと判断したのか。

最後に男は、香子《かおりこ》の顔を見据えた。

「これは……」

男の顔が硬《こわ》ばった。そのようすに父が驚いて声を高めた。

「凶相にございますか」

男はすぐには答えなかった。息を呑んだように香子の顔を見つめ続けている。

やがて男は、喉の奥から絞り出すような声を洩らした。

「稀有《けう》の相が出ておる……。国の親となりて、帝王の上なき位に昇るべき相なれども、さように見れば乱れ憂《うれ》うることやあらんと思われる。かといって臣下として公の固めとなりて天下を輔《たす》ける方かと見れば、さような相とも思われず、まことにもって不可思議な相にして……」

男はそこで息をつき、苦しげにあとを続けた。

「いま語ったのは男児の場合だ。女児の場合は何事が生じるのか予測がつかぬ」

不審な予言に、父は言葉を失っていた。

当の香子は、平然としていた。

占いというものを、それほど信じていなかった。国の親となると言われても、それが何を意味するのかわからなかったし、男児の場合、と条件がつけられているので、自分とは縁のないことと感じられた。

男は父の方に向き直って、思いがけぬことを言った。

「為時《ためとき》どの。この童女《わらわめ》をお貸しいただけぬか」

「貸すとは、いかなることでございますか」

「才が感じられる。天文道を学ばせたい」

父はさらに驚いて、言葉もなくその場に立ち尽くしていた。

父の藤原《ふじわらの》為時は漢学者だったが、長く公職に就くことができなかった。ようやく東宮（皇太子）師《もろ》貞《さだ》親王（のちの花山《かざん》帝）の副侍読《じとう》（個人教授）という職にありついたばかりで、勤め先の東宮で有名な陰陽師と知り合いになった。

安倍晴明《あべのはるあきら》というのが、男の名だった。

陰陽寮に属する天文博士を務めているということだが、勤めは午前中で終え、午後は自邸で占いや厄祓いの依頼に応じていた。その場合は音読みで晴明《せいめい》という名を用いた。天文博士は陰陽頭《おんみょうのかみ》の配下で、それほど高い地位ではないが、陰陽師としての晴明の名は世に知れ渡っていた。

東宮（皇太子）のお気に入りだという著名な陰陽師の頼みを、父としてもむげに断るわけにはいかなかったようだ。

香子は晴明のもとに貸し出されることになった。

父の邸宅は鴨川の補修工事で出来た堤の脇にあった。堤の手前に中川と呼ばれる細い水路があり、京の東端にある京極大路と水路の間に敷地があった。

そのあたりは賀茂川が高野川と合流して鴨川と名を更える地点で、堤が築かれる以前は浸水することが多く荒れ地のまま放置されていた。京の東端の京極大路の外側なのでもはや洛中とは言えぬ場所だ。

香子の曾祖父にあたる中納言藤原兼輔《かねすけ》はそこに土を盛って大邸宅を建て、堤中納言と呼ばれた。のちに編纂される小倉百人一首にも選ばれるほどの有名な歌人だった。しかし祖父の雅正《まさただ》は受領《ずりょう》(国司長官)になるのがやっとの下級官吏に留まり、父の為時はその受領にさえなれないでいる。

邸宅のすぐ南に、平安宮の上東門から延びる土御門大路《つちみかどおおじ》がある。

男に連れられて土御門大路を上東門の方に向かった。男も香子も無言で道を進んだ。東洞院大路を横切り、次の西洞院大路と交差する東北の角に、晴明の邸宅があった。

公卿の邸宅にも劣らぬ大邸宅だった。

父の邸宅も広かったが曾祖父が建てたもので古びている。男の邸宅は新築で、門構えからして来る者を威圧する豪奢なものだった。

邸宅の名称を示す表示などはなく、ただ門の梁の上に五芒星《ごぼうせい》の紋が掲げてあった。さらに建物の入口には陰陽太極図と呼ばれる、白と黒の魚が巴《ともえ》になって円に収まっている図像が描かれていた。

邸宅の中に入った瞬間、気が凝り固まって肩の上からかぶさってくる感じがした。

耳もとで女の笑い声が聞こえたように思った。

幻でも見ているのかと訝《いぶか》った。

初老の侍女が出迎えて香子を奥の部屋に案内した。

白衣《しらぎぬ》に緋袴《ひばかま》という巫女《みこ》のような衣装に着替えることになった。着替えが終わると侍女に案内されて主殿に向かった。肩にかかった重いものはそのままだった。生き物の気配がしたので、試みに香子は心の中でささやきかけた。

「あなたは誰……」

「天后媽祖《てんこうまそ》」

女の声が応えた。

「脇に控えているのは千里眼《せんりがん》と順風耳《じゅんぷうじ》。それであなたの肩が重くなっているの」

怪異なことだとは思ったが気にしなかった。どのようなことが起ころうと、頑《かたく》なに心を閉ざしていればやりすごせる。いつしかそんな知恵が具わっていた。

自邸にいる時は父と言い争いをすることが多かった。母が死んだ直後から別の女のもとに通い出した父が許せなかった。弟につききりで漢学を教えながら、姉や自分のことは気にかけない態度にも不満をもっていた。

父に隠れるようにして自邸にある漢籍を読み漁った。自分は孤立無援だと思っていた。心を閉ざして自分を守るしかなかった。

そんな自分に声をかけてくれた物《もの》の怪《け》のごときものに親しみを覚えた。

寝殿造りの中央に位置する主殿に入った。

南側には広大な庭が広がっていた。庭に向かって長い廂が突き出している。反対側の壁際に祭壇が設置され、周囲に奇妙な道具や図像が並んでいた。不気味な神像のようなもの、北辰（北極星）と北斗七星を中心とした星図、太陽の円形と太陰の三日月を組み合わせた図像など、香子にとっては物珍しいものばかりだった。

祭壇の前に晴明の席があった。

黙り込んでいた香子が初めて口を開いた。

「わたくしはここで何をすればよいのですか」

晴明は冷ややかな口調で応えた。

「何をせずともよい。そのあたりに座しておれ」

言われるままに晴明の席の脇に座した。

やがて訪問客があった。下級官吏と思われる初老の男だった。何やら困惑している状況について事細かに話していたが、晴明はとくに身を入れて話を聴くようすも見せなかった。客が話し終えると晴明は手元にある書物を開いて、厄祓いや方違《かたたが》えの日取りを紙に書き記して客に手渡した。客は大いに喜び、何度も頭を下げながら帰っていった。

次々に客が来た。

その中に、晴明の後ろに座している香子の姿に目を留めた客があった。

好奇心旺盛な中年の男で、横柄な物言いから叙爵（五位への昇進）があったばかりの下級貴族だと思われた。

「そこにおられる童女は巫女のようなものか」

尋ねた客に晴明は短く答えた。

「式神《しきがみ》でございます」

客は驚いて問い返した。

「式神というのは、われらごときにも目に見えるものなのか」

「人にも見えるように、天后という式神を童女に憑《つ》かせておるのでございます」

「おお、十二天将の天后さまか。ありがたきことだ」

客は香子の前に平伏した。

それなりの地位のありそうな人物が自分の前に平伏するというのは、いい気分のものではなかった。どう対応していいかわからず、香子は身を硬くしていた。

夕刻になって客が途切れたおりに、香子は尋ねた。

「式神とは何でございますか」

晴明は香子の顔を見据えて低い声で言った。

「小さな神だ。卑しい神とも言えるが、侮《あなど》ってはならぬ。厄災をもたらすのも、祓うのも、式神の働きだ。それゆえ陰陽師は式神を使役する」

「わたくしは式神なのですか」

「式神が憑いておるだけだ。いずれ自在に式神を使役できるようになる」

それ以上の説明はなかった。

判然としない思いが胸の内に残った。香子は重ねて問いかけた。

「先ほど見ておられた書物は何でございますか」

「『金烏《きんう》玉兎集《ぎょくとしゅう》』という書物を抜粋したものだ。簡単な占いであればこれを見るだけで用が足りる」

「見てもよろしいでしょうか」

「見てもよいが読めぬであろう。漢籍だからな」

晴明は笑いながら言った。

許可が出たので香子は書物を手にとった。

たまたま開いたところに「納音」という文字が見えた。

見たこともない言葉だった。

その横には、炉中火《ろちゅうか》、大森木《だいしんぼく》、路傍土《ろぼうど》、剣鋒金《けんぼうきん》、山頭火《さんとうか》といった文字の列が見えた。

「これは、ノウオンと読むのですか。納《おさむ》という文字に音《おと》という文字が続いております」

「ナッチンと読む」

そう言ってから、晴明は驚いたように問いかけた。

「真名《まな》（漢字）が読めるようだな。為時どのは女児にも漢文を伝授されたのか」

この時代、女子は平仮名さえ読めればよいとされていた。

香子は事もなげに言った。

「父に習ったのではありませぬ。弟が素読しているのを聞いているうちに漢文が頭の中に入ったのでございます。父の蔵書はあらかた読んでおります。『論語』も『日本書紀』も読みました。されどもここにある言葉はすべて初めて見るものにございます」

「これは秘伝の書だ。余人に見せるものではない」

晴明は厳しい表情のままでわずかに語調を緩めた。

「そなたはわが弟子だ。真名が読めるなら好都合だ。奥の書庫に暦や天文に関する書物がある。読んでみるがよい」

その日から毎日、香子は晴明の邸宅に通うようになった。


来客は多かったが、時には客の来訪が途絶えることもあった。そんなおりは書庫にこもって手当たりしだいに書物を読んでいった。

晴明には二十代半ばくらいの吉平《よしひら》と吉昌《よしまさ》という二人の子息があり、晴明の仕事を手伝っていた。顔立ちはよく似ていたが、性格は対照的だった。

弟の吉昌は実直な人柄で、香子が書物を読んでいると声をかけ、その書物について詳しく説明してくれた。香子のしつこい質問にもいやがらずに答える吉昌に香子は好感をもっていた。

兄の吉平は父親に似た怪しい雰囲気を身にまとっていた。話し始めると理屈っぽいところがあるのだが、ふだんは無口で、自分から声をかけてくることはなかった。吉昌が不在で吉平しかいない時に、香子が質問しても、そこに書いてあるとおりだ、といった答え方をするだけだった。高慢な感じがして印象はよくなかったのだが、陰陽師としての霊験がありそうなのは吉平だという気がした。

香子は漢文が読めた。

弟にこれだけの才があればと、父が残念がるほどだった。

とくに好んで読んだのは、白居易《はくきょい》の漢詩だった。日常生活のさりげない描写の中に、生きていることの穏やかな喜びを綴る作風に、和歌にはない魅力を感じていた。さらに玄宗皇帝と楊貴妃の愛の物語を描いた『長恨歌《ちょうごんか》』という長大な詩に、心を掻き乱されたこともある。遠い異国の物語が心の奥にまでしみとおってくることの不思議さに胸を打たれた。

儒学は理屈っぽいだけで息が詰まった。とくに男尊女卑の考え方を理屈を重ねて体系化しているようなところがあって、読んでいて怒りを覚えた。

歴史書は好んで読んだ。ただの史実の記録ではなく、その背後に人の野望や怨念がこめられているようで、そのあたりを推し量りながら読むのは愉しかった。

晴明の書庫にある陰陽道や天文に関する書物は、初めて目にするものばかりだった。当初は難解だと感じたのだが、読み込んでいくと記述されていることに単純な法則があることがわかった。干支や星回りによって陰陽があり、陰と陽の組み合わせで未来を占うことができる。

法則は単純だが、実際に占いの結果を出すためには、手の込んだ計算が必要だった。しかし計算せずに一目でわかるような暦や星回りの表が用意されていて、晴明はこれを見て判断しているのだとわかった。

他にも、方位に関する法則があった。東の青龍、南の朱雀、西の白虎、北の玄武という四神に相応した土地の気配のようなものがあった。そこに干支や星回りの陰陽が絡んで、物忌みや方違えなどの吉凶が見えてくる。

また晴明は栻盤《ちょくばん》という計算機のようなものを手にすることがあった。中央に北斗七星が描かれ、回転する円盤に干支や月の運行を星座で示す二十八宿、さらに陰陽や方位を示す文字が刻まれ、円盤を回転させることで容易に計算ができるようになったものだ。

そのように図表や円盤で計算できる領域がある一方、陰陽道には書物に記されていない領域があることもわかってきた。晴明は書物を見て占うだけでなく、筮竹《ぜいちく》と呼ばれる細い棒を握って占うこともあった。五十本ほどもある筮竹を気合いを込めて左右に分け、その偶然の本数によって吉凶を占う。偶然が働くだけに、書物に書かれている知識を超えた、いまこの瞬間の気の微妙な動きをつかみとることができる。

さらに人相や手相といったものがある。書物には図像が掲げてあって、一定の法則は示されているのだが、それでわかるのは概略だけだ。細かいところは陰陽師の霊能によって判断しているように感じられた。

香子が晴明から受けた予言も、いくら書物を見てもそのような予言がどこから出てくるのか解明できなかった。

何よりも香子が不思議に思うことがある。

この邸宅に初めて来た時に、肩にのしかかってきた、気の凝り固まりのようなもの。

晴明は、式神だと言った。

どうやら女神のようで、香子はその式神の声を聞くことができた。

書物を読んでいると、式神が声をかけてくる。

「あなたは書物が好きね。過去に書かれたものを読むだけでは、あなた自身の人生は始まらないわよ。自分にしかできないことを見つけなさい」

「あなたは誰。何ものなの」

香子は心の中で問いかける。

いつも同じ答えが返ってくる。

「天后媽祖。脇に控えているのは千里眼と順風耳……」

香子は語りかけてくる何ものかに対して、意地悪な言い方をする。

「式神は小さな卑しい神だと晴明は言っていたわ」

相手は急に黙り込んでしまった。式神は気の赴くままに話しかけ、いったん黙り込んでしまうと気配を完全に消してしまう。

ある時、香子は次男の吉昌に尋ねた。

「式神って何ですか。ここに式神がいるのですか」

「神と呼んではいるが、小さな鬼神のごときものだ。人の思いが形を成したものが鬼神だ。善き願望は守り神になり、悪しき怨念は祟《たた》り神になる。人にはさまざまな思いがある。人の思いの数だけ、鬼神が飛び交っておる」

「晴明さまは、わたくしに式神が憑いていると仰せでした。憑いているものの声が聞こえてきます。自分は天后だと名乗っております」

「天后媽祖は新たに伝わった神だ。父は最新の陰陽道を伝える秘書を入手した。十二天将と呼ばれる新たな式神の使い手として、師の賀茂忠行《かものただゆき》さまや跡継の保憲《やすのり》さまを凌ぐほどの陰陽師となった。青龍、朱雀、白虎、玄武という旧くから信仰されている四神に、騰蛇《とうだ》や勾陳《こうちん》といった怪物や、太裳《たいじょう》、天后といった人の姿の神を新たに取り込んだ。これは末期の唐や新たに興った宋から伝わったものだが、そのような偉大な神々がそのあたりにおるわけではない。竈《かまど》や厠《かわや》に潜んでおる小さな鬼神に、仮にそのような名をつけておるだけのことだ」

「そのような小さな神に験力《げんりき》があるのでしょうか」

「天変地異を起こす験力はない。されども人を病にするくらいの力はある。式神の声が聞こえるのであれば、話を聞いてやることだな」

「わたくしに憑いた式神は、わたくしの思いから生じたものでしょうか」

「式神は理屈ではとらえられぬ。式神の話すことはただの戯言《たわごと》だと思って聞き流せばよい」

理屈ではとらえられぬと言われても、それでは納得できなかった。香子はしつこく問い続けた。

「わたくしの式神は、善き願望から生じたものでしょうか。あるいは悪しき怨念からでしょうか」

人の好い吉昌も、さすがに面倒になったようで、急に厳しい口調になって問い返した。

「そなたは悪しき怨念をもっておるのか」

「もっているかもしれません」

そう言ったあとで、確かに自分は怨念をもっていると、香子は思った。

「そなたは童女ではないか。子どもにも怨念があるのか」

「わたくしは漢文が読めます。しかし女に生まれた者には、文章生となる道が閉ざされております。そのことが悔しく無念でなりませぬ」

吉昌は急に大きく息をついた。

「人が男に生まれるか女に生まれるかは天命のごときものだ。帝《みかど》の嫡男として生まれれば皇位を嗣ぐことになる。公卿の家に生まれれば公卿となる。天命には逆らえぬ」

香子はさらに声を高めて言い返した。

「わたくしは女に生まれながら、漢文が読めるようになりました。これも天命でしょうか。それとも天命に逆らってしまったのでしょうか」

吉昌は穏やかな微笑をうかべ諭すように語った。

「そなたがわが父の晴明と出会い、式神に憑かれておるのも、天が定めた宿命であろう。案ずるな。流れに身を任せるようにして先に進んで行けばよいのだ」

二人の会話は書庫で交わされたものだが、いつの間にか兄の吉平が書庫に入ってきて、やりとりを聞いていたようだ。

吉平の冷ややかな笑い声が響き渡った。

香子は驚いて声の方に振り返った。

吉平は薄笑いをうかべて言った。

「平城《なら》に都があったころには、女帝というものがあった。だが平安京に遷都されてからは、女帝が立てられた例は皆無だ。なぜかわかるか」

それまで明日香《あすか》にあった王宮を平城に遷したのは元明《げんめい》女帝であった。さらに元正《げんしょう》女帝、孝謙《こうけん》女帝と、女帝の時代が続いた。その孝謙女帝の父の聖武《しょうむ》帝の時代も、妻の光明《こうみょう》皇后が陰で政務を支えていたと伝えられる。女が世を支配した時代がなぜ終わってしまったのか、いくら考えても香子にはわからなかった。

問い質すように吉平の顔を見つめた香子に、吉平は珍しく丁寧に説明してくれた。

「女帝の必要がなくなったのは、藤原一族が摂政関白という慣例を作ったからだ。帝といえども人であるからには儒学の長幼の序に従わねばならぬ。帝に母がおれば、母を尊ばねばならぬ。その母に父がおれば、帝は母方の祖父に従わねばならぬ。帝が幼少であれば摂政、元服すれば関白として、外戚(母方の祖父や伯父)が政務を独裁することになる。これは古代に定められた律令からは外れた慣例だ。根底には儒学の教えがある。儒学は長幼の序を重んじるが、女よりも男が尊重される。帝といえども人であるから、人倫《ひとのみち》に従わねばならぬ。それゆえ母方の祖父や伯父が尊ばれることになる」

女よりも男が尊重される、という言い方に、怒りを覚えた。香子は泣きそうになるのをこらえて言い返した。

「その母に漢籍の教養があれば国を支配することもできるのではありませぬか」

「女に教養がある……」

吉平は鼻先で笑ってみせた。

「何とも奇抜な考えだな。確かに唐の時代には、則天武后《そくてんぶこう》という皇后が現れて国を支配したと伝えられる。だがそこから政務に綻びが生じ、玄宗皇帝が楊貴妃に惑わされたこともあって、安禄山の反乱が起こった。女が権力を求めたことで、大唐帝国は滅びたのだ」

香子は漢や唐の歴史書も読んでいた。則天武后が政務を執り、楊貴妃が政務に口を挟んだことが、国の滅びをもたらしたと言われると、香子は返す言葉をもたなかった。

晴明の自宅を訪ねるのは主に下級貴族だった。相手が皇族や公卿ならば、晴明は先方の邸宅に出向いていく。香子は必ず随行する。そのうち晴明が童女の姿をした式神を従えて都大路を進んでいくという噂が広まり、すれ違う人々があからさまに香子の姿をじろじろと見るようになった。

香子はそうした人々の視線を受け流していた。

どうせ自分は可愛い女ではない。

特異な妖怪のような存在だと世の人々が思うならそれでもいい。

香子は胸を張り、堂々と大路を進んでいった。

占いの道具や書物など重い荷物があるので、吉平か吉昌のどちらかが同行した。

その日は弟の吉昌が同行した。どこへ行くとも晴明は告げなかったが、吉昌には行先がわかっているようで、荷物を背負って先に進んでいった。

晴明の邸宅は西洞院大路に面している。そこから真っ直ぐに南に向かった。大路を何本も渡って、二条大路に出た。

二条大路は平安宮の正門にあたる朱雀門の前を東西に通っている十七丈の道路だ。その広大な二条大路に接して、東三条邸という大邸宅があった。その先の小路があるべき場所にも敷地が続いていて、通常の区画の倍の広さがあり、北殿と南殿に分かれていた。

右大臣藤原兼家《かねいえ》の所有だが、南殿には次女の詮子《あきこ》が居住していた。

詮子は帝（円融帝《えんゆうてい》）のもとに女御《にょうご》として入内《じゅだい》し、第一皇子の懐仁《やすひと》親王を産んでいた。従って南殿は第一皇子の御所となっている。

帝の第一皇子ではあるが東宮に立てられているわけではない。先の帝（冷泉帝《れいぜい》）が病のため弟（円融帝）に譲位するおりに、自らの皇子を東宮に立てたからだ。それが香子の父が副侍読を務める師貞《もろさだ》親王（のちの花山帝《かざん》）だ。

皇位は本来は直系相続だが、いまは冷泉帝と弟の円融帝の、二系統の間で交互に継承される慣例が生じつつあった。東宮の師貞親王が即位すれば、慣例によりこの御所におられる懐仁親王が東宮に立てられるはずであった。

その懐仁親王の御所に、晴明は呼び出されていた。

主殿に案内された。

女御の詮子が待ち受けていた。清冽な美貌をたたえた女人だったが、目つきに険しさがあった。晴明の顔を見ると、いくぶん安堵したように表情を緩めた。

「晴明どの。よう来ていただいた。懐仁親王の病が重い。誰ぞが呪詛しておるのではと心配でなりませぬ。早う厄祓《はよ》いの祈禱をお願いいたします」

詮子は吉昌や香子の姿など目に入らなかったように、晴明の姿だけをすがるように見つめていた。

晴明は落ち着いた口調で問いかけた。

「親王を呪詛した者の見当もつけておられるのでありましょうな」

「わが父でございます」

「何と……」

言葉を吞み込むように晴明は口ごもった。

それから軽く咳払いをして声を高めた。

「まずは皇子《みこ》のごようすを拝見させていただきましょう」

広い主殿の中央に御簾《みす》が張られ、その向こうに親王の寝所が設《しつら》えてあった。

詮子と晴明は御簾の中に入っていった。

吉昌は荷物を開けて、運んできた組み立て式の神殿や書物を置く台の用意を始めた。

部屋の隅に座した香子は、式神に向かって話しかけた。

「ここはどなたのお屋敷なの」

　式神の声が聞こえた。

「帝の第一皇子の懐仁親王の御所よ。いまここにおられたのは実母の詮子さま。右大臣藤原兼家さまの次女よ。親王はいまの東宮の次の皇嗣《こうし》で、もしもこの皇子が即位されることになれば右大臣が摂政になるはずよ」

　先ほど晴明が問いかけた時、詮子は呪詛しているのは父だと答えた。

　親王が亡くなれば、摂政になるという右大臣の野望も潰《つい》えてしまうことになる。それなのになぜ詮子は、父が呪詛したなどと言ったのだろう。

　わが子の命が危ういとなれば、母親の気が動顚するということもあるだろうが、それにしても父の呪詛を疑うというのは解せない。

　詮子としても親王の未来に期待をかけているのだろう。親王が即位すれば、詮子は帝の母となる。帝の母は、国母《こくも》と称される。

　女帝という慣例が途絶えたいま、この時代に女として生まれた者にとって、最高の栄誉は国母となることかもしれない。

　香子は式神に問いかけた。

「親王さまのご病気は重いのかしら」

「邪悪な式神に取り憑かれているのよ。見に行きましょうか」

　声が聞こえるのとほとんど同時に、香子の肩に取り憑いていた気の塊のようなものが、ふわっとうかびあがった。肩が軽くなったと感じたその拍子に、香子の魂が上昇する気の塊に吸い上げられ、板張りの天井を抜けて主殿の屋根裏に突入した。

薄暗い梁の上に、小さな邪鬼の姿があった。

いきなり突入した式神と香子の勢いに、邪鬼はひどく驚いたようすを見せ、梁から跳び上がって屋根の側面の穴から建物の外に逃げていった。

「これは……」

式神の声が高まった。

先ほどまで邪鬼がいた梁の上に、死んだ蛙が串刺しになっていた。

「どこかの邪悪な陰陽師が、卑しい式神を使って親王を呪詛していたのね。千里眼よ、呪詛している者の姿が見えたら教えておくれ」

するとどこからか声が響いた。

「北殿に陰陽師がおる。ここにおった式神が北殿に逃げていった」

別の声が聞こえた。

「呪詛する声が聞こえる。聞いたことのある声だ。あれは蘆屋《あしや》道満《どうまん》……」

どうやら天后媽祖がいつも従えている千里眼と順風耳が応えたようだ。

「北殿は右大臣のお屋敷のはずね。とにかくこの蛙を取り除けば、呪詛は解けるわ」

式神はそう言ったのだが、式神も香子も、魂が浮遊しているだけなので、串刺しの蛙を取り除くことができなかった。気がつくと、香子はもとの場所にいた。

吉昌が祭壇などの準備を終えていた。

香子は立ち上がって御簾の方に駆けていった。

御簾の隙間から覗くと、夜具の中に仰臥した親王の姿が見えた。まだ赤子といっていい小さな姿だった。

親王の枕元に座した晴明が目を閉じ低い声で咒《しゅ》を唱えていた。

少し離れた場所にいた詮子が、御簾が揺れたことに気づいて鋭い眼差しをこちらに向けた。

香子は御簾の隙間から顔を突き出したままでいきなり声を発した。

「こちらの梁の上に蛙を串刺しにした魘魅《まじない》があります。取り除けば病魔は去ることでしょう」

晴明が目を見開いた。

詮子が確認するように晴明の顔を見た。

「これはわたくしが使役しております式神でございます。偽りとも思えませぬ。人を遣《や》って確かめていただきたい」

詮子の指示で、御簾の周囲に控えていた女房たちがあわただしく部屋を出ていった。

邸宅は大騒ぎになった。

何人もの男たちが現れて梯子をかけ、屋根裏を改めた。

先ほど香子が見たとおりの串刺しの蛙が発見された。

晴明は吉昌が用意した祭壇の前に移動して咒を唱えた。香子もそばに座した。

親王の枕元にいた詮子が、御簾を掻き分けて飛び出してきた。

「親王の熱が下がりました。目を見開き、わたくしの顔を見て笑みをうかべました。もう大丈夫でございます」

詮子はいかにも嬉しげに声を張り上げた。

呪詛が解けたのだ。

詮子は驚きと感謝の眼差しで香子の姿を眺めていた。

「あなたさまのお告げで、わが子の命が救われました。まことにありがたきことでございます」

そう言ってから、詮子は晴明に問いかけた。

「このお方が式神さまなのですか。式神というのは怪異なものかと思うておりました」

「あどけなき童女の姿をしておりますが、ただの人ではございませぬ。この童女は漢籍が読めます。わたくしのところで天文道の勉学に励んでおります」

詮子は顔を硬《こわ》ばらせるほどに驚いて声をふるわせた。

「この童女が真名を読みこなすというのですか。確かに怪異なことと言わねばなりませぬ。されどもいま見たような霊能がおありなら、わたくしどもの守り神になっていただきたいものです。おお、そうであった……」

詮子は急に思いついたように、部屋の隅に控えている女房に声をかけた。

「若ぎみをこれへ。急いでおくれ」

女房はあわてて渡り廊下の方に向かった。

若ぎみとは誰だろう。

ここは親王の御所だ。親王こそが若ぎみであるはずだが、女房は奥に向かった。

この邸宅には親王とは別に、若ぎみと呼ばれる男児がいるのか。

だがその若ぎみはすぐには現れなかった。

静けさが主殿を包んだ。

晴明が吉昌に、道具を片づけるように命じた。

それから詮子の方に向き直った。

「梁にあった仕掛けは、悪戯《いたずら》にしては手が込んでおります。明らかに何ものかの呪詛と申せましょう。先ほど女御さまは、呪詛したのは右大臣だと仰せでした。親王が即位されれば、右大臣は摂政の地位に就かれることと存じます。何ゆえに右大臣が呪詛されたとお考えでございましょうや」

「父は帝（円融帝）に怨みを抱いております。父はわが姉（超子《とおこ》）を先の帝（冷泉帝）のもとに入内させ、東宮の弟皇子にあたる居貞親王《おきさだ》（のちの三条帝）が生まれました。父は居貞親王の即位を待ち望んでいるのです」

詮子は冷静な口調で語った。感情に任せて嘆いているのではなく、ふだんから考えている確固とした見解を述べていることが感じられた。

晴明はそれで納得したようだが、香子には何のことかわからない。香子は歴史書を読み込んでいたが、歴史書は過去の記録であるから最近の状勢については記されていない。

「ねえ、どういうこと」

香子は心の中で式神に問いかけた。小さく卑しい神だと晴明は言ったが、式神は何でもよく知っていた。

式神が語り始めた。

「詮子さまのお父ぎみの右大臣兼家さまは、摂関家の血筋ではあるものの正室の三男という生まれで、長男の伊尹《これただ》さまが摂政となられ、次に次男の兼通《かねみち》さまが関白となり、三男の兼家さまは次は自分の番だと期待していたのだけれど、帝は突然、摂関家の主筋にあたる頼忠《よりただ》さまを関白に指名されたのよ。それで兼家さまはいまの帝を廃帝にしようと画策されているようなの。とにかく帝と兼家さまは仲が悪いの」

知らない人物の名前が次々と出てきて判然としなかったが、とにかく詮子の父が帝と険悪な関係にあることはわかった。

晴明が何やら思案するような表情で言った。

「誰が呪詛を命じたのか軽々に決めつけるのはいかがかと存じます。関白家にもそれなりの理由はあると思われますが……」

香子はすかさず式神に尋ねた。

「どういうこと」

式神はすぐに答えた。

「帝の女御は詮子さまだけではないのよ。関白頼忠さまも娘の遵子《のぶこ》さまを入内させておられる。まだお子さまは生まれていないのだけれど、もしも皇子が生まれたら有力な皇嗣となることは確かね。次の東宮の座をめぐって関白と右大臣の争いが激しくなることが予想される。それでも第一皇子が優位であることは確かだから、関白が親王を呪詛する理由は充分にあるわ」

式神が述べたことは、詮子も承知していたのだろう。

少し考えてから詮子は応えた。

「わたくしの聞いたところでは、父のもとに道摩《どうま》法師という怪しい陰陽師が出入りしているそうでございます」

晴明は呻《うめ》くような声を洩らした。

「道摩法師……、蘆屋道満だな。これはいささか厄介なことでございますな」

蘆屋道満。確か式神の配下の順風耳も同じ名を告げたはずだ。

先ほどの女房が戻ってきた。

「邸内にお姿が見当たりませんので、お向かいの高松殿に出向きましたら、若ぎみがおられました。すぐにおいでいただきたいとお伝えしました」

詮子が溜め息まじりにつぶやいた。

「あの子は高松殿に入り浸りね」

晴明がためらいがちに問いかけた。

「高松殿……と申しますと、盛明《もりあきら》親王の邸宅ですね」

その言い方に含みが感じられた。

詮子はわずかに声を高めた。

「先の安和《あんな》の変で失脚された源高明《みなもとのたかあきら》さまの娘の明子《あきこ》さまが、叔父にあたる盛明親王に引き取られ、いまは妙齢に達しておられます。まことに聡明で穏やかなお方でございますので、弟に通うように勧めました。盛明親王はこのところ病に臥《ふ》せっておられます。いずれわたくしが明子さまの後見をさせていただこうと思うております」

香子は心の中でつぶやいた。

「ああ、また新しい名前が出てきた。盛明親王ってどなたなの」

式神が応える。

「醍醐《だいご》帝の皇子よ。皇子といっても五十歳は過ぎているから老人ね。源高明さまの同母弟、といってもわからないでしょうけど。いまから十年くらい前に、安和の変という政変が起こったの。醍醐帝の後継者で天暦《てんりゃく》の治と呼ばれる善政をされた村上帝が亡くなったあと、醍醐帝の皇子の一人で政界の重鎮だった左大臣源高明さまが謀反を企まれたとして大宰府に左遷された事件。この冤罪事件を仕掛けたのは藤原摂関家だと言われている。大宰府に左遷と言えば、いまは天神さまとして祀られている菅《すが》原道真《わらのみちざね》さまが有名だけど、高明さまも同じことよ。摂関家と対立した公卿は罪を着せられて流刑に処せられる。高明さまが流刑となったあと、明子さまという幼い姫ぎみが残されたのを、同母弟の盛明親王が引き取られたの」

その源高明の娘を詮子が後見し、弟の若ぎみを通わせる。そこにどのような意図があるのか。

そんなことを考えていると、詮子が自ら説明を始めた。

「わたくしと弟とは同母の姉弟です。あの子は元服したとはいえまだ年端もいかぬ童子にすぎません。その年齢で母を失い、寂しい境遇となりました。若さ故にふらふらと出歩いて、大夫《たいふ》（下級貴族）ふぜいの娘にでも取り込まれては将来に傷がつきます。それで皇族につながる高松殿に通うようにわたくしが勧めたのです。あの子は三男なので出世するのは難しいでしょうが、兄二人は父の味方ですので、わたくしにとって頼りになるのは弟ばかりでございます。わたくしはいずれ国母になります。わたくしの力添えで、あの子をせめて中納言くらいにはしてやりたいと念じております」

詮子が話しているところに、当の若ぎみが到着した。

藤原道長。

香子にとっては、まさに運命的な出会いであった。


男にしてはいやに高い声が主殿に響き渡った。

「姉ぎみ、火急のご用とは何でしょうか。皇子がご病気だとは承知しておりますが、わたしは医者でも修験者でもないので、何の役にも立たないですよ」

皇嗣の親王が生きるか死ぬかという大事な時に、場をわきまえないのんびりした話し方で入ってきたのは、元服したばかりの少年だった。

香子は息を呑んだ。

美少年。

物語に出てきそうな貴公子だ。

詮子が怒ったような口調で言った。

「親王の病魔は晴明どのが祓ってくださいました。こちらにおられる童女は式神さまです。親王の命の恩人です。ご挨拶なさい」

若者は大げさに驚いたようすを見せた。

「はあ、この女の子が神さまなのですか。それはお見それしました。神さまの姿を見るのは初めてですよ」

そう言って若者は香子の前に座し、軽く頭を下げた。

「道長といいます。いちおう元服はしましたが、いまだに無位無冠です。よろしく」

香子はどうしてよいかわからなかった。こちらは神さまなのだから頭を下げることもないと思って、ただじっとしていた。

「で、この子はどんな神さまなのですか」

香子の顔をじろじろ眺めながら、若者は言った。

「寝殿の屋根裏に蛙を串刺しにした厭魅が仕掛けてあったのを言い当てたのです。家司《けいし》に調べさせたら、確かにそのとおりの仕掛けがありました。親王は呪詛されていたのです」

「それはすごいですね」

若者はそう言ったのだが、言葉とは裏腹に、どこか童女を侮《あなど》るようなところが感じられた。

詮子が意気込んで言った。

「このお方は晴明どののところで天文道の勉学をしておられるそうで、この幼き童女が漢籍を読みこなすことができるそうですよ」

「ふうむ」

若者はうなるような溜め息を洩らした。

「わたしは漢籍が苦手でしてね。まあ、文章博士になるつもりはありませんから、漢文の素養がなくても許されるでしょう。自分の日記くらいは書けなければと思ってはいるのですがね」

「そんないい加減なことでどうしますか。わたくしの味方はもはやそなたしかおらぬのですよ」

「そんなに期待しないでください。わたしなど何の支えにもならないですよ。漢籍もろくに読めぬ三男坊ですから」

「あなたの父親も正室の三男ですが右大臣に昇りました。とにかく侍従くらいになって親王をお守りしてほしいのです」

「まあ、侍従くらいなら、そのうちには……」

確かに姿は美しい。絵に描いたような美少年だ。しかし右大臣の正室の三男で末っ子だとのことで、甘やかされて育ったようだ。表情がだらんと緩んでいて、話しぶりにも覇気が感じられなかった。右大臣の子息ならたやすく職に就けるという、傲慢な態度も気に入らなかった。

香子の父の為時は勉学に励み、大学寮の文章生に選ばれながら長く職に就けなかった。侍従くらいなら、などと軽々しく言ってほしくない。

詮子は若者の顔を見据えて諭すように言った。

「あなたも努力をすれば必ず公卿になれます。わたくしに任せておきなさい。本日は晴明どのところからの式神さまに、親王の命を助けていただきました。道長、あなたもこれから、この方々の助けを必要とする時が来るはずです。藤原道長、その名を憶えておいてくださいませ」

最後のところは晴明と香子に向かって、詮子は語りかけた。

「ところで、晴明どのは十二天将と呼ばれる式神を使役されると噂で伺っておりますが、そこの式神さまのお名前は何というのでしょうか」

香子の耳もとで式神がささやきかけた。

「天后媽祖。脇に控えているのは千里眼と順風耳……」

ほとんど同時に香子は同じ言葉を自分の声で語っていた。


数年が経った。

ある日、いつものように晴明宅に行くと、入口で晴明が待ち受けていた。

「今日は道場に行く」

そう言って晴明は香子が入ってきたばかりの門から西洞院大路に出た。

北に向かう。

洛中と呼ばれる市街地の北端の一条大路を左折してしばらく進むと、堀川という小さな水路に出る。

そこに橋がかかっている。

一条戻橋《もどりばし》。

そのように呼ばれている。

平安遷都のおりに区画された京の市街地は、左京と呼ばれる東側に発展した。逆に西側は水捌けに難があって寂れたままで、区画の多くは農地に転用されていた。戻橋の向こうは平安宮の裏手で、その先には住居がないばかりか、火葬場や墓地に通じているため、戻橋を冥界との境とする風評が広がっていた。

かつて晴明がその橋の下に、式神の一団を隠していたという伝説がある。式神の気配に怯えた妻が邸内から排除するように晴明に命じたため、仕方なく橋の下に隠したという話だが、それはただの風評で、晴明は堀川沿いの少し先に神社を建て、そこを陰陽道の道場としていた。

邸内で吉平や吉昌が、道場という言葉を口にすることがあったので、自邸の他に道場と呼ばれる場所があることは香子も知っていた。吉平や吉昌は時おりその道場に出向いて、技を鍛えているようだった。

橋を渡ったところに堀川大路がある。大路はそこで尽きているのだが、川沿いに細い道が北に向かって延びていた。その道を少し進むと稲荷神社があった。

そこが晴明の道場だった。

晴明の母親は白狐だという風評が広がっていた。稲荷神社を建てたことでそのような噂が生じたのか。晴明はすでに高齢で、両親は他界している。

神社の社《やしろ》の奥に、寺院の堂のようなものがあった。晴明はその中に入って堂の扉を閉めた。

白昼だったが堂内は薄闇に包まれていた。もやのようなものがたちこめて、目の前が霞んで見えた。そのもやの中に影のように浮かび上がるものの姿があった。背丈の低い童子のような影が犇《ひし》めいていた。香子はかつての童女ではない。すでに数年が経過して背丈が伸びている。影は香子の腰のあたりまでの背丈しかなかった。

式神たちがそこにいた。

初めて見る姿ではない。香子は式神の姿が見えるようになっていた。

晴明のもとに通うようになって半年ほど経ったころから、式神たちの気配を察知できるようになった。晴明に随行して重態の病人や怨霊に呪われた人を救済する現場を体験した。そこには病の元となった式神がおり、晴明が連れている配下の式神がいた。晴明は呪文を唱え病魔や怨霊を祓う振りをしているのだが、実際には式神と式神の闘いが展開されているのだった。その式神の姿が、やがてはっ

郵便はがき

料金受取人払郵便

麹町支店承認

6246

差出有効期間
2024年10月
14日まで

切手を貼らずに
お出しください

1 0 2 - 8 7 9 0

1 0 2

[受取人]
東京都千代田区
飯田橋2—7—4

株式会社 作品社
営業部読者係 行

## 【書籍ご購入お申し込み欄】

お問い合わせ 作品社営業部
TEL 03(3262)9753/FAX 03(3262)9757

小社へ直接ご注文の場合は、このはがきでお申し込み下さい。宅急便でご自宅までお届けいたします。送料は冊数に関係なく500円(ただしご購入の金額が2500円以上の場合は無料)、手数料は一律300円です。お申し込みから一週間前後で宅配いたします。書籍代金(税込)、送料、手数料は、お届け時にお支払い下さい。

| | | |
|---|---|---|
| 書名 | 定価 円 | 冊 |
| 書名 | 定価 円 | 冊 |
| 書名 | 定価 円 | 冊 |
| お名前 TEL ( ) | | |
| ご住所 〒 | | |

フリガナ
お名前

男・女　　　　歳

ご住所
〒

Eメール
アドレス

ご職業

ご購入図書名

●本書をお求めになった書店名

●ご購読の新聞・雑誌名

●本書を何でお知りになりましたか。

イ　店頭で

ロ　友人・知人の推薦

ハ　広告をみて（　　　　　　　）

ニ　書評・紹介記事をみて（　　　　　　　）

ホ　その他（　　　　　　　）

●本書についてのご感想をお聞かせください。

ご購入ありがとうございました。このカードによる皆様のご意見は、今後の出版の貴重な資料として生かしていきたいと存じます。また、ご記入いただいたご住所、Eメールアドレスに、小社の出版物のご案内をさしあげることがあります。上記以外の目的で、お客様の個人情報を使用することはありません。

きりと見えるようになった。

　晴明は十二天将と呼ばれる式神を使役していた。式神たちはふだんは道場に待機しているのだが、晴明が呼び寄せるとただちに飛来して、香子のすぐわきに控え、時に応じて病魔の元となる敵の式神と対決する。

　見えるといっても、明瞭に見えるわけではない。視界の隅をかすめすぎる一瞬の幻影のようなものだが、式神たちの相貌は香子の瞼の奥に深く刻まれた。

　式神は小さな神だ。

　伎楽《ぎがく》の仮面のような怪異な相貌で、鬼や獣のごとき恐ろしい姿をしているのだが、その背丈の低さから、脅威を覚えることはなかった。むしろ微笑ましくなるような、親しみ易い存在だった。しかし敵と闘う時の式神は、歯を剝き出しにしたり、ふだんは見えない長い爪を出したり、恐るべき姿に変貌した。

　晴明は必要な式神だけを随行させたから、一匹か二匹の姿しか見ることはなかった。

　だがこの道場には、晴明の配下の式神たちが勢揃いしていた。

　青龍、勾陳、六合《りくごう》、朱雀、騰蛇、貴人、天后、大陰《だいおん》、玄武、太裳、白虎、天空。

　さまざまな面相をした式神たちが、じろりとこちらを睨んでいた。

　香子の肩にのしかかっていた気の凝り固まりが解け、いまは軽くなっていた。

　目の前の式神たちの一団の中に、いままで香子に取り憑いていた式神の姿があった。

　式神は童女の姿をしていた。乞食の子どものような薄汚れた衣をまとい、髪が縮れて逆立っていた。

　香子は腰を屈めて、式神にささやきかけた。

「あなたが、天后媽祖さんなのね」

式神はあどけない笑みをうかべた。唇の合間から、鬼のように尖った牙が見えた。

「あなたと別れるのは、つらいわ」

式神は別れを告げた。

巫女の衣装を着て晴明に仕えるのは、この日が最後のようだった。

式神の足元に、鬼火のような青白い光があった。よく見ると青い炎の中に、神社の狛犬のような姿がうかびあがっていた。

「これが千里眼と順風耳ね」

千里眼は顔が青で角が一本、順風耳は顔が赤く角は二本ある。鬼神の一種だろうが小さいので愛嬌がある。それぞれに武器を手にしていて、千里眼は鉞《まさかり》、順風耳は三叉矛《さんさほこ》のようだが、小さいので玩具《おもちゃ》に見えてしまう。

香子はさらに腰を屈め、小さな狛犬に語りかけた。

「あなたたちがわたしの肩に乗っていたのね。とても重かったわ」

狛犬たちは無言だったが、鬼火の炎が揺れ動いたので、まるで狛犬たちが大きくうなずいたように感じられた。

香子は式神に語りかけた。

「いろいろと教えてくれてありがとう。あなたは何でも知っているのね」

式神は物知りだった。わからないことがあると、香子は式神に問いかけた。つねに的確な答えが返ってきた。

式神は真顔になって応えた。

「わたしは二百年前から京に棲み着いているから、京のことなら何でも知っているわ」

香子は他の式神たちを見回しながら言った。

「あなたたちともお別れね」

すると晴明が、めずらしく感情を露わにした口調で言った。

「そなたには感謝しておる。そなたのおかげで、多くの呪詛を解くことができた。そなたはすでに陰陽師としての霊能を身に具えておる」

晴明はさらに声を高めて厳かに言い渡した。

「そなたも背が高くなった。裳着《もぎ》の日も近い。もはやわたしの手元に置くわけにはいかぬであろう」

裳着とは女児の元服のことで、大人の衣装を着させて親族で祝う儀式だ。

堂の奥には祭壇があった。晴明はその棚の上の書物を手にとり、香子の前に差し出した。

「これはわたしが常用している『金烏玉兎集』の抜粋だ。秘伝の書ではあるが吉昌に書写させた。これをそなたに伝授する。そなたはすでに天文の知識を深め、式神も自在に使いこなせるようになった。わが弟子として、二人の息子たちに負けぬほどに深く学んだ。女人なれば陰陽師として世に出ることはできぬが、学んだことは必ず役に立つ。そなたと初めて会《お》うたおりのわたしの予言を憶えておろうな」

晴明の問いに香子は応えた。

「忘れはいたしませぬ。国の親となりて、帝王の上なき位に昇るべき相なれども、さように見れば乱れ憂うることやあらん。かといって臣下として公の固めとなりて天下を輔ける方かと見れば、さような相とも思われず……、これは戯言《ざれごと》でございましょう」

「戯言ではない。いまもそなたの相に出ておる。いずれそなたがこの国のありようを動かすことになる。だがそれは女帝になるということではない。どのような形でそなたの手に国が委ねられるのか、そこまでは判らぬ。心しておけ。覚悟を固めておくのじゃ。ここにおる式神どもはすべてそなたの命《めい》に従う。必要とあれば天后媽祖を呼べ」

「困った時は、わたしに声をかけてね。わたしはいつでも、あなたのそばにいるわ」

目の前の童女の姿をした式神が、笑みをうかべながらささやいた。

秘伝の書を受け取って、堂の外に出る時に、式神の声が追いかけてきた。

「いつでもあなたのそばにいると言ったけれど、式神が入れない霊場があるのよ。比叡山は全域が霊場だし、祇園社や松尾社も式神は入れない。洛外にも霊場はいくつもある。あなたが時々出かける大雲寺も霊場だから、わたしの声は届かない。でも洛内のふつうのお屋敷なら、わたしはどこでも飛んでいくわ」

式神は平安京遷都の時からこの地にいるらしい。年をとるということがないのだ。

自分が高齢の老婆になっても、いつまでも天后媽祖は童女の姿をしている……。

ふとそんなことを思って、香子は微笑みをうかべた。


姉と香子を乗せた輿《こし》は山道に差しかかっていた。

鴨川から分かれた高野川を遡ると、さらに岩倉川という支流に分かれていく。川の左右には山地の峰が迫っている。すでに北山の奥まったところに入り込んでいた。

やがて左手の山地に、寺院の甍《いらか》が見えた。

「ほら、大雲寺が見えてきたわ」

そばにいる姉がささやきかけた。

二人は母方の曾祖父の中納言藤原文範《ふみのり》の差し向けた輿で、隠居所となっている大雲寺に向かっていた。

平安時代の藤原一族の隆盛は、嵯峨《さが》帝の側近として活躍した藤原冬嗣《ふゆつぐ》に始まる。冬嗣の長男が長良《ながら》で、『伊勢物語』で二条后《にじょうのきさき》と呼ばれる高子《たかいこ》は長良の娘だ。高子は在原業平《ありわらのなりひら》と相思相愛であったが、兄の基経《もとつね》の陰謀で仲を引き裂かれ清和《せいわ》帝のもとに入内することになる。関白という職掌は基経から始まった。

香子の父の藤原為時は、長良の弟の良門《よしかど》が祖で、傍流である。

文範の祖は初代関白基経の弟の清経《きよつね》なので、傍流ではあるが摂関家の嫡流に少しだけ近い。文範の祖父にあたる清経も父の元名《もとな》も台閣《たいかく》（左大臣を長とする行政機関）の末端の参議であったが、文範は実直な文官として信頼され、円融帝の側近として権中納言、中納言と異例の出世を遂げてきた。高齢ではあるがいまも健在で、円融帝の譲位で花山帝が即位したあとも、台閣の中枢に留まっている。

大雲寺の由来は、円融帝が比叡山延暦寺に詣でたおり、北山の奥に五色の彩雲がたなびくのを見て、側近の文範に寺院の建立を命じたと伝えられる。文範は私財を投じてこれに応え、それが異例の出世につながったという風評もある。

文範は寺の境内に自らの隠居所を設けていた。

小高い丘の上にある境内に入ると、隠居所の外に出て待ち受けている曾祖父の姿が見えた。

隠居所に入ると、文範が姉に声をかけた。

「為時どのもご多忙になられたであろう」

香子が代わって応えた。

「侍読を務めておりました東宮が即位され、ようやく式部丞《しきぶのじょう》にして蔵人《くろうど》という職務を賜りました。されどもまだ六位のままでございます」

式部丞は式部省の三等官で、五位の者は式部大夫《たいふ》と呼ばれて下級ではあるが貴族の一員と見なされる。六位の者が五位に昇ることを叙爵と称して、親族を招いて祝いの宴を開くほどだ。

式部省の文官が兼ねる蔵人は帝の側近であるが、四位の蔵人頭《くろうどのとう》（長官）のもとに五位と六位の蔵人が配置されている。五位の蔵人は帝の詔勅や台閣からの上奏などを伝達する重要な役目を担うのに対し、六位の蔵人は配膳などの雑用が任務だ。

香子の父はどちらの職務も六位のままで任じられた。従って、下級貴族とも言えぬ末端の文官にすぎない。

文範は穏やかな微笑をうかべた。

「わたしも六位の蔵人から職務を始めた。位階が低いとはいえ、帝や皇子のおそばに控える重要な役目だ。ようやく摂津守《せつつのかみ》に任じられて叙爵された時には、四十歳近くになっておった」

「父はもう四十歳を過ぎております」

厳しい口調で香子は言った。

文範は声を立てて笑った。

「為時どのは優れた漢学者だ。いずれは世に認められることになろう」

どこからか咒を唱える声が聞こえてきた。

姉が声の方に顔を向けた。

「あれは……」

「修験者が加持祈禱をしているのであろう。瘧《おこり》（高熱を発する疫病）に効能があると言われている」

文範が応えた。

大雲寺は天台宗の寺院で本尊は十一面観音だ。とくに密教に限定した寺院ではないのだが、寺院の創建よりも以前に、奥まった場所にある滝が修験者の修行の場となっていた。いまでは瘧の発作に悩む病人が頼りにする加持祈禱の名所として、京でも有名な霊場となっている。式神が大雲寺には近づけないと言っていたのはそのことだ。ここで祈禱を受ければ呪詛から逃れられると京の人々は信じていた。

香子の胸の内に、ふと一つの光景がうかびあがった。

病に悩む若き貴公子が大雲寺を訪れる。近くには療養や避暑を目的として建てられた貴族の山荘が点在していた。そんな山荘の近くで、貴公子は可憐な少女の姿を見初《みそ》める。そこから長大な物語が始まっていく……。

晴明のかたわらにいて、多くの病人と出会った。怨霊に取り憑かれたり、呪詛のために高熱にさらされたり、野獣のような声で苦悶し喘ぐ患者を見てきた。

世の中にはさまざまな悩みを抱えた人々がいる。人々の苦しみや悩みに思いを馳せながらも、超然とした大らかさで生き抜き、人々に賛嘆される英雄を物語に描きたい。そんな思いが香子の胸の内に宿っている。

その英雄は、皇族でなければならない。親王か、臣籍降下で源氏姓を賜った元皇族が、権力の中枢に昇っていく物語。

香子は漢文を学び、和歌を学ぶだけでなく、多くの物語を愛好していた。

父の書庫には漢籍は豊富にあった。曾祖父が有名な歌人であったことから、和歌集も揃っていた。ただ物語の類はほとんどなかった。曾祖父の堤中納言兼輔が登場人物の一人となっている説話集の『大和物語』も父の書庫にはなかった。

父の母方の従妹にあたる穆子《あつこ》という女人が、いまの左大臣源雅信《まさざね》に嫁いでいた。継室ではあるが正室として土御門殿と呼ばれる大邸宅を差配していた。

藤原一族の傍系ではあったが、穆子の父の朝忠《あさただ》は中納言、祖父の定方《さだかた》は右大臣を務めていたから、左大臣家と比べても遜色のない家柄の出身だった。香子の父方の祖母はその中納言朝忠の妹にあたる。穆子とも懇意であったので、香子は幼少のころより祖母に連れられて土御門殿を訪ねていた。自宅の斜向かいという至近距離にあったので、祖母が亡くなってからも、香子は姉とともにしばしば土御門殿を訪ねていた。

左大臣の長女の倫子《みちこ》は香子より七歳ほど年上だったが、中君《なかのきみ》と呼ばれる妹とは年が近かったので、貝合わせなどの遊びに興じることもあったが、何よりも土御門殿には、評判の物語がほぼ全巻揃っていた。漢文の読める香子にとって、平仮名で書かれた物語を読むのはいとも容易《たやす》きことだった。中君に請われて多くの物語を朗読した。

香子の朗読は正確で流暢であったため、香子が朗読を始めると、土御門殿の女房たちが集まってきた。香子はいつの日か、自分が創った物語を、中君や女房たちに聞かせたいと思っていた。左大臣の邸宅にいる女房たちは、皇族を起源とする源一族に所縁《ゆかり》の者が多かった。そうした女房たちが聞き手であるなら、自分が語る物語の主人公も源一族でなければならない。

『伊勢物語』の在原業平も、『平中物語』《へいちゅう》の平 貞文《たいらのさだふみ》も、皇族に起源をもつ貴公子だ。

皇族の貴公子が瘧の発作に悩まされて大雲寺を訪ねる。そこで出会う少女は、自分自身だ。若紫《わかむらさき》という名前も決めていた。『伊勢物語』の初段で詠まれている「春日野の若紫のすり衣しのぶの乱れかぎり知られず」から採られたものだ。

貴公子の恋物語のことを考えていると、ふと東三条邸で出会った右大臣の三男だという若者の姿が想い浮かんだ。

香子はあわてて思いを中断した。皇族の物語を書こうとしているのに、摂関家の御曹司のことを想い出すなど、あってはならぬことだ。

確かに美しい貴公子ではあった。だが摂関家で甘やかされて育った、愚鈍そうな少年だった。あのような鈍感な人物が主人公であってよいはずがない。

そもそも自分が書く物語には、摂関家などが出てきてはならないのだ。

村上帝の時代には、帝が自ら政務を執る親政政治が実現していたと、歴史の書物には記されていた。その時代の皇族ということになると、式神が語っていた安和の変のことが思い起こされた。

香子は思わずそのことを口にしていた。

「じじさまは安和の変のことをご存じでしょうか」

突然の質問だったので、文範は少し驚いたようだったが、香子が漢籍を読み込み歴史に興味をもっていることは以前から知っていたので、すぐに応えてくれた。

「よく知っておる。わたしはあの事件に参議として関わっておった」

安和二年の春、事件は起こった。

「わたしは参議の末席に加えられて二年目であった。当時の関白はいまの関白藤原頼忠さまのお父ぎみの実頼《さねより》さまであったが、ご高齢であられたので、台閣を仕切っておられたのは左大臣の源高明さまであった。されども右大臣藤原師尹《もろただ》さまの支持者の方が人数としては優勢であった。中納言以上の高官七名のうち藤原一族が五名も占めておったのだからな」

文範は遠い記憶を探るような口調で話を続けた。

「謀反《むほん》の讒言《ざんげん》を通報したのは左馬助《さまのすけ》の源満仲《みつなか》、訴えられたのは左兵衛大尉《さひょうえのたいじょう》の源連《つむら》という、いずれも身分の低い武官で、二人は従兄弟の関係にあった。親族の内輪の争いが讒言に発展したものであろう。

ところがこの一族が左大臣高明さまの母方と遠縁であったことから、話が脹らんで、高明さまが源連らに指示を出して謀反を企てたということになってしもうた」

文範の口調はしだいに暗く緊迫したものになっていった。

「検非違使《けびいし》に捕縛された者らの詮議は、参議の役目であった。首謀者とされる源連はすでに東国に逃亡しており、関連の者らの自白は要領を得ぬものであった。参議の一人でのちに関白に昇られる藤原兼通《かねみち》どのがその場を仕切って、容疑者たちが『避けるところなくその罪に伏す』という報告書を関白に上奏することになった。それは藤原一族の横暴であったが、当時は参議であったいまの左大臣の源雅信さまも、同じく参議の弟の重信《しげざね》さまも、摂関家との対立が大事に及んではならぬと配慮され、兼通どのの横暴を押しとどめることができなかった」

捕縛され自白した者らの処分は軽く、左大臣の源高明だけが大宰府に流罪となった。菅原道真の冤罪事件と同じことが繰り返されたのだ。

話を聞いているうちに、香子の胸の内には、摂関家に対する怒りがわきあがってきた。

道真が大宰府で無念の死を遂げたあと、のちの醍醐帝や朱雀帝の時代に、関白の藤原時平《ときひら》を始め道真の左遷に関わった者らが次々と変死を遂げた。そのため兄の跡を受けて関白となった藤原忠平《ただひら》は道真を祀る神社を建立した。

朱雀帝の弟の村上帝の時代には摂政も関白も置かれなかった。

その時代にはいまも語り伝えられるほどの見事な親政が実現されていた。温厚な左大臣藤原実頼は親政を尊重し、村上帝の弟にあたる源高明が右大臣（のちに左大臣）に昇って、帝による親政を補佐したとされる。

自分が書く物語は、ただの恋物語であってはならない。

帝の弟が藤原一族を凌駕して、親政を強化していく物語でなければならないのだ。

文範の話を聴きながら、香子は自分の物語の道筋が見えてきた気がした。

この岩倉の大雲寺で、少女の若紫と出会うのは、源氏の貴公子でなければならない。少女の名前は若紫と決めてある。相手の貴公子の名は……。

名前などなくてよい。帝の弟ぎみで、臣籍降下して源氏という氏姓を賜った人物だから、ただ源氏と呼ばれる。とはいえ嵯峨源氏から村上源氏まで、源氏を氏姓とする人々は洛中に満ちている。やはり固有の名称が必要ではないか。

国の親となりて、帝王の上なき位に昇るべき相なれども、さように見れば乱れ憂うることやあらん。かといって臣下として公の固めとなりて天下を輔ける方かと見れば、さような相とも思われず……。

晴明が述べた予言をそっくりこの主人公にあてはめてみよう。

帝ではない。しかし臣下の摂政関白や大臣でもない。ではこの人物はどのような立場なのか。

歴史書を読み込んでいる香子は、すぐに思い当たった。

平安京を開いた桓武《かんむ》帝の父の光仁《こうにん》帝、菅原道真を起用して親政を実現させた宇多《うだ》帝の父の光孝《こうこう》帝。

偉大な帝王の父として尊敬された人物には、諡《おくりな》として「光」の文字が当てられている。

光《ひかるげんじ》源氏。

主人公の貴公子は光源氏と呼ばれることになる。

そこまで考えが進んだ時、またあの少年の姿が脳裏にうかんできた。

藤原道長。

どうしてあの愚鈍そうな少年の姿が想いうかぶのか。香子は大きく息をついた。

「香子。どうしたのですか」

かたわらの姉が声をかけた。

香子はわれにかえった。

自分の頭の中で物語が果てもないほどにふくらんでいく。いったい自分はどうなってしまうのかと、不安になるほどだ。

国の親となりて、帝王の上なき位に昇るべき相なれども……という予言は、実際は香子の未来として示されたものだ。

帝王を凌ぐほどの存在とはいったい何なのか。

香子は思わず、胸の内でつぶやいた。ここは霊場なので式神の声は届かないとわかってはいたのだが。

「天后媽祖。あなたの配下の千里眼に訊いてみて。わたしの未来には、いったい何があるのかしら」

答えは返って来なかった。


闇の中をさまよっていた。

宙に浮かんだような不思議な気分だった。寂しさが恐怖となって身を包んだ。

果てもなく闇が広がった遥か彼方に微かな灯りが見えた。あそこに行けば救われるのではないか。

そちらの方に歩み出そうとした時、どこからか声が聞こえた。

「行ってはいけない。あなたにはなすべきことがあるはずよ」

その声で、歩みが止まった。

あれは天后媽祖の声だ。

「ここはどこ。わたしはどうなっていたの」

高熱に浮かされていた。自分は死ぬのだと思った。だが、式神が自分を引き留めてくれたのだ。

「あなたは疱瘡《もがさ》に罹《かか》った姉ぎみを看病しているうちに病魔が感染《うつ》って、熱病に取り憑かれていたの。でももう大丈夫。熱は下がったわ」

記憶が甦った。

「姉は亡くなったのね」

香子は手を自分の顔に当てようとした。式神の声が響いた。

「触ってはいけない。まだ瘡蓋《かさぶた》が残っているから」

疱瘡は全身に瘡蓋ができる病だ。高熱に冒されて命を落とすことも多い。命が助かっても、顔に出来た瘡蓋が剝がれたあとに穴が穿《うが》たれ、女人にとっては致命的な痕《あと》が残ると恐れられていた。

「いいわ。どうせわたしは美人ではないから」

香子は胸の内でつぶやいた。

自分の前には、貴公子は現れない。それでいい。自分は物語を書く。

自分は藤原香子ではなく、若紫だ。

自分は若紫として生きていく。

そのように香子は胸の内で思い定めていた。

# 第二章　源氏の物語を書き始める

政変があった。

花山《かざん》帝が自ら退位し、東宮懐仁《やすひと》親王（一条帝）に譲位したのだ。花山帝の在位はわずか二年で終わった。

花山帝の外戚（母方の祖父）にあたる藤原伊尹《ふじわらのこれただ》は円融《えんゆう》帝が幼少のころに摂政を務めた権力者であったが、すでに亡くなっていた。

後見を失った花山帝は無力で、右大臣藤原兼家《かねいえ》に譲位を迫られていた。

そこに思いがけない事態が生じた。

色好みで知られた花山帝が一途に寵愛していた女御《にょうご》の忯子《よしこ》が病で亡くなった。忯子は懐妊していた。皇子の誕生が期待されていたがその期待も夢と消えた。落胆した帝《みかど》は出家したいと口走った。側近で蔵人を務めていた藤原道兼《みちかね》がこれを聞き逃さなかった。

道兼は右大臣兼家の次男で、花山帝が退位すれば妹の詮子《あきこ》が産んだ東宮懐仁親王が即位し、父が摂政となることを見越していた。

自分も出家すると告げた道兼は、帝を牛車《ぎっしゃ》で山科《やましな》の元慶寺《がんぎょうじ》に連れ出した。帝は途中で気が変わって出家を思いとどまろうとしたのだが、牛車が寺の境内に入り僧侶たちに取り囲まれてしまうと、後戻りができなくなった。

上東門から出た牛車は安倍晴明《あべのせいめい》の邸宅前を通過した。女御の病魔を祓うために東宮で数日にわたって祈禱を続けていた晴明だったが、女御が亡くなったのは天命であり救うことはできなかった。

自邸に戻っていた晴明は、疲れ果てていたが、自邸の前を過ぎ去っていく気の乱れを察知した。異変を感じた晴明は急いで内裏に駆けつけたのだが、時すでに遅かった。道兼の兄の道隆《みちたか》と異母弟の道綱《みちつな》が、帝が不在の内裏に入り、三種の神器《じんぎ》を同じ内裏にある東宮御所の凝花舎《ぎょうかしゃ》に移していた。

道兼は帝が剃髪したのを見届けると自分は出家せずに寺を脱出した。すべては右大臣兼家と子息たちが企てた陰謀だった。

懐仁親王が即位して一条帝となり、外戚の兼家が摂政となった。上皇となった花山帝には皇嗣となる皇子がなく、異母弟の居貞《おきさだ》親王（のちの三条帝）が東宮に立てられた。母は詮子の姉の超子《とおこ》で、兼家は次代の帝の外戚となることも約束された。

こうした経緯は式神《しきがみ》が伝えてくれたのだが、寛和《かんな》の変と呼ばれるこの政変は、香子《かおりこ》にとっても重大事だった。

花山帝の側近として式部丞《しきぶのじょう》と蔵人《くろうど》の職を得ていた父の為時《ためとき》が失職したのだ。

再び窮乏の暮らしが始まる。

香子は左大臣の正室穆子《あつこ》に相談して、土御門殿《つちみかどどの》の女房《にょうぼう》に加えてもらうことにした。

宮中や公卿《くぎょう》の邸宅に出仕し奥向きの雑用を担当する女人は、女房と呼ばれる。渡り廊下などを仕切った小さな房《ぼう》を与えられ、そこに住み込んで働くからだ。

香子にも房が与えられたが、近くに住んでいるので夜は自宅に戻ることにさせてもらった。住み込みではないので正式な女房とは言えないのだが、昼間の職務は同じで、赤染衛門《あかぞめえもん》という年嵩《としかさ》の女房の配下に置かれた。

三十歳を少し過ぎたくらいの赤染衛門は、夫が漢学者ということで、香子とは何となく肌合いが似かよっていた。のちに『栄華物語』という大長篇の歴史書を執筆することになる赤染衛門は、歴史に詳しく、香子が質問するとたいていのことはその場で答えてくれたし、わからないことは夫の大江匡衡《おおえのまさひら》に問い合わせてくれた。匡衡は漢学者の名門大江一族の嫡流で、将来の文章博士《もんじょうはかせ》の地位が約束されていた。

この時代は諱《いみな》（本名）を呼ぶことが憚《はばか》られたので、邸内の女房は通称で呼ばれる。赤染衛門は夫が右衛門尉《うえもんのじょう》であったことから、父の氏姓の赤染に衛門を付けて赤染衛門と呼ばれていた。そのように多くの女房は、父の氏姓や役職、夫の役職の一部を採って通称とした。

香子は藤原という父の氏姓と、為時が式部丞であったことから、当初は藤式部《とうしきぶ》と呼ばれていた。最初に女房として土御門殿に出仕した時、香子は長女の倫子《みちこ》と対面させられた。香子とは又従姉にあたる倫子は二十歳を過ぎていて、母親に代わって邸内を仕切るようになっていた。

「女房として出仕することは母から聞きました。そなたは親族として幼女のころからこの土御門邸に出入りしていますが、女房として勤めるからには、これまでと同じようにはいかぬと覚悟しなさい。親族であることは忘れて新参の女房として仕事に励むのですよ」

倫子の言うことは道理に適ってはいたが、その口調があまりによそよそしく、冷酷な感じがした。妹の中君《なかのきみ》とは年齢も近く、遊び相手だったが、倫子は遊びに加わることもなかったから、親しみを覚えたこともなかったのだが、これほど厳しい性格だとは初めて知った。

端正な美貌と左大臣の娘という血筋に恵まれた倫子には、自分は特別だといった自尊心が感じられた。

　倫子は皇族を祖とする公卿の娘として、わがままに育てられていた。いずれは帝か東宮のもとに入内《じゅだい》して、妃《きさき》になるという夢を抱いていたのだろう。ところが二十歳を過ぎても縁談はなかった。円融帝や花山帝とは年が離れていたし、兄弟の多い摂関家の公卿が競って娘を入内させたので、慎重な源雅信《みなもとのまさざね》はそこに娘を押し込む気持にはなれなかったのだろう。

　いまの帝（一条帝）は幼帝で遥かに年下だ。東宮（のちの三条帝）も年下で、もはや倫子は入内の機会を逸してしまったと考えるしかなかった。

　嫁ぎ先を失った倫子は、その不満をぶつけるように、女房たちに厳しく当たることが多かった。時にはわけのわからぬ怒りの発作を起こすこともあった。香子はなるべく倫子には近づかぬようにしていた。

　女房の仕事は、配膳などの雑用もあったが、年齢の近い中君の相手をすることも香子の職務の一つだった。朗読の得意な香子は、幼女のころから土御門殿に来ると、中君に物語を読み聞かせていた。

　すでに「若紫」が登場する物語をほぼ完成させていたので、中君や手の空いた女房を相手に、暗記している自作を語り聞かせたことがあった。それが評判になって、その場に居合わせなかった女房から、同じ話を語るようにせがまれた。その噂が伝わって、倫子から呼び出しがかかった。

「そなたは中君や女房たちに、自分で創った物語を語り聞かせているそうではないか」

　咎めるような口調だったので、香子は返答に窮してしまった。

「同じ話ばかりでは聞き飽きたお方もおられるかと思い、戯れに自分で創った物語をお聞かせしたのでございます」

　香子が途惑いながら応えると、倫子は厳しい表情を崩さずに言った。

「中君に物語を聞かせるのはよいが、まだ仕事のある昼間に女房たちが集まって物語に耳を傾けるというのは、いかがなものか」

「申し訳ございません。以後はそのようなことがないように気をつけます」

仕方なくお詫びをしたのだが、倫子は続けて思いがけないことを言った。

「仕事を終えた夜ならば朗読もよいであろうが、そなたは自宅に帰ってしまう。他の女房がいつでも代わりに朗読できるように、その物語を紙に記しておきなさい。紙と墨はいくら使うてもよい」

この申し出は、香子にとってはありがたかった。

紙は高価なものだ。自宅にも紙があったが、それは父が人に頼まれて上申書や願文を代筆するおりに使ったり、弟が漢籍を学ぶために用いられるもので、香子が紙を使うことは許されていなかった。倫子の許可が出たので、香子は女房としての仕事の合間に、自分に与えられた房で紙に物語を書くことになった。完成していた「若紫」の物語だけでなく、その続篇となる新たな物語を書き始めた。紙に書いておけば、夜に女房たちが集まって、誰かが朗読することができる。

ところが女房たちは、せっかく出来たばかりの物語を聞くのだから、作者の香子の朗読で聞きたがった。請われるままに香子は夜になっても自宅に帰らず、女房たちに物語を語り聞かせるようになった。

自分で書いたものだから文言はほぼ暗記している。紙に書かれた文字を読む必要はない。物語を語りながら聞き手の女房たちの表情やようすを眺めていると、物語のどの部分に女房たちが興味を覚え心を動かされているかが手に取るようにわかった。

下級貴族の子女が多かった。年増の人妻もいる。美女とは言えない女人も少なくない。物語の始めに登場する藤壺《ふじつぼ》や朧月夜《おぼろづきよ》、葵《あおい》の上《うえ》といった皇族や公卿の姫ぎみの話も、夢物語としては好評だったが、自分たちに近い下級の女人が出てきた時の方が、女房たちが身を入れて聞いてくれることがわかった。

聞き手の反応を見ているうちに、登場する女人の人数が増えていった。身分の低い、容色の劣る女人に対しても、主人公の貴公子は優しく対応する。そのことで、主人公の大らかさが際立つことになった。聞き手の女房たちに教えられるようにして、香子の物語は既存の物語にはない大きな広がりをもつことになった。

「若紫」に登場した少女は、やがて成長し、主人公の正室となって、紫の上と呼ばれるようになる。この女人には、語っている香子の気持がこもっている。そのことは女房たちにも伝わったのだろう。

当初は藤式部と呼ばれていた香子は、いつしか紫式部と呼ばれるようになった。


土御門殿に突然の来客があった。

輿《こし》に乗った詮子が来訪したのだ。国母《こくも》となった詮子は皇太后となっていた。

正室の穆子が対応に出た。左大臣はご在宅かと尋ねる詮子を、とりあえず主殿に案内する。

左大臣源雅信は円融帝の時代から左大臣を務めていたので、詮子とは面識がある。また雅信の先妻の子息の源時中《ときなか》が、皇太后宮権大夫《ごんのだいぶ》（長官）を務めているので、その縁で雅信にも親しみを覚えていたのだろう。

正殿で雅信と対面した詮子は、いきなり用件を切りだした。

「そちらのご長女は何歳になられるか。いまだ婚姻されておられぬのではありませぬか」

詮子のあからさまな問いかけに、雅信は困惑しながら応えた。

「二十四歳に相成りました。いまだにどなたとも縁組みを結んでおりませぬ。すでに婚期は逸しておるかと無念に思うております」

「それならばお願いがございます。わが弟の道長を、こちらの婿に迎えてはくださりませぬか」

「それは……」

雅信は言葉に窮した。

突然の申し出に雅信が途惑うのも無理はない。いずれは入内させたいと願っていた大事な娘だ。帝も東宮も倫子よりも遥かに年下となったいま、入内の夢は潰《つい》えた。

それにしても、敵対する摂関家の御曹司を迎え入れるというのは、いかにも唐突な申し出だった。

詮子としては、父の兼家が病弱な帝（一条帝）に見切りをつけ、長女の超子が産んだ東宮居貞親王（のちの三条帝）に期待をかけていることが気に入らなかった。兄の道隆と道兼も父の側に付いている。

帝を守るためにも味方が必要だった。

自分が母代わりを務めた同母弟の道長を左大臣に結びつけておけば、父や兄たちの専横を防ぐことができるのではないか。

詮子としては最後の頼みの綱とも言える申し出であった。

雅信は即答を避けた。皇太后の頼みではあるが、心の内では拒絶するつもりでいた。

快諾を期待していた詮子は、失意の内に土御門殿を辞することになった。

帰り際に、廊下に居並んだ女房たちの姿に目を留めた詮子は、驚いたように足を止めた。

「そなたは……」

詮子は息を呑んだような声を洩らした。

「式神さまではありませぬか」

香子は物怖じすることなく応えた。

「いまは左府（左大臣）さまにお仕えいたしております」

詮子は大きく息をついてから声を高めた。

「式神さまがこちらにおられるのは、天運がわれに味方をしておるのであろう。どうかわが弟の守り神になっていただきたい」

それから詮子は、改めて香子の顔を見つめ、問いかけた。

「そなたの名は……」

「こちらでは、紫式部と呼ばれております」

そう言って香子は頭を下げた。


雅信は摂関家から婿を迎えることに反対であった。

しかし正室の穆子は傍系とはいえ藤原一族の出身なので、摂関家との縁組には積極的だった。

雅信も穆子の説得に負けて、思い直すようになった。

穆子が産んだ二人の男児が、摂関家隆盛の世に絶望して、相次いで出家するという事態が生じた直後でもあった。先妻の子息の時中は皇太后宮権大夫を務め、参議にも登用されているのだが、期待をかけていた二人の若者が相次いで遁世したことに寂しさを覚えていた。

摂関家の三男はいまは低い身分だが、左大臣の自分が推挙すれば、参議くらいにはなれるだろう。大納言を務める弟の重信《しげざね》に参議の時中、それに婿が加われば、台閣の中に摂関家に対する対抗勢力を築くことができる。

当の倫子は相手が自分より二歳年下だと聞いて難色を示していたが、自分が婚期を逸していることは自覚しているので、最後には母親に押し切られた。

そうした経緯を、香子はすべて察知していた。

式神を呼び出して、ようすを報告させていたからだ。

「あの鈍感で頭の悪そうな男を婿に迎えるなんて、左大臣家の将来はどうなるのかしら。あなたの配下の千里眼《せんりがん》は何か言っていないの」

香子が問いかけると、式神がただちに応えた。

「未来は光り輝いているそうよ。まるであなたの書く物語の貴公子のように」

「わたしが書いているのは源氏の物語よ。摂関家の御曹司なんて、わたしは大嫌い」

「左大臣家の婿になるのだから、源一族といっていいわ。雅信さまの推挙で台閣に加われば、お味方が一人増えることになる」

「あんなとぼけた御曹司は、頼りにならないわよ」

香子は断定した。自分が童女《わらわめ》だったころに一度、東三条邸で見かけただけだが、愚鈍そうな印象が胸の奥に刻印されていた。

だが姿だけは美しかった。

あの貴公子が倫子の婿になる。そう考えると、めでたいようでもあるが、少し悔しい気がした。

貴公子が詮子に伴われて土御門殿にお目見えすることになった。

女房たちはその噂で盛り上がっていた。下級貴族の子女にとっては、三男とはいえ摂関家の御曹司は、憧れの的だった。

土御門殿を仕切っている長女の倫子の婚姻が調ったことで、邸宅に活気がみなぎっていることは確かだが、御曹司の姿を間近で見られるというのも、女房たちにとっては嬉しいことだった。

この時代、婚姻は入り婿の形をとるのが一般的な慣習だったが、嫡男の場合は、いずれは父親の邸宅を引き継いで独立することになる。従って、入り婿というのは一時的なものにすぎない。道長の場合は三男なので将来も土御門殿を本拠とすることが予想され、養子縁組に等しかった。

土御門殿の新たな主人となる人物だ。その顔合わせのために、女房たちは主殿に揃って御曹司と対面することになった。

皇太后詮子が上座に着くことになるので、雅信と穆子、倫子は、女房たちの前に並んで座していた。

赤染衛門の案内でまず詮子が主殿に入った。続いて入って来る御曹司の姿を、女房たちは息を詰めるようにして待ち受けていた。

道長は背が高く、堂々とした足取りで現れた。顔立ちは見事なほどに整っていたが、近づいてくると額や頬に疱瘡《もがさ》の痕があるのが見てとれた。

香子は急に親しみを覚えた。貴公子も自分と同じ病に罹《かか》っていたのだ。

道長が席に着くと、詮子が厳かに発言した。

「わが弟を婿に迎えていただけたこと、まことにありがたいと思うております。本日から道長は、この土御門邸で暮らすことになるのですが、その前に申し上げておきたきことがございます。道長も二十歳になる殿御でございますので、すでに通っていく妻をもっております。わたくしどもの実家の東三条邸の向かいにある高松殿におられるお方で、亡くなられた源高明《たかあきら》さまのご息女であられる明子《あきこ》さまでございます」

雅信と穆子は驚くようすを見せなかった。事前に道長のことは調査していたようだ。

しかし倫子の耳には届いていなかったようで、すでに妻がいるという話に、表情が硬《こわ》ばっていた。

詮子は声を高めた。

「軽々しく下々《しもじも》の女とつきあわぬようにわたくしが厳しく躾けました。道長の妻は明子さまただ一人でございます。子どもはおりませぬ。ただ身寄りのない姫ぎみでございますので、今後とも道長が高松殿に通うことをお認めいただきたいのですが、よろしいか」

有無を言わさぬ強い口調だった。源高明はかつての左大臣で、雅信にとっては従兄にあたる。雅信が拒否できないことを見越して、側室の存在を認めさせようというのだろう。

雅信も穆子も、無言で申し出を受け容れるそぶりを見せた。

この時、倫子が声を発した。

「高松殿のお方とは先にご縁があったのでお認めしないわけにはいかぬでしょう。さりながら、今後とも側室はただお一人に限るということにしていただきましょう」

毅然とした口調だった。

この時代、若い女人がこのように強い発言をすることは稀《まれ》だった。

さすがの詮子も、意表を衝かれたように、まじまじと倫子の顔を凝視した。

道長は微笑をうかべ、わざとらしく驚いてみせた。

「はいはい。仰せのとおりに、側室はただ一人ということで、お約束いたします」

明朗な口調で道長が言った。その屈託のない言い方と、倫子には逆らえぬと思い定めたようすが微笑ましくて、女房たちの間から笑いが洩れた。

詮子は帰宅し、道長はそのまま土御門邸に留まった。

女房たちが一人ずつ、自らの通称を告げて挨拶をした。

香子の番になった。

紫式部、という通称を告げると、道長は微笑をうかべた。

「ああ、式神さまですね。憶えていますよ」

他の女房たちがいっせいに香子の顔を見た。

間を置かずに、赤染衛門が口添えをした。

「紫式部は物語を書いております。光源氏という貴公子が、多くの姫さまを訪ねていく物語でございます」

「ほう、源氏の貴公子ねえ……」

道長は驚いたような言い方をしたが、どことなく侮るような気配が感じられた。

香子は相手を睨みつけた。その目つきの鋭さに、相手は大げさに驚いてみせた。

「式神さま。そんな目で見つめないでください。わたしもこれからは、源氏一族の一人になるのですから」

そう言って道長は笑い声を立てた。

その笑い方も気に入らなかった。香子は心の中で叫んだ。

「この愚鈍な笑い方……。何とかしてほしいわ」

「愚鈍で頼りないところがいいのよ。このお方は出世するわ」

式神の声が聞こえた。


翌年正月の叙位で、婚姻の時点では左近衛少将《さこのえ》という低い役職だった道長が、参議を経ずにいきなり権中納言に昇った。少しあとで右衛門督《うえもんのかみ》を兼務することとなる。

雅信としては、参議くらいにはなれるだろうと推挙したのだが、父親の右大臣兼家が、権中納言にしてはどうかと提案した。左右の大臣による推挙なので、反対の声は上がらなかった。兄の道隆は権大納言だが、権中納言を務める次兄の道兼とは同格となった。

台閣の中枢に昇った道長だったが、まだ二十三歳の若者だ。土御門殿でのようすは以前と少しも変わらなかった。

　左大臣の雅信がいるし、邸内は倫子が仕切っている。道長は肩身の狭い入り婿として、控え目に行動している。

　とはいえ明るい性格なので、倫子の目の届かないところでは、女房たちをからかったり、冗談を言うことも多く、道長の周囲では笑い声が絶えなかった。

　香子の姿を見ると、道長は駆け寄ってきてしきりに声をかけた。

「式神さま。お姿が輝いて見えますね」

　などとお世辞を言うこともあった。

「どうです。物語は進んでいますか」

　と香子が書いている物語に興味を示すこともあったが、書庫に保存してある香子直筆の物語を読むことはなかった。

　文人としても知られる左大臣の邸宅であるから、書庫には漢籍や史書の類も揃っているのだが、道長が書物を読んでいる姿を見かけることはなかった。


　この年、倫子は懐妊し、女児を産むことになる。

　藤原彰子《あきらこ》。

　香子の運命を変える姫ぎみだ。だがそのことを当の香子は自覚していない。

　倫子が懐妊したくらいで自分の運命が変わるとは思ってもいなかったから、式神を呼び出して千里眼に未来を占わせることもなかった。

　ただ予感のようなものはあった。

もっと大きな変化が自分の身に起こるのではないか。

倫子の出産が近くなると、道長は当然のごとく毎夜、外出した。高松殿の明子のところに通うためだ。倫子も産まれてくる子どもに気持が傾いていて、道長が外出することを咎めなかった。

ある夜、土御門殿の斜向かいにある香子の自宅の戸を叩く者があった。

「来たわね」

耳もとで声がした。

こんな夜更けの暗がりの中で式神の声を聞くのは初めてのことだ。

「来たわねって、どういうこと。何が来たというの」

「すぐにわかるわ」

この時代には妻問いという慣習があった。貴族の貴公子は何人もの妻（側室）をもつことが許されていた。新たな妻を求める場合、その家に入り込んで娘の部屋の戸を叩く。受け容れられれば部屋の中に入って契りを結ぶ。その後はその娘のもとに定期的に通っていく。

香子の物語の中でも、主人公がさまざまな女人の部屋を訪ねていくさまが描かれている。物語を創っている香子は、まだ幼く、妻問いを経験したことがなかった。

「どなたさまですか」

胸を高鳴らせながら、香子は声をかけた。

「いよいよ貴公子のご登場よ」

式神がささやきかけた。

続いて千里眼の声。

「この契りで運命が変わる。晴明どのの予言に一歩近づくことになる」

「受け容れるがよい。失職しておる父親が救われる」

順風耳《じゅんぷうじ》の声がかぶさる。

「あの……。わたしですよ。式神さまのお宅がこちらだと伺ったので、ちょっと寄ってみたのですがね」

道長の声が響いた。

高松殿へ向かう途中で、ちょっと寄ってみたと言いたいのだろう。高松殿へ通うことは、倫子に公認されている。だから大丈夫だとでも言いたいのか。

「どうすればいいの」

香子の心の中のつぶやきに、式神が応える。

「どんな場合も最初はお断りするのが慣習よ」

香子はあわてて声を高めた。

「お断りいたします。入らないでくださいませ」

「はあ、そうですか」

道長はあっさり引き下がった。

あとには静けさがあった。

「高松殿の方に行ってしまったのじゃないの」

いくぶん落胆して香子はつぶやいた。

「すぐに戻ってくるわ。二度目は、戸を開けておあげなさい」

そんな話をしていると、再び戸を叩く音が響いた。

「わたしです。また戻ってきました。開けてもらえませんかね」

香子は素早く戸を開けた。

「やあ、ありがとう、式神さま」

とぼけた口調でそう言って、道長は部屋の中に上がり込んだ。

「入り婿というのはつらいものですよ。四六時中、怖い鬼嫁どのに見張られているのですからね。まったく気が滅入ってしまいますよ」

気が滅入ると言いながら、まるで他人事《ひとごと》のような明るい話しぶりだ。

「側室は一人に限ると鬼嫁どのに釘を刺されていますから、こんなところへ来てはいけないのですがね。このことが発覚したら大目玉をくらいますよ。とはいえわたしと式神さまとは、深い縁《えにし》で結ばれているのですからね」

「どのような縁ですか」

「式神さまが東三条邸に来られた時のことですよ。わたしはお向かいの高松殿にいたのですね。まだ童子でしたから、雛遊びのようなことを明子どのとやっていましてね。そこに姉から呼び出しがかかって、あわてて自邸に戻ってみると、式神さまがおられたというわけです。これって、天命みたいなものでしょう」

「ただの偶然です」

香子は冷ややかに言って、さらに付け加えた。

「それに、わたくしはあなたさまが嫌いです」

真夜中の突然の訪問者なので、灯りも点けていない。道長の表情は見えなかったが、息づかいから、ひどく驚いた気配が伝わってきた。女人から面と向かって、嫌いだなどと言われたのは、初めてのことだったのだろう。そんなことを言う女人がいるとは、考えたこともなかったに違いない。

道長は口ごもりながら問いかけた。

「ど、どうしてですか。わたしは摂関家の御曹司で、権中納言なのですよ」

「殿方として尊敬できません」

「いや、もちろん、わたしは漢学が苦手ですし、あなたのように物語を創ったりもできないですがね」

卑屈な言い方をしたあとで、道長は急に声を高めた。

「わたしはもっと出世しますよ。何しろ式神さまが味方に付いてくれていますからね。わたしの未来は輝かしいものになるでしょう。わたしは正室の三男ですが、長男の道隆どのは飲水病《いんすいびょう》です。漢方では消渇《しょうかち》（糖尿病）と言われるそうですがね。口の中が渇いていくらでも水が飲みたくなる病です。美食による肥満と酒の飲み過ぎが原因ですね。それで、次兄の道兼どのを式神さまが何とかしてくれれば、わたしは父の跡継になれるのですよ」

「式神が何とかするとは、どういうことですか」

「だって、神さまなのだから、呪詛の霊能とか、そういうのがあるのではないですか」

「それは邪悪な修験者や陰陽師《おんみょうじ》がすることです。それにわたしは式神ではありません。童女のころに晴明さまのお手伝いをしていただけでございます」

その時、千里眼の声が耳もとをかすめた。

「疱瘡が流行る」

「え、もがさ……」

思わず声に出して訊き返してしまった。

その声に道長が気づいた。

「いま、何か言いましたか」

そう言ってから道長は急に笑い出した。

「そう言えば式神さまには痘瘡の痕がありますね。わたしも痘瘡に罹りました。お仲間ですね。痘瘡に一度罹ると、二度と同じ病には罹らないそうです。わたしたちは長生きしそうですね」

道長がそう言った時だった。

「こやつは飲水病で死ぬ」

突然、順風耳の声が響いた。

香子はあわてて言った。

「お酒の飲み過ぎには気をつけてください」

道長は毎晩、酒を飲んだ。気難しい倫子は道長の食事に同席することはない。道長は若い女房たちに囲まれて一人でしゃべりながら飲んでいる。軽口を言ったり、うぶな女房をからかったり、はしゃいでいるようだが、苦《にが》い酒のように感じられる。

「一人で飲む酒は楽しいものではないですよ」

道長はふうっと息をついた。

「兄の権大納言（道隆）には飲み友だちがいましてね。大納言の二人、つまり従兄の朝光《あさてる》と大叔父の済時《なりとき》ですよ。最初は父が招いていたのです。わが父の兼家どのは摂政の宣旨を受けるとそれまでの右大臣の職を辞して朝堂院での台閣の合議には出席しなくなりました。台閣には左大臣のわが舅（源雅信）どのがおりますからね。あのお方は堅苦しい頑固な人物ですが意外と人望があるのですよ。ですから台閣に出席すると父の思いどおりに論議が進まぬこともあるのです。それで台閣から外れて、自邸の東三条北殿を摂政の職場として、大納言の二人と権大納言の長男を侍らせて毎日酒盛りをしながら政務の段取りを決めていたのです。まあ、そうやって、独裁体制を固めていたのですね」

道長は自分の父のことを冷ややかに語った。

「その父も酒の飲み過ぎで体調を崩してしまったのですが、兄は格上の大納言二人を隣の二条北殿に呼びつけて、毎晩酒盛りを続けたのです。いまや三人とも飲水病で死にかかっていますよ。わたしにはそういう飲み仲間がいないので、一人寂しくちびりちびりと飲んでいるだけです」

言い訳のようなことを言いながら、道長は手を伸ばして香子の肩のあたりを撫でようとした。

「何をなさるのですか」

香子は相手の手を撥ね除けた。

「あ、すみません」

恐縮したようにそう言った道長だったが、すぐにまた手を伸ばしてきた。

「ねえ、これからどうなるの」

香子は心の内で式神に問いかけた。

式神は笑いをこらえるような声音で語りかけた。

「なるようになるのよ。あなたは自分の物語の中で、何度もこんな場面を描いてきたでしょう」

確かに香子が書く物語の主人公は、さまざまな姫さまや、姫さまに仕える女房や、下級貴族の妻などのところに夜中に忍んでいく。暗闇の中での男女の出会いを繰り返し書いてきた。安倍晴明のもとで来客の悩みを聞き、呪詛や厄祓いの現場に出向いたことで、世の中にさまざまな人の営みがあることは知っていた。だが具体的な男女の触れ合いの場面となると、すべては想像で語るしかなかった。

いま初めて、自分がそのような現場に遭遇することになった。

すでに貴公子は、自分の部屋に上がり込んでいる。

「まあ、仕方がないか……」

香子は胸の内でつぶやいた。

二年後、一条帝がわずか十一歳で元服した。

長男道隆の娘、定子《さだこ》を入内させる準備でもあったが、病魔に倒れた兼家を関白職に就けるための便宜的な元服という意味合いもあった。

すでに前年、太政大臣に昇った兼家は、嫡男の道隆を内大臣に昇格させ、摂政としての独裁体制を強化していたのだが、帝の元服によってついに関白太政大臣という最高位に昇りつめた。

その直後に兼家は没した。

長く雌伏の日々を過ごし、五十八歳にしてようやく摑んだ外戚の地位であったが、摂政として君臨した期間は四年に満たなかった。

内大臣の道隆が関白の地位を引き継ぐことになったが、直後に摂政に戻された。仮の元服を済ませたとはいえ幼帝であることにかわりはない。その背後には、道隆の独裁を制したいという詮子の意向が働いていた。この時期の詮子は国母として帝を支配し、兄から関白の地位を剝奪するほどの権威を有していた。

翌年、詮子は落飾したのを機に皇太后から退き、女院《にょいん》と称する新たな地位に着いた。

かつて親政を目指した宇多《うだ》帝は、子息の醍醐《だいご》帝に譲位して上皇という自由な立場で政務を掌握し、漢学者の菅原道真《すがわらのみちざね》を内覧右大臣に起用して荘園整理令を発し、朝廷の財政再建を実現した。出家して仁和寺《にんなじ》を本拠とした上皇は院と呼ばれた。

女院はこれに倣って設置された新たな地位で、詮子は国母として帝を制し朝政を支配することになった。

詮子は居住する邸宅の名称を採って東三条院と呼ばれた。ただし、ほどなく詮子は東三条邸を出て、土御門殿に移っている。土御門殿には敷地の南側に別棟があって、かつては雅信の弟の重信が居住していたこともあったが、その別棟を改築して女院の御所と定めた。

東三条邸は父の兼実の邸宅で、詮子が居住していたのは南殿だったが、隣接した北殿には長兄の道隆が移っていたから、詮子としてはそこから離れたかったのだろう。

このことによって、詮子は道長および左大臣雅信と密接に結びついて、摂政となった兄の道隆との対立を強めていくことになる。

摂政と女院。幼帝を支配する権威が二重になって激しい抗争が続いていく。

道隆は帝の伯父という外戚ではあるのだが、母親の詮子がいる限り、帝を自由に操ることはできない。しかし入内した娘の定子が男児を産めば、いずれは帝の母方の祖父という、揺るぎのない外戚の地位を確保することができる。

詮子の狙いは、弟の道長の娘の入内だ。

だがその彰子はいまだ二歳だ。入内までには十年以上の年月が必要だ。

対する定子は十五歳。この時代としては適齢期だった。

女御として入内した定子は間を置かずに中宮に立てられた。

とはいえ帝が十一歳では、懐妊の可能性は低い。帝は定子のもとに通い始めたが、懐妊をもたらすような行為に及ぶわけではない。

添臥《そいぶし》の后《きさき》とも、雛遊びの后とも呼ばれた。

「ねえ、雛遊びの后のようすを見に行きましょうか」

式神から声がかかった。

「え、雛遊びの后って何」

香子は事情をよく知らなかった。帝がまだ赤子だったころに、呪詛をした式神を撃退して命を救ったことはあるが、帝も中宮も、いまの香子には無縁のものと感じられた。

「十一歳の帝と十五歳の中宮が、どんな暮らしをしているのか、見てみましょうよ」

そう言った途端、まだ承諾の返事もしていないのに、香子の魂が式神とともに宙に浮かび上がった。

たちまち土御門殿の屋根の上に出て、土御門大路の上空を西に向かって進んでいく。幼い日、安倍晴明の邸宅に通った懐かしい大路だ。その先にあるのは平安宮の上東門。これは大内裏と呼ばれる宮城の門で、その内側に帝が居住する内裏と呼ばれる領域があったが、その内裏も二重に囲われていた。

外郭の東門は建春門《けんしゅんもん》。内郭の東門は宣陽門《せんようもん》と呼ばれている。

香子と式神は二つの門を飛び越えて、帝の御座所に入っていった。

夕刻であった。

内裏の主殿にあたるのは紫宸殿《ししんでん》と呼ばれる建物で内郭の中央に位置している。これは公式行事の場で、帝の私的な生活の場は渡り廊下で西につながった清涼殿《せいりょうでん》だ。

紫宸殿や清涼殿の北側には後宮と呼ばれる領域がある。そこは数多くの建物が渡り廊下で結ばれた迷路のような状態になっている。

香子の物語に登場する帝の妃は、桐壺《きりつぼ》、藤壺、弘徽殿《こきでん》の女御など、建物の名称がそのまま女人の呼称になっている。建物の配置は記録を調べて把握しているのだが、香子はその領域を実際に見たわけではない。すべては想像だけで描かれたものだ。

いまその建物を実際に見下ろしている。

不思議な感じがした。

頭の中で想い描いていたのと同じ配置で建物が並んでいた。

式神とともに香子の魂は建物の中に降りていく。

天井のすぐ下のあたりに浮遊しながら、部屋のようすを見下ろしている。

十一歳の帝と、十五歳の中宮。それに中宮付の女房と思われる老けた顔立ちの女が一人、おそばに侍っていた。

かつて懐仁親王と呼ばれた帝は、赤子のころに見ただけだから、初めて見るようなものだったが、皇族らしい調った顔立ちで、毅然とした意志の強さが感じられる少年に育っている。

中宮定子は香子よりは年下だが年齢の隔たりはわずかだ。だから親しみをもって眺めることができるはずだという気がしていたのだが、一見しただけで、高貴な雰囲気をたたえた異様なほどの美女だということがわかった。まるで月の世界から降臨したとされる『竹取物語』のかぐや姫のように、近づきがたい美貌と感じられ、息が詰まるほどの気後れを覚えてしまった。

そばに侍っている女房の顔を見て、香子は思わず心の内で声にならない声を上げた。

「何よ、あの女房。伎楽《ぎがく》のお獅子《しし》みたいな顔をしているわ」

「よく見てごらんなさい。あの女房の肩に、何かの影が見えるでしょう」

その獅子のような顔をした女房の肩のあたりに、影のようなものの気配が感じられた。目を凝らし思いを集中すると、天狗のような相貌の怪しいものの姿が見えた。

「あれは式神……」

晴明のもとを離れてから数年の年月が流れているが、式神の気配を感じ姿を見きわめる霊能は衰えていない。

「どうしてあの女房に式神が憑いているの」

「わからないわ。あなたにわたしが憑いているのと同じよ。あの女も霊能をもっているようね」

時おり笑い声が響いた。会話の詳細は聞こえないが、式神の憑いた女房がしゃべりまくっている。あまりに話が弾み過ぎると、中宮が言い過ぎをたしなめるような合いの手を入れる。その呼吸が絶妙で、笑いが生じる。幼い帝は、会話に入ることはできないのだが、女房の語りに圧倒されると同時に、その女房を制する機知に富んだ中宮の言葉にも魅了されている。

中宮の魅力は何よりもその美貌にある。それは確かだが、ただ美しいだけの女はどこにでもいる。美貌と同時に、明るく聡明で機知に富んだ独特の個性があるところが、中宮の類稀《たぐいまれ》な魅力となっている。

天井近くから見下ろしているだけの香子にも、中宮定子が、稀有の才媛であることは充分に伝わってきた。

式神がささやきかけた。

「女院は二歳の彰子さまの入内を夢見ておられる。遠大な計画だけれど、あの中宮と競える才媛としてお育ちになるかは、何とも言えないわね」

式神がそう言った時、間を置かずに千里眼の声が響いた。

「二歳の姫ぎみが勝利する」

続いて順風耳の声。

「女が国を動かす世となろうぞ」

香子は耳を疑った。

女が国を動かす世……。

ほんとうにそんなことが実現するのか。

「まさか、そんな……」

思わずつぶやいた。式神と話す時の心の中の声ではなく、本物の声が洩れてしまった。

女房の肩の上の式神が、顔を上げてこちらを睨みつけた。

次の瞬間、天狗の顔をした式神が女房の肩を離れて、こちらに向かって迫ってきた。

「逃げましょう」

天后媽祖《てんこうまそ》と香子は、たちまち内裏の上空に浮かび上がった。

もとの土御門殿に向かって飛翔しながら、香子は問いかけた。

「あの女房は、どんな人なの」

式神が答えた。

「宮中では少納言と呼ばれている。最初の夫が少納言だったようね。父親が歌人で有名な清原元輔《きよはらのもとすけ》なので、清少納言と呼ばれることもあるわ」

「清少納言……」

その名が、香子の胸の奥に深く刻まれた。


生まれたばかりの彰子は、乳母《めのと》に育てられていた。

抱かれている彰子を遠目に見ることはあったが、香子が間近に姿を見る機会は少なかった。

しかし三歳（数え年）になると、会話ができるようになる。

やがては文字を習うことになる。

平仮名の手習いは、香子に任された。

香子には子どもはいないし妹もいない。弟とも年齢の差は少なかったので、幼児の相手をしたことがなかった。

「子どもの相手はめんどうでいやだわ」

心の中でつぶやいていると、式神が聞き咎めた。

「あなたにとっても、この国にとっても、大事なお方です」

「この姫さまが……」

香子は目の前の少女をまじまじと見つめた。

道長と倫子の娘だ。美しく調った顔立ちだが、母親に似て頑固で気の強そうな感じがする。中宮の定子の圧倒的な美貌と比べれば、十数年後にこの少女が年頃を迎えたとしても、定子を凌駕するとは思えない。あの定子の輝くような明るさと気品は天性のものだ。定子の母方の高階《たかしな》一族は在原業平《ありわらのなりひら》の子孫だと伝えられる。まさに物語の貴公子の血筋だと認めるしかないだろう。

とにかくいまは、この少女に仮名の手ほどきをしなければならない。香子は目の前の少女の顔を見つめた。

「あなたさまはどなたでございましょうか」

まずは名前を尋ねた。

少女は素直には答えずに、逆に強い口調で問い返した。

「あなたは誰なの」

香子は胸の内でつぶやいた。

「何よ、この娘。無遠慮じゃないの。こちらは仮名を教える先生なのよ」

式神《さき》がとりなすようにささやきかけた。

「前の摂政と左大臣の孫なのだから、そういう育て方をされているのよ」

「可愛げがない娘ね。入内しても帝の寵愛を受けるとは思えないわ」

腹を立てながら、それでも名を答えた。

「わたくしはこの館では、むらさきと呼ばれています。でも本当の名は、かおりこ」

すると少女は、しっかりとした口調で言った。

「わたしは、ひめ。そう呼ばれているけれど、本当の名は、あきらこ……」

そう言ってから、少女は急に周囲を見回しながら尋ねた。

「ねえ、さっきからひそひそ話をしているけれど、誰かそばにいるの」

「えっ……」

香子は驚きの声を上げた。

それから心の中でつぶやいた。

「あたしたちの話が聞こえたのかしら」

「幼い子に霊感が宿ることがあるらしいわ。この子のそばでは、おしゃべりはできないわね」

香子は気を取り直して、彰子の手習いのために用意した紙を示した。

なるべく崩さない字で書いた『伊勢物語』の第一段だった。

文字を示しながら読み上げようとすると、彰子の方が先に声を出して読み始めた。

「むかし、をとこ、うひかうぶりして、ならのみやこ、かすがのさとに、しるよしして、かりにすみにけり。そのさとに、いとなまめいたる、をんなはらから、すみけり……」

そこまで読んで、彰子は香子の顔を見つめた。

「なまめいたる……って、どういうことかしら」

「ああ、それは……」

香子は言葉に詰まった。

「男の人から見て、女の人がとてもかわいいと感じられる……そういうことかしら」

「わたしは、なまめいているの」

「ああ……」

香子は再び言葉に詰まった。

この少女は入内することが定められている。帝に寵愛されるためには、なまめいていることは大事だが、そこに到るまでには長い年月が必要だ。

それにしても聡明な子だ。聡明すぎるといっていい。

賢《さか》しらな女は男に嫌われる。

中宮定子のひたすら明るい美貌と、巧妙に秘められた機知の魅力と比べれば、この少女がいくら成長しても、とても敵わないのではと懸念せずにはいられなかった。

第一段の最後には、主人公の貴公子が狩衣《かりぎぬ》の裾を裂いて贈った和歌が記されている。

彰子が読み始めた。

「かすがのの、わかむらさきのすりごろも、しのぶのみだれ、かぎりしられず……それであなたは、紫と呼ばれているのね」

彰子の言葉が胸の奥にしみこんできた。

わたしはこの子を支えていかなければならない。

香子は心の底で強く決意した。

「そうよ。それがあなたの天命なのよ」

式神の声が響いた。

年月が経過した。

彰子は八歳になっている。

香子は彰子につきっきりで仮名文字や和歌の指導をしている。彰子の覚えが早いため、短い漢詩の読み方を教えることもある。

道長は相変わらず、のんびりとした人生を送っている。高松殿の明子のところにも、男児が二人生まれていた。

弟の頼通《よりみち》、次女の妍子《きよこ》も生まれている。

長兄の道隆と姉の詮子の対立の中にあって、道長は何の役にも立っていない。道隆は道長を権大納言に昇格させ、中宮大夫（中宮職《しき》長官）の兼任を命じたのだが、道長は中宮のもとには出仕せず、役目を放棄していた。

国母の詮子が中宮定子と不仲であることを承知しているので、役目を放棄することで姉の味方をしているようでもあるが、単にずぼらで仕事を怠けているようでもある。

かつては国母の詮子が政務を独裁していた。帝がまだ幼いという理由で、道隆から関白職を剝奪し摂政に引き戻した。しかし帝は成長し自分の意思を押し通すようになった。帝は中宮定子を寵愛していたから、結局のところ母の意向よりも妻の言いなりになるということだ。道隆は再び関白の宣旨を受けた。

のちに中関白《なかのかんぱく》と称されることになる道隆の独裁が始まった。

弟の道兼を右大臣、嫡男の伊周《これちか》を内大臣、伊周の異母兄の道頼《みちより》を権大納言、同母弟の隆家《たかいえ》を権中納言に昇格させ、関白の周囲を家族で固めた。さらに飲み友だちの二人の大納言、朝光（従兄）と済時（大叔父）も味方となっている。

一方、詮子の側は、頼みの左大臣源雅信が亡くなった。雅信の弟の重信が左大臣を継いではいるのだが、高齢のため頼りにはならない。道長も甥にあたる年下の内大臣伊周の下位に甘んじている。

このまま関白道隆の世が長く続くものと思われていた。

長徳元年（西暦九九五年）、道隆の独裁体制は突如として崩壊した。

まずは疱瘡の大流行だ。

公卿が次々と疱瘡で倒れた。

中関白道隆も倒れた。道隆の場合は疫病ではない。飲水病が悪化したのだ。道隆の相手をして飲酒を重ねた二人の大納言も体調を崩している。さらに道隆の弟の右大臣道兼が疱瘡で倒れた。

道隆は帝に上表文を奏上して、関白職を嫡男伊周に継がせたいと願い出た。これには国母の女院詮子が異を唱えた。帝にとって道隆は寵愛する中宮の父であり、伊周は義兄であるが、まだ十六歳の帝は母が強い態度に出ると逆らえなかった。

詮子は断固として関白職の継承を許さなかった。緊急の対応として、病床の父に代わって関白職を代行する内覧という任務だけを伊周に与えた。かつて菅原道真が右大臣のままで内覧を務めた前例があった。伊周の場合も地位は内大臣のままだ。

関白職には特別の待遇があって、内裏への出仕に朝廷の牛車が差し向けられ、護衛の兵が付く。伊周は同じ待遇を求めたが、詮子は認めなかった。

思いどおりの世襲が実現できぬまま、中関白道隆は無念の死を遂げた。

詮子は病床にある道兼を関白に任じた。兄から弟への継承が摂関家の慣例であると詮子に説かれれば、帝は従うしかなかった。詮子の強引な裁量によって関白職が弟に継承され、そのことが道長の未来に道を開くことになった。

いったん伊周が関白職に就いてしまえば、弟の道長を関白に任じることは難しくなる。関白職を疫病で倒れた道兼に継承させれば、その次には道長へという継承の流れが確立される。詮子の思惑どおり、関白の宣旨を受けた直後に道兼は没した。他の公卿も多くが病に倒れていて、台閣は大混乱に陥っていた。女院の独断ともいえる決定を阻む者はなかった。

関白職は空席とされ、内覧の職務だけを、権大納言の道長が代行することになった。

台閣の席次でいえば、内大臣の伊周の方が上席にある。地位の低い権大納言が内覧を務めるというのは異例の事態だった。

だが詮子は年齢が上であるという理由で、道長を藤原摂関家の氏《うじ》の長者と定め、ほどなく道長を右大臣に任じた。左大臣の重信も亡くなったため、内覧にして右大臣の道長が台閣の最高位を占めることとなった。

右大臣への昇進が決まった日、土御門殿は華やいだ雰囲気に包まれていた。詮子の住居が隣接しているため、事前に報せは届いていたのだが、公式に発表されたことで、道長の地位は揺るぎのないものになった。

その夜、道長は上機嫌で、倫子を始め、家司《けいし》や女房たちを集めて酒宴を開いた。土御門殿の人々は、姉の詮子と妻の倫子の言いなりになっている道長が最高権力者となったことに、いまだに半信半疑で、宴席も盛り上がりに欠けていたのだが、道長一人だけが浮かれていて、はしゃいだ声を上げ、空疎な笑い声を響かせていた。

「右府（右大臣）どの。少しお酒が過ぎるのではありませぬか」

同席した倫子は、時おり厳しい声で道長をたしなめた。

「まあ、今夜くらいはいいではありませぬか。この道長が父と同じ右大臣に昇ったのですよ。こんなめでたいことはない。いやあ、めでたい、めでたい」

その場にいた誰もが、こんな頼りにならない人物に国を統治する内覧が務まるのかと不安に思っていたはずだが、道長は根拠のない自信をもっていて楽観している。

宴席も半ばを過ぎたころに、南殿に居住する詮子が訪ねてきた。弟に祝いの言葉をかけるつもりであったのだろうが、道長がすでに酔っているのを見て、詮子は表情をひきしめて厳しい言葉を投げかけた。

「道長、浮かれていてはなりませぬぞ」

道長は驚いたように甲高い声で応えた。

「え、どうしてですか。わたしは右大臣に昇ったのですよ。関白も左大臣も空席です。わたしが台閣の最高位に昇ったのです。もちろんこれは姉ぎみの裁量でお決めになったことですから、感謝はいたしておりますが、これからは政務のことはすべてをわたしにお任せください」

詮子は呆れたように大きく息をついてから低い声で言った。

「関白の地位は本来は嫡男が相続するものです。伊周さまがあまりにお若いので、わたくしが強く帝にお願いをして、当面の内覧をそなたに任せることにしただけのことです。伊周さまが相応の年齢になられれば、関白職は伊周さまにお戻しせねばなりません。その前にどれほど周囲の公卿たちの信頼と評価を得るか、すべてはそなたのこれからの活動にかかっているのですよ」

姉の厳しい諫言《かんげん》も、道長の耳には入らなかったようだ。へらへらと笑いながら、道長は手にした杯の酒を飲み干した。

「今宵は内輪だけの宴席です。姉ぎみもお酒を召し上がってはいかがですか」

「わたしは帝との交渉で疲れ果てました。帝は中宮を寵愛されています。このままでは帝は中宮の言いなりになり、伊周さまの関白就任も近いと思われます。そのことを思うとわたしは気が気ではありませぬ。道長、そなたはもう少しちゃんとして、公卿らしい威厳をもつように心構えを改めねばなりませぬ」

そう言うと詮子はそそくさと南殿に戻っていった。

詮子の冷ややかな態度に、宴席の女房たちも静まり返ってしまったのだが、道長だけは元気そのもので声を張り上げた。

「姉ぎみはわたしの母代わりで、いまは国母にして女院であり、帝よりも偉くなられた。いつまで経ってもあのお方には頭が上がらぬ。まあ、わたしが年をとったぶんだけ、あのお方も年をとられ、いつまで経っても姉ぎみなのだから、一生わたしはあのお方の言いなりになってしまうことであろうな」

口では遜《へりくだ》ったようなことを言いながら、道長は上機嫌で酒を飲み続けた。

深夜、道長はいつものように高松殿に向かうと称して土御門殿を出た。

宴席を早めに退席して自宅に戻っていた香子の部屋の板戸が乱暴に叩かれた。

足もともおぼつかないほどに酔っている道長の大声が響き渡った。

「早く開けてください。今夜は祝いの日です。酒を持って来ました。朝まで飲み明かしましょう」

板戸を開けた香子がたしなめた。

「大声を出さないでください。弟が起きてしまいます」

父は不在だったが、弟は遅くまで勉学していた。もっとも、道長が通ってくることに、弟は気づいているようだった。

酒を飲むというので、仕方なく灯りを点けた。

「あなたの大声は、土御門殿にまで響いていますよ」

香子は声をひそめるようにして言った。京極大路と土御門大路の交差点の、斜向かいに位置している香子の住居からは、こちらの方が地盤が少し高くなっているので、土御門殿がまともに見渡せる。見えるということは、声も届くということだ。

酒の入った瓶子《へいじ》を抱えた道長は、部屋に上がり込むと、瓶子に口をつけて飲み始めた。

「そんなに飲むと、兄ぎみのように消渇になりますよ」

「今夜くらいはとことん飲ませてください。ねえ、式神さまも驚いたでしょう。この道長が関白ですよ」

「関白ではなくて右大臣に昇格しただけでしょう」

「内覧ですから関白と同じですよ。いずれ本物の関白になるでしょうがね」

「関白に就任するのは、ご辞退された方がいいですよ」

「どうしてですか。わが父も関白になりたくて仕方がなかったのに、宣旨をいただいたのは亡くなる直前だったのですよ」

「あなたは雅信さまのご推挙でやっと権中納言に昇ったお方です。それまでは左近衛少将だったのでしょう。そんな低い役職だったお方が時を経ずに内覧の宣旨を受けたのですから、他の人々の嫉《そね》みを受けます。とくに同じくらいの年齢の文官の方々に対しては、これまでよりもいっそう謙虚なおふるまいが必要です」

「あなたまでが、姉ぎみや鬼嫁どのと同じように諫言するのですか。酒がまずくなりますよ」

「やさしくしてほしいのなら、高松殿にお行きになればよろしいのに」

「明子どのも最近は口うるさくなりましてね。立て続けに男児を産んだので強気になっているのですよ。いまも懐妊していて、腹の脹れようからすると、また男児らしいと言ってましてね。腹の脹れた女のそばで酒など飲めませんよ」

泥酔している男の相手をするのは、うんざりだった。

水でもぶっかけてやろうかと考えていると、式神の声が聞こえた。

「いまがいい機会よ。父ぎみの就職でも頼んだらどうかしら」

考えもしない提案だったが、以前に順風耳が、失職しておる父親が救われる、と予言したことを思い出した。

酔っている相手だから、何か頼んでも忘れてしまうのではと危ぶみながらも、言うだけは言ってやろうと試しに問いかけてみた。

「内覧右大臣になられたのですから、これから朝廷の政務はすべて、あなたさまの思いどおりになるのでしょうね」

「もちろんですよ。何もかもわが意のままになります」

胸を張って道長は答えた。

「一つだけお願いしてもよろしいでしょうか」

「あなたの頼みなら、何でも聞きますよ。兄が二人とも死んでしまったのも、式神さまのおかげですからね。あなたが呪詛か何かしてくれたのでしょう」

何か大きな勘違いをしているようだが、そのことは無視して、とにかく頼んでみることにした。

「もう十年以上も失業しているわが父を、何とかしてくれませんか」

「あなたのお父ぎみの位階はいかほどですか」

「十年前に六位の蔵人を務めておりました」

「それならとりあえず受領《ずりょう》（国司長官）に任じることにしましょう」

酔った勢いの安請け合いかとも思って、それほど期待してはいなかったのだが、翌年の正月の人事で為時は淡路守《あわじのかみ》に任じられた。

淡路守……。

確かに受領には違いないが、これでは喜べない。

淡路国は淡路島だけの国で、六十以上もある地方国の中でも壱岐《いき》、対馬《つしま》などと並んで最小国の一つだ。地方国は大国、上国、中国、下国の区別があり、下国の受領では六位のままだ。

香子はただちに道長をつかまえて談判した。

「淡路国ってどういうことですか」

少し声が大きくなった。その勢いに気圧《けお》されたのか、道長はひどくあわてたようすを見せた。

「あ、淡路では不足ですか」

「不足も何も、あんなところは国ではありません」

香子の剣幕に道長は恐れをなしたようだ。

「すみません。帝に上奏して配置換えをしていただきましょう。それにしても配置換えの理由が必要ですね」

「理由など何とでもなるでしょう。あなたは最高権威の内覧なのですから、何もかも思いどおりになるはずではなかったのですか」

「確かにそうなのですが、一番に偉いのは帝ですからね。帝はお若いのに漢籍の教養がおありで、弁舌が巧みなのですよ。理屈では負けそうになります」

どうやらこの男は、自分で言うほど権力をもっていないようだ。

香子は強い口調で言った。

「それなら越前国はどうでしょうか。先年、若狭国に宋人の船が漂着して、いまは越前にいると聞いています。父は漢語が巧みですから交渉に当たることができます」

「宋人が漂着したって、ほんとですか。あなたは何でも知っているのですね」

実のところは式神に授けられた知識だった。道長はそのとおりのことを帝に奏上したようで、三日後に父は越前守に配置換えとなった。

越前は大国で、受領となれば五位に叙される。為時はようやく下級貴族の一員となることができた。

だが、この急な配置換えの結果、香子は思いがけない窮地に立たされることになる。

その日、土御門殿に出仕した香子は、いきなり倫子の部屋に呼び出された。

部屋に入ってみると、上座に倫子、下座に道長がいて、香子は道長の隣に座するように命じられた。

倫子はまず、道長に向かって問いかけた。

「婚姻のおりにあなたさまは約束をなさいました。側室は高松殿の明子さまただ一人に限るということでございました。そうでしたね」

「はいはい。側室はただ一人と約束いたしましたよ」

道長はとぼけた口調で応えたのだが、声がふるえていた。

「その約束をお破りになりましたね」

「いえ、そういうことはけっして……」

「それではお尋ねいたします。式部の父の為時どのが、大国の受領に任じられましたね」

「はあ、そのようですね」

「それもにわかな配置換えだったそうですね」

「めでたいことではないですか。漢学者としての為時どのの評価は誰もが認めるところです。若狭や越前には宋人の船がたびたび来着しているようですね。密貿易を詮議するにしても、新たな貿易の交渉をするにしても、漢語が達者でなくては……」

道長が話している途中で、倫子はにわかに香子の方に向き直った。

「お父ぎみの就職を、そなたがお願いしたのですね」

こうなっては隠し立てはできない。

香子は胸を張って応えた。

「わたくしがお願いいたしました」

そのきっぱりとした態度で、倫子は道長との関係を確信したようだ。

倫子は冷ややかに言い放った。

「式部どの。そなたの出入りを禁止いたします。今後は土御門殿に一歩も踏み込むことはなりませぬ」

「わかりました。仰せのとおりにいたします」

香子は土御門殿を退出した。

その夜、道長が香子の部屋の戸を叩いた。

「また来たのですか。鬼嫁さまに叱られますよ」

たしなめるようにそう言ったのだが、道長は懲りたようすもなく、上機嫌で部屋に上がり込んだ。

「鬼嫁どのとは話をつけましたよ。彰子の教育のためにあなたが必要だということは、倫子どのもわかっているのです。それで、あなたには結婚していただくことになりました。相手はわたしが見つけますよ。夫がいれば、倫子どのも安心しますし、世間の目もごまかせます。誰もわたしが通っているなどとは思わないでしょう」

「わたくしは結婚などいたしません」

強い口調で香子は言い放った。

道長はまったく聞こえなかったかのように、笑いながら言った。

「まあ、あなたのような才媛を妻にするのは、男にとっては荷が重いでしょうがね。わたしが頼めば、いやとは言えないでしょう。ちょうどいい相手がいるのです。藤原宣孝《のぶたか》はどうですか」

藤原宣孝。知らぬ名ではなかった。

倫子の母の穆子の父は中納言朝忠《あさただ》で、香子の祖母の兄にあたる。その兄弟に朝頼《あさより》という人物がいる。勘解由使《かげゆし》（国司を管理する役所）の長官を務めたのが最高位で公卿にはなれなかった。その孫にあたるのが宣孝だ。親同士が従兄弟だから、自分と倫子の関係と同じ遠い親戚ということになる。

倫子とは住居が近いので幼少のころから訪ねていたが、宣孝の一族とはずっと疎遠だった。派手好きで女癖がよくないと、父の為時が苦々しげに話していたことがある。そもそも宣孝は筑前守や大宰少弐《だざいのしょうに》を務めていて、長く九州に赴任している。会ったこともないし、年齢も親子ほど離れているはずだ。

「評判のよくないお方です」

香子は冷ややかに言った。

「承知していますよ。白装束《しろしょうぞく》の修験者が通う御嶽《みたけ》神社に参詣するおり、常識外れの派手な服装で出かけて批判を受けたとか、悪い噂に事欠きません。かなりの年輩ですが、そこがいいのです。結婚をしても、あなたのそばには近寄らないと約束させますから」

「何のためにそんな見せかけの結婚をしなければならないのですか」

「鬼嫁どののご意向で、仕方がないのです。とにかくあなたを結婚させたがっていましてね」

「あなたは朝廷では関白に等しい最高権威なのでしょう。その最高権威が、正室のご意向には逆らえないのですか」

「はあ、何しろ、入り婿ですから」

最高権威のくせに妻に逆らえない。だらしのない男だと歯がみをしたくなる。

呆れ果てて溜め息をつきながら、香子は尋ねた。

「形だけの結婚などということは、宣孝どのが承諾されないでしょう」

「その点はご心配なく。派手好きのあの男は、九州への赴任が長びいて困惑しきっているようでしてね。実は都に戻してほしいと嘆願書を寄越しているのです。あと少しで、山城守《やましろのかみ》の任期が切れますので、そこに押し込んでやりますよ。その人事と引き替えに結婚を承諾させます」

妻には逆らえないのに、朝廷の人事は意のままになるらしい。いずれにしても、親戚だった倫子との関係がまずくなったのは、この男のせいだ。しばらくの間、この男とも距離をとった方がいいだろう。

「とにかくわたくしは土御門殿に出入り差し止めになってしまったので、都にはいられなくなりました。都を離れることにします」

「都を離れるって、山寺にでも行くのですか」

「出家などいたしませぬ。父とともに越前に赴きます」

とっさの思いつきでそう言ったのだが、あとで後悔することになる。

子どものころから親しくしていた穆子や倫子と縁が切れるのは、香子にとってはつらいことだ。そのことにいささかの配慮も払わない男の鈍感さに怒りを覚えた。

その怒りは、道長には届かなかった。

話がまとまったと思ったらしく、嬉しげな声を上げた。

「越前は米も魚もうまいということですよ。宣孝どのに、お手紙を書くように言っておきますね」

どこまでも愚鈍なやつだと、香子は怒りで激しく息をついていた。


父の赴任の日になった。

受領として地方国に赴任する官吏は、家族を同行させるのが慣例だ。弟の惟規《のぶのり》も同行する。ただ父が通っていく側室のところには幼い子どもがいるということで、側室は同行しなかった。女手がなくては赴任先で父や弟が不便だろうという配慮もあって、香子は越前まで同行することになった。

漢籍を読むことと、物語を書くことは得意だが、ふつうの女人が担当する家事のようなものは、香子は苦手だった。土御門殿の女房の仕事が継続していれば、越前などへ行くこともなかっただろう。

あの男のせいで都落ちだ……。

輿に乗り込んでも、怒りが収まらなかった。

逢坂山の峠は難なく越え、近江大津からは静かな船旅で快適だった。琵琶湖の北端の塩津から再び輿の旅となった。

かつて愛発《あらち》の関のあった峠に差しかかると、急な坂の連続で、輿が激しく揺れ始めた。

山地といっても大雲寺あたりにしか行ったことのない香子にとっては初めての体験だった。

輿の中で七転八倒しながら、これもあの男のせいだと、香子は呪い続けた。

「天后媽祖さん。何とかして」

心の中で叫んでみても、京から遠く離れた愛発のあたりでは、式神には声が届かない。たいへんな難行苦行の末にようやく香子は越前国に入った。

武生《たけふ》という地に国府があった。越前は海に面しているはずだが、国府のある場所は山の中だった。宋人が来着する港は三国《みくに》という地にあって、そこまではかなりの距離があった。結局、変化の乏しい山の中で、退屈な日々を過ごすことになった。

閑だったので物語の続篇はいろいろと頭の中で構想していた。だが土御門殿のように、紙が自由に使えるわけではない。物語の筋立てや言葉がうかんでいても、紙に書き留めることができなかった。

受領の館には古い帳簿の類がたくさんあり、書き損じの紙もあった。不要となった紙を表と裏の半分に剝がし、裏返しにして貼り合わせると、書き損じの文字がわずかに裏移りしているものの、そこに自分の文字を書き込むことができた。そのようにして再生させた紙に、頭に浮かんだ粗筋だけを書き留めることにした。

赴任した直後から来客が絶えなかった。

地元の豪族が賄賂《まいない》と思《おぼ》しき品々をもって来訪する。

同時に嘆願書や土地に関する書類が、嵩張《かさば》るほどにたまっていく。

父の表情が曇った。頭を抱えて塞《ふさ》ぎ込んでいる。

賄賂が山積みになれば、ふつうの受領なら大喜びするはずだ。

生真面目で小心。だから四十歳を過ぎてもろくな職にありつけなかったのだろう。

香子はうんざりした気分で、仕方なく父に問いかけた。

「父ぎみ、何をお悩みですか」

「不正な荘園の摘発が受領の務めだ。それなのにわしは……」

父は言葉を詰まらせた。

東宮時代の花山帝の侍読《じとう》を務めていたころ、父は弟の惟規に、荘園整理令の必要性について根を詰めて話していた。読み書きを始めたばかりの弟にそんなことを話して何になるかと、香子は呆れて聞いていたのだが、父が説く理屈は頭に入っていた。

朝廷は昔から、墾田開発を奨励するため、荘園という制度を設けていた。

荘園とは摂関家などの有力貴族や伊勢神宮、東大寺などの社寺の指示のもとに開発された墾田で、荘園と認められればほぼ無税となる。無制限の開発を防止するため、地方豪族などが勝手に開発した田畑は荘園とは認められず、課税されることになる。

そこに抜け穴があった。地方豪族が開発した墾田でも、名義を借りて摂関家による開発だと申請すれば荘園の扱いとなり、地方豪族でも無税の領地を保有することが可能となるのだ。

荘園が増えれば朝廷には租税が入らず、摂関家には名義料として金品が差し出されたり領地が寄進されたりする。これを放置すれば朝廷の財政は傾き、摂関家ばかりが資産を増やすことになる。この仕組に疑義を抱いた菅原道真は荘園整理に着手して朝廷の財政再建を果たしたのだが、摂関家に怨まれて大宰府に流刑となった。

侍読の為時の教えを受けた花山帝は、意気込んで荘園整理に乗り出したのだが、二年で譲位に追い込まれた。

名義だけの荘園を摘発し課税を強化するのが受領の役目だが、受領の任免権を摂関家が掌握している現状では、摂関家の名義になっている荘園を厳しく摘発するわけにはいかない。不正な荘園を見逃す代わりに地元豪族から賄賂を受け取り私腹を肥やす受領が横行し、受領に任じられれば任期の間に多大の蓄財を成すのが当たり前になっていた。

生真面目な父は、自宅に賄賂の山が出来ていることで自分を責めながら、小心なため摂関家に逆らうこともできずにいる。

そんな父に向かって、香子は明言した。

「父ぎみが越前守に任じられたのは、道長さまのおかげです。そのことを忘れないでくださいね」

娘のおかげで受領になれたことに、父はうすうす勘づいていたはずだが、このように明言されると、父としての面目をつぶされたことになる。

「おまえまでそのようなことを言うか。おまえは道長どのの妾《しょう》なのか」

妾と言われると、今度は香子の方が屈辱を覚えた。

自分は男に頼って生きて行く弱い女ではないという自負があった。

岩倉の大雲寺を建立した藤原文範《ふみのり》の子息、香子にとっては祖父の弟にあたる為雅《ためまさ》という人がいて、その妻の妹が道長の父兼家の妾だった。

その女人は道綱《みちつな》という男児を産んだものの、兼家が通ってくることは少なく、不遇の内に生涯を終えたようだ。その不遇な妾の寂しい日常を描いた日記が評判になって、筆写されたものが流布していた。

香子もその『蜻蛉日記《かげろう》』を読んだ。親しい文範の子息の嫁の妹という、親族ともいえぬ女人ではあるが、道長の異母兄道綱の母でもある。さらに倫子の妹で、香子も幼いころから親しくしていた中君が、道綱のもとに嫁いでいた。

そういうわけで、『蜻蛉日記』の作者は、香子にとってもまったく無縁の人ではない。男から忘れられた妾の哀しみは、香子が書く物語の世界とも通じるところがあり、身につまされながら何度も読み返した。

右大臣や摂政を務めた権力者の妾でも、夫に顧みられなくなれば、一人寂しく日記に愚痴を書いて世を去っていく。

そんな女になりたくないと香子は強く思っていた。

だから、父親に「妾」だと言われると、許せなかった。

父と娘の関係は最悪となった。

年の暮れに、藤原宣孝から手紙が届いた。

あなたと縁が出来たことを嬉しく思うとか、越前には宋人が滞在しているという話を聞いたので雪が融けたら見物に出向きたい、といったことが書いてあった。

こんなところに来られたら迷惑だと思ったが、春になっても宣孝は現れなかった。手紙で調子のいいことを告げた宣孝のいい加減さにも腹が立った。

退屈な田舎暮らしを強いられたのも、父との関係がこじれたのも、いい加減な初老の男と結婚させられそうになっているのも、すべてはあいつのせいだと考えると、怒りの矛先は道長に向けられた。

「田舎暮らしはもうたくさんだ。京に戻って、あいつを責めてやる」

あの峠越えの七転八倒を思うと、旅に出ることもためらわれたが、怒りの方が先に立った。

香子は父と弟を越前に残して、一人で京に向けて旅立った。

# 第三章　彰子の入内と皇子の誕生

越前には摂関家の領地があって、管理をする家司《けいし》が往復していた。

その家司が帰京するというので、一行に加えてもらった。

男たちは馬だが、香子《かおりこ》は輿《こし》だ。来た時と同じように、愛発峠《あらちとうげ》で七転八倒することになった。

疲れ果てて京に入った。誰もいない自宅に戻る。

板戸が閉まった屋敷はまるで廃屋のようだった。戸を開けて風を通していると、式神《しきがみ》の声が聞こえた。

「お帰りなさい。あなたがいないと寂しかったわ」

「越前はひどい田舎だったわ。もう二度と京から離れない」

「あなたがいない間に、京では大事件が起こったのよ」

「え……」

越前の国府にいる間、香子は自分の不遇のことしか考えていなかった。なぜこんな田舎に来てしまったのかと、そのことばかり考えて思い悩んでいたので、京で新たな何かが起こるといったことには、関心をもっていなかった。父は受領《ずりょう》だから、京の出来事について報告を受けていたはずだが、尋ねる気にもならなかった。

「何が起こったの。土御門殿《つちみかどどの》の皆さまはお元気なの」

式神はわずかに間を置いてから言った。

「土御門殿の皆さんにとっては、よい結果よ。内大臣 藤原伊周《ふじわらのこれちか》さまと、弟の権中納言隆家《たかいえ》さまが、流罪になったの。事の起こりは、法皇（花山院）さまと内大臣の牛車《ぎっしゃ》が、鷹司小路《たかつかさこうじ》で鉢合わせしたことね」

鷹司小路といえば、土御門殿の裏手から平安宮の方に向かう細い道だ。

式神は語り始めた。

花山帝は譲位のあとも法皇（出家した上皇）として顕在だった。まだ二十九歳の若さで、僧籍となっても色好みの性質は変わっていない。出家の原因となった亡き女御《にょうご》の忯子《よしこ》の妹が居住する鷹司殿に通っていた。

ところが伊周も、同じ邸宅に住むもう一人の妹のもとに通っていて、法皇と伊周の牛車が細い小路で鉢合わせしてしまった。

同じ女を競っていると誤解した伊周は、弟の隆家に命じて配下の家人《けにん》を派遣し、鷹司小路で待ち伏せして法皇の牛車を襲撃した。郎党同士の衝突で法皇の側に死者が出た。一説によると郎党の放った矢が法皇の袖を射貫《いぬ》いたとも伝えられる。

退位したとはいえ元の帝《みかど》を襲撃するというのは大罪である。

ただちに朝廷の兵が伊周の二条室町邸に向かったのだが、伊周はすでに姿を消していた。兵が邸宅に踏み込んでみると祭壇があり、陰陽師《おんみょうじ》が呪詛をした形跡が残っていた。おりから東三条院詮子《あきこ》は重い熱病に罹《かか》っていた。伊周が詮子を呪詛したのではという嫌疑がかけられた。その真偽は別にしても、法皇を襲撃したことは疑いのない事実だ。

二条室町邸はかつて右大臣兼家《かねいえ》や詮子が住んだ東三条邸の東側の区画にあり北殿と南殿に分かれていた。ここも兼家が押さえていて、嫡男の道隆から伊周に継承されていた。北殿が伊周邸、南殿は二条宮と称し、中宮定子の里邸《りてい》となっていた。この時、中宮定子はその里邸に下がっていたのだが、兵が突入して南殿を捜索すると伊周と隆家が隠れていた。

罪人を秘匿した責を問われ、定子は落飾することになる。出家ではあるが剃髪するのではなく、長い髪を肩のあたりで切り揃えることを落飾という。

伊周と隆家は解官《げかん》となり、大宰権帥《だざいのごんのそち》と出雲権守《いづものごんのかみ》に左遷された。権官（臨時の役職）は現地に赴任しないことが多いのだが、二人は流罪に等しい処置なので現地に護送されることになった。

兄弟と中宮定子の生母は亡き中関白《なかのかんぱく》道隆の正室で、式部大輔《たいふ》（式部省の次官）という低い役職ながら従二位に叙せられた高階成忠《たかしなのなりただ》の娘にあたる。

高階一族には風評があった。『伊勢物語』の主人公の在原業平《ありわらのなりひら》は若き日に蔵人《くろうど》を務め、惟喬《これたか》親王、恬子《やすこ》内親王のお世話をしていた。惟喬親王は文徳《もんとく》帝の第一皇子であったが、のちに摂政となる藤原良《よし》房《ふさ》の孫の第四皇子（清和帝）との皇位をめぐる争いに負けて出家させられ、同母妹の恬子内親王は斎宮として伊勢に派遣された。

業平も熱愛していた藤原高子《たかいこ》との仲を引き裂かれ、高子は清和帝のもとに入内《じゅだい》することになるのだが、高子の気持はまだ揺れ動いていた。

そこで良房と、高子の兄でのちに関白となる基経は策をめぐらせ、神祇《じんぎ》伯《はく》で伊勢権守の高階峯緒《みねお》の案内で業平を伊勢に派遣した。業平が皇女を熱愛しているという風評を流して、高子の未練を断つ策略だった。

業平は斎宮に入り恬子と一夜をともにする。『伊勢物語』という題名はここから採られているのだが、物語には相聞歌が掲げられているだけで、具体的に何があったかは記されていない。

ここから先は風評にすぎないのだが、恬子内親王は懐妊して男児を産んだ。高階峯緒はこの男児を自らの孫として育てた。それが右近衛中将を務めた高階師尚《もろひさ》で、定子の母の高階貴子《たかこ》は師尚の曾孫にあたる。

風評が事実なら貴子は『伊勢物語』の貴公子の血をひいている。それもむべなるかなと思われるほどの美貌で、和歌の才にも恵まれていた。貴子は円融《えんゆう》帝の宮中に仕え高内侍《こうのないし》と呼ばれた。その美貌とともに、女人には稀有の漢詩の才のある女官としてもてはやされたと伝えられる。

のちに編まれる小倉百人一首にも儀同三司母《ぎどうさんしのはは》という名で和歌が採られている。

伊周と隆家が京を出立する日、貴子は涙ながらに護送の車にとりすがったと伝えられる。その失意の果てに貴子は病床に伏すことになった。

伊周は実際には九州までは行かず、播磨《はりま》に留め置かれたのだが、母が倒れたと伝え聞いて密かに京に戻った。だが自邸に戻ったところを捕縛され、改めて九州に護送された。

息子二人が解官、娘の中宮は落飾という思いがけない事態に、怨念を抱えたまま貴子はその年の暮れに病没することになる。

これらの顚末を語った上で、式神は付け加えた。

「詮子さまが亡くなれば、帝は中宮の言いなりになることでしょう。そうなれば伊周さまが関白の宣旨を受けることになったはず。法皇を襲撃するといった事件がなければ、伊周さまは黙っていても関白になれたのに、まったく愚かなことをしたものよ」

少し考えてから、香子は問いかけた。

「内大臣が詮子さまを呪詛したというのは本当なの」

するといままで声が聞こえなかった千里眼が応えた。

「主殿に陰陽師の祭壇が残されていただけだ。だが祖父の兼家も邸宅の主殿に祭壇を設《しつら》えておった」

続けて順風耳の声が聞こえた。

「かつて東三条邸の北殿で蘆屋道満《あしやどうまん》の声を聞いた。二条室町邸でも同じ声を聞いた。道満はまだ生きている」

天后媽祖《てんこうまそ》が続けて言った。

「詮子さまは東三条院と称されているけれど、いまは土御門殿の南殿におられる。安倍晴明《あべのせいめい》さまと配下の式神が守っているから大丈夫よ」

「それで、道長さまはどうしているの」

香子の問いに、式神が笑いながら答えた。

「相変わらずよ。伊周さまが失脚したあと、左大臣に昇って、我が世の春を満喫されているわ。自分が綱渡りのように危うく権力の座にしがみついていることに、本人はまったく気づいていない。何事もなかったみたいに気楽に調子づいている。今夜あたり、ここに来るわね」

香子は溜め息をついた。

またあの愚鈍な男とのつきあいが始まるのかと思うと、うんざりした気分になってしまった。

その夜、式神が言ったとおり、道長がやってきた。

帰京の旅に同行させてもらった摂関家の家司が香子の帰京を報告したようだ。

「いやあ、久し振りですね。越前はどうでしたか。たまには田舎暮らしもいいものでしょう」

相手の言葉の一つ一つが自分の胸を傷つける。おまえのせいで都落ちしたのだと怒鳴ってやりたかったが、何とか怒りを抑え、冷ややかな口調で言った。

「宣孝《のぶたか》どのから手紙が来ました。心のこもらない儀礼的なものでしたけど」

道長は、あははっ、と屈託のない笑い方をした。

「山城守《やましろのかみ》への叙任は秋ごろになります。とりあえず右衛門権佐《うえもんのごんのすけ》に任じておきました。あやつはいま、近江守　源《みなもとの》則忠《のりただ》の娘を追いかけ回していましてね。だからこちらに来ることはありませんよ。結婚の儀式は必要ないでしょう。お父ぎみはまだ越前ですからね」

香子は声を強めて言った。

「その結婚、わたくしはまだ承諾しておりません」

道長は笑い声を立てた。

「そりゃまあ、知らない男の妻にさせられるのはいい気分ではないでしょうがね。そこのところはこらえてください。鬼嫁どのを安心させるための形だけの結婚ですから。あなたの結婚はもう鬼嫁どのに伝えてあります。すっかり安心して、娘の侍読《じとう》をお願いしたいとのことです。いずれは入内《じゅだい》させることになる大事な娘です。よろしく」

道長の長女の彰子《あきらこ》は数え年で十一歳になる。以前に女房を務めていたころも、香子は平仮名の読み方を教え、漢詩も時々教えていた。

「侍読って、彰子さまに漢文を教えるのですか」

「そうです。鬼嫁どののたっての希望です。帝は聡明なお方でしてね。赤染衛門《あかぞめえもん》の夫の大江匡衡《おおえのまさひら》が侍読を務めていますが、とくに漢詩を愛好されているようなのですよ。これからの后《きさき》は、漢詩くらいは読めないといというのが鬼嫁どののお考えなのです」

「彰子さまは聡明なお方です。お教えすればいくらでも読めるようになるでしょう。手始めに、白氏《はくし》文集《もんじゅう》を読んでいただきましょうか」

「白氏文集って何ですか」

どうやらこの左大臣は、白居易《はくきょい》のことも知らないようだ。

とにかく明日にでも来てくれと言われたので、翌日から出仕することにした。

式神が教えてくれたことが気になっていたので、香子は道長に尋ねた。

「わたくしが越前にいる間に、内大臣が女院《にょいん》を呪詛する騒ぎがあったそうですね」

道長はいかにも気分のよさそうな笑みをうかべて応えた。

「そうなのですよ。長徳《ちょうとく》の変と呼ばれて、朝廷でも大問題になりました。法皇を襲撃するなど、許されることではありませんが、女をめぐる争いですから、できる限り穏便に対応したいとわたしは考えたのですがね。ところが二条室町邸を捜索したところ呪詛の儀式をした形跡がありましてね。東三条院（詮子）がおりから熱病に取り憑かれておりまして、これは由々しきことだと、帝も処分を決断されたのです。それでもわたしは、配流《はいる》先は播磨国あたりでいいと進言したのです。ところがその後、伊周が病に倒れた母ぎみを見舞うために無断で京に戻ったことが判明して、九州まで流されることになったのです」

「お隣の東三条邸北殿には、蘆屋道満という陰陽師が出入りしていたそうです」

「いやに詳しいですね。ああ、そうか。あなたは安倍晴明の弟子だったのですね。北殿はわが父兼家の邸宅で、長兄の道隆に継承されたのですが、火事で焼けたので、伊周は隣の二条邸に移ったのですね。蘆屋道満というのは名は聞いたことがあるのですが、まだ生きているのですかね」

「生きております」

「本当ですか。ところで式部どの。あなたも陰陽師なのですか」

「陰陽道の知識はあります。式神を使役することもできます」

「そんな気がしていました」

道長は急にびくっと体をふるわせた。

それから急に真剣な顔つきになって言った。

「式部どの。どうかわが娘を守ってください。将来の帝となる皇子《みこ》を産む大事な娘なのです」

「彰子さまはまだ十一歳でしょう」

「年が明けたら入内の準備を進めます。入内を急がないといけないのです。というのは、中宮（定子）が女児を出産したのです。まあ、女児でよかったですがね」

「どうして女児でよかったのですか」

道長の口調に、女を蔑《さげす》むような感じがあったので、香子はむきになって咎めた。

その声の調子に驚いて、道長は口ごもりながら応えた。

「そ、それはまあ、男児だったら皇嗣になりますからね。先の帝（花山帝）の弟ぎみの居貞《おきさだ》親王（のちの三条帝）がすでに東宮に立てられていますが、もしも中宮が男児をお産みになれば、その次の皇嗣ということになります。中宮は入内しても長く懐妊されなかったのですが、それは帝が幼かったからでしてね。ついに中宮が懐妊して出産されたというのは、まさに一大事ですよ。一人生まれれば、二人目、三人目と生まれて、そのうちには男児が生まれるかもしれませんからね」

まるで女というものを、子を産むだけの生き物のような言い方をする道長に腹が立ったが、こういう男には何を言っても虚しいという気がして黙っていた。

道長は調子に乗ってしゃべり続けた。

「それにしても中宮は法皇を襲撃した兄二人を匿《かくま》っていた責任をとって落飾されたはずなのですが、その後も内裏に入って帝のご寵愛を受けておられるのです。出家した中宮が内裏に入るというのも前例のないことですよ。それだけ帝のご寵愛が深いのです。帝というのは通常は多くの女御や更衣《こうい》がいて、何人も皇子が生まれるものなのですがね。いまの帝はただ一人のお方を一途に寵愛しておられる。生真面目に過ぎるというか、ちょっとへんな性癖だとわたしは思うのですがね」

帝のもとには中宮定子の他に女御が三人も入内していた。道長の長兄の中関白道隆が健在だったころは、娘を入内させようなどという公家もいなかったのだが、道隆が亡くなった直後に、右大臣道兼の娘の尊子《たかこ》、中納言顕光《あきみつ》の娘の元子《もとこ》、中納言公季《きんすえ》の娘の義子《よしこ》と、藤原一族の娘が立て続けに入内することになった。しかしそれらの女御が懐妊することはなかった。

「ですからね、帝のご寵愛が中宮一人に集中しないように、早く彰子を入内させなければならぬのです」

「彰子さまはまだ裳着《もぎ》も済ませておられぬのでしょう。ご寵愛は無理かと思われますが……」

「わかっていますよ。確かに彰子はまだ童女《わらわめ》です。しかしわたしには戦略があるのです。帝は漢詩や和歌や物語を愛好されているそうですね。そこで教養のある女房をそばにつけて、夜毎に文芸の宴を開くのです。文才のある女房がいれば、帝は夜毎に彰子のもとに通って来られるはずです」

「文才のある女房といっても、赤染衛門さまくらいではないですか」

「わたしはあなたのことを言っているのですよ。あなたが宮中に入って、これまで書いた物語を朗読したり、さらに新たな物語を次々と書いて帝に語っていただくのです。そうすれば帝は毎日、彰子のもとに通ってきます」

道長の勝手な思いつきにいらだった香子は、声を高めて詰問した。

「あなたさまは、わたくしの書いた源氏の物語をお読みになったのですか」

「読んでいません」

道長はあっさりと言い放った。

「わたしは文字を読むのが苦手でしてね。昔の物語なんてどこがおもしろいのか、よくわからないのです。しかしあなたの物語が評判になっていることは知っています。とにかく源氏が活躍する物語なのでしょう。皇族が活躍する物語となれば、帝もお喜びになると思いますよ」

自分が書いた物語を読みもしないで利用しようとしている道長の態度に怒りを覚えた。こいつは何もわかっていない。兄二人の病死でたまたま転がり込んだ地位にしがみつこうとしているだけだ。

香子は強い口調で言い放った。

「とにかくわたくしは宮中に出仕したりはいたしませぬ。土御門殿に出仕したのも、自宅から通って行けるからです。宮中に入れば、御所の中に閉じ込められてしまうのでしょう。とんでもないことです。お断りいたします」

ものすごい剣幕で拒否をしたので、道長も少しはひるんだようだったが、すぐに気を取り直して笑顔になった。

「まあ、ゆっくり考えてください。頼みますよ」

そう言って道長は、深々と頭を下げた。

香子は土御門殿に出仕し、彰子の侍読を務めた。

彰子は十一歳（数え年）。まだ少女ではあるが、きわめて聡明で、大人たちの動勢を見きわめていた。

香子の顔を見ると、彰子はいきなり問いかけた。

「わたくしの入内の準備が進んでいるそうですね。どうして入内しなければならないのか、わたくしにはわかりません」

その口調が母親の倫子《みちこ》にそっくりだったので、香子は思わず身を固くしてしまった。

香子が越前にいる間、彰子は赤染衛門の指導を受けていたが、幼少のころからずっと香子がそばにいたので、寂しい思いをしていたようだ。香子の顔を見ると気持が弛んで、甘えもまじった詰問するような口調になったのだろう。

香子は彰子の顔を見つめた。父親の顔立ちの美しさと、母親の聡明で頑《かたく》なところを受け継いだこの少女は、国母《こくも》という、女にとっては最高の地位を目指すべく運命づけられている。しかし帝のおそばには中宮定子がいる。

定子のあの明るさと上品な媚びは天性のものだ。法皇を襲撃するという重罪を犯した兄を匿ったことが露見する窮地を逆手にとって帝に迫り、懐妊というところまで帝の気持を引き寄せた。

それに比べて彰子はどうだろうか。あと何年か経てば美貌では負けないだろうが、生真面目で可愛げのない女人になるのではと懸念された。

彰子の前途は多難だ。

しかしいまはとにかく励ますしかなかった。

「あなたさまは藤家の摂政関白と源家の左大臣を祖父にもつ高貴なお生まれです。帝の后《きさき》となり国母となるべき天命を負ってこの世にお生まれになりました。天命には逆らえませぬ。心を強くもって、おのれの責務を果たしていただきとうございます」

「入内というのは、内裏《だいり》に入るということでしょう。内裏って、どんなところなのかしら」

「この土御門殿の女房の大半は、彰子さまとともに宮中に出仕いたします。これまでと何も変わらないと思ってください。ただ内裏には帝がおられます。帝にお渡りいただき、帝にお仕えするのが、彰子さまのお役目でございます」

「帝って、どんなお方なのでしょうね」

「お美しく、ご聡明で、情愛の深いお方だと伺っております」

「光源氏のようなお方なのかしら」

香子は言葉に詰まった。

彰子には『伊勢物語』の手ほどきはしたが、源氏の物語を読み聞かせたことはない。おそらく香子がいない間に、書庫にある物語を自分で読んでしまったのだろう。

源氏の物語は、村上帝の時代を想定して書かれている。帝のおそばに女御や更衣と呼ばれる女たちが侍っている古きよき時代だ。

主人公の光源氏は帝の第二皇子に生まれた。母の身分が低いので臣籍降下して源という氏姓となったが、東宮に立てられている兄に次ぐ立場で、やがては准上皇として親政を実現することになる。

摂政関白が権威をもっているいまの時代とはまったく異なる世が描かれている。

傍流の藤原一族に生まれ、叙爵もされていない父のもとで貧窮にあえいでいた少女のころの香子が夢想した物語だ。まさか自分が、摂関家の娘の侍読になるとは思いもしなかった。摂関家の正室の三男とはいえ、兄二人の陰に隠れていた無能な人物が土御門殿の婿となり、関白に等しい内覧左大臣となるなど、物語にも書けない思いがけない展開だった。

結果としては、香子が書く物語に、大きな幸運が訪れた。自分が侍読を務める少女が、帝のもとに入内しようとしている。その帝は親政を目指している。

源氏の物語は、まさに帝のようなお方に読んでいただくために構想されたものなのだ。

香子は思いをこめて語りかけた。

「わたくしの物語は昔のお話でございます。そのころは摂政も関白もなく、帝が自ら政務を担っておられました。これを親政と申します。いまの帝も親政を目指しておられますが、この時代には摂政関白の職務を代行する内覧という役職が置かれております。残念ながら光源氏の時代とは違い、帝が政務のすべてを担っておられるわけではございませぬ」

聡明な彰子はすぐにいまの時代の状況を察して、勢い込んで言った。

「その内覧というのは、わたくしのお父ぎみのことですね」

「さようでございます」

「それならば帝のご意向を、わたくしがお父ぎみにお伝えすればよいのではありませぬか」

彰子の無邪気な言葉に、香子は息をついた。それほど事がたやすく運ぶものならば苦労はしないと心の内でつぶやいた。

だがふと、考え直した。

道長は大権力者ではあるが、いまだに姉の詮子や妻の倫子の言いなりになっている。身内の女に弱いということは、娘の言うことにも従うのではないか。

香子は笑顔になって言った。

「それはよいお考えでございます。あなたさまがお父ぎみにご意見をされれば、それで国が動いていくことになるのかもしれませぬ。あなたさまのお役目もますます重大なものとなることでございましょう」

彰子の顔にも笑みがうかんだ。だがすぐに、不安げな表情に変わった。

「わたくしにはあなたが必要です。あなたも宮中に出仕してくださるのでしょう」

少女の切実な願いを聞いて香子は動揺した。

わずかな間のあとで、香子は答えた。

「わたくしは夫のある身でございます。いまここで必ず出仕するとお約束するわけにはまいりませぬ。どの女房が御所まで随行するかは、北の方（倫子）がお決めになることでございましょう」

言い訳の中に夫のことを持ち出したのは、われながら悔しかった。「夫のある身」などという言葉を口にした自分が、恥ずかしくてならなかった。


その夫、藤原宣孝が、土御門殿に現れた。

香子に会いに来たわけではない。

山城守に就任したことを報告し礼を述べるために道長を訪ねてきたのだ。

午後のことでおりよく道長は在宅していた。主殿に迎えられて型どおりの挨拶をしたようだ。ただの儀礼の挨拶ですぐに帰ったのだが、邸内の女房たちは大騒ぎだった。

誰もが香子の夫の姿を一目でも見ようとしていた。見終わると陰でくすくす笑っていた。

宣孝は有名人だった。滑稽なほどに派手好きなところが世間に知れ渡っていた。最近出回り始めた清少納言の『枕草子《まくらのそうし》』という随想録にも、「あはれなるもの」を列挙したくだりで、宣孝は名指しで批判されていた。そういう悪名が轟いている人物なので、夫婦だと紹介されるのは香子にとっては屈辱だった。

夫が来たというのだから、挨拶しないわけにはいかない。

香子は主殿に通じる渡り廊下に控えていた。

手紙のやりとりはしたが、実際に会うのは初めてのことだ。

宣孝は初老というよりも、すでに老人と呼んでいいような年齢だった。私的な訪問なので簡易な水干に緑色の袴というういでたちだったが、その水干は桜の季節でもないのに薄桃色の生地でまったく似合っていなかった。袴にも見たこともないような光る糸が折り込まれていて、目立つことを喜ぶ軽薄な人物であることが見てとれた。

清少納言の「あはれなるもの」という言葉が当たっていることが悔しかった。

廊下に控えている女房たちの先頭にいた香子が挨拶しようとすると、宣孝もそれが自分の妻にあたる人だとわかったようだ。

宣孝はひどく困惑したようすを見せた。

「このたびは、どうも、思いがけぬことで、いやはや……」

わけのわからぬことを言ったあとで、言葉に詰まったことをごまかすように、がはは、と大声で笑ってみせた。

どうやら頭も悪そうだ。

こんな男が仮にも自分の夫とされていることが無念でならなかった。自分の生涯の最大の汚点だという気がした。

「あなたさまとはいまが初対面でございますが、もう二度とお目にかかることはないのでしょうね」

二度と会いたくないという思いを言外ににじませながら香子は言った。

宣孝はまた、がはは、と笑った。

それから急に、意外なことを言った。

「あなたとは実は以前にもお目にかかったことがあるのですよ」

「わたくしは存じあげませぬが」

「そうでしょう。あなたはまだ赤子でした。何かの用で為時《ためとき》さまを訪問したおり、乳母《めのと》に抱かれたあなたと対面したのです」

「覚えておりませぬ」

記憶がなくて幸いだと香子は思った。

宣孝と会ったのはそのおりの一度きりで、自分の体には指一本触れさせていない。自分の体に触れたのは道長だけだ。それもごくたまに通ってくるだけだった。回数を指で数えることもできる。

それなのに妊娠してしまった。

自分が女であるということが、口惜しく、恥ずかしかった。


彰子の入内が決まり、宮中に持参する衣装や調度品の仕度が始まった時期だった。

香子が妊娠したことを告げると、道長は屈託のない笑顔を見せた。

「いやあ、それはめでたいですね」

やさしい笑顔だったので、少しだけ癒される気がした。

「乳母の手配はわたしに任せてください。摂関家の家司の妻で、まだ乳の出る者は何人もいます。費用も摂関家が出しますから、安心してください」

鈍感そうな道長も、摂関家の氏《うじ》の長者として、それなりの配慮はできるようになっていた。だが実際は、妻の倫子が手配をすることになるのだろう。この妊娠を倫子がどのように受け止めるのか気にかかったが、正式の夫は宣孝ということになっているので問題はないはずだった。

香子の妊娠を喜んだ道長だったが、急に表情を曇らせて言った。

「しかしそういうことになると、宮中に出仕していただくわけにはいかなくなりますね。それは困ったな」

急に自分勝手なことを言いだした。

「いつごろ生まれるのですか。彰子の入内は来年の十一月一日と決まっているのですが、それまでに生まれたら、赤子を乳母に預けて出仕していただくわけにはいかないですかね」

「いつ生まれるかはわかりませんし、産後の肥立ちというものがあります。あなたさまには女の体や気持のことが、わかっていらっしゃいません」

口調が厳しくなった。

道長はびくっとして、身構えるような体勢になった。姉の詮子や妻の倫子を恐れるのと同様に、香子のことも警戒しているようだ。ひどくあわてて言い訳めいたことを口にした。

「入内した彰子のもとに帝にお渡りいただくためには、あの物語が必要なのですよ。すでに書かれたぶんについては、達筆な女房たちに命じて写本を作らせています。一揃いは帝に献上するのですが、できればあなた自身に朗読していただければと思っていたのですがね。それが無理ということなら、続篇をどんどん書いてください。新たな続篇が届いたとなれば、帝もお喜びになって彰子のもとにお渡りになるでしょう」

香子は産み月の直前まで土御門殿に出仕し、彰子の侍読を続けた。

赤子が産まれることを告げると、彰子も香子が宮中に同行できないことを許してくれた。

倫子が手配してくれた医者の見立てで、そろそろ生まれそうだということになり、自宅に引きこもっていた。

土御門殿では北の方と呼ばれている倫子が毎日のように見舞いに来た。

この時期、倫子自身も懐妊していた。すでに二男二女を産んでいる倫子は三十歳代の後半に入っていたが、この年の暮れに五人目の子を産むことになる。

身重であるにもかかわらず、倫子は香子の世話を自分の責任と考えているようだった。

香子の妊娠について倫子がどのように受け止めているかはわからないが、母を早くに亡くした香子は少女のころから土御門殿に通ってきた親戚なので、自分が責任をもって対処しなければと心に決めているようだ。赤子の父親が道長だと気づいているはずだが、形式上の夫が別にいるので、冷静に対応しているのだろう。

摂関家の家司の妻が乳母として待機している。これは道長が約束してくれたのだが、実際に手配したのは倫子だろう。土御門殿の下女も何人か手伝いに派遣してくれた。

当日も倫子がそばに付き添っていた。

香子は女児を産んだ。

倫子が臍の緒を切り落とした。

乳母や下女がいるので、香子はただ産んだだけで、その後は養生をしていた。

家事が苦手な香子にとって、育児などというのは考えただけでぞっとすることだった。

体力が回復すると、香子は赤子を乳母に任せて、土御門殿に出仕した。

女房としての仕事をしていると、赤子のことを忘れていられた。

それでも夜になれば大路の斜向かいにある自宅に帰る。赤子の顔を見ないわけにはいかない。賢子《かたいこ》と名づけられた娘（のちの大弐三位《だいにのさんみ》）は父親に似ていた。顔立ちも似ていたが、日が経つにつれて、いかにも鈍感そうなところとか、底抜けに明るいところなど、どんどん道長に似ていく気がして、腹立たしかった。香子は自分の性格が暗いことを自覚していた。機嫌よく笑っている娘を見ると、自分の子とも思えなかった。

入内の準備が進む中で、思いがけぬ事態が生じた。

内裏が炎上したのだ。

帝は急遽、母の東三条院詮子の邸宅に仮住まいすることになった。

土御門殿の南殿に長く居住していた詮子は、叔父の藤原為光《ためみつ》が所有していた一条院という邸宅を継承して前年に移り住んでいた。

一条院は京の北端の一条大路に面していたが、平安宮に隣接した至近距離にあり、東側に別納《べちのう》（離れ家）もある大邸宅だった。内裏の焼失に際し、詮子が帝を自邸に招いた。自らは別納に移り、一条院の北対《きたのつい》が臨時の御所となった。寝殿造りの主殿が儀式や政務の場の紫宸殿《ししんでん》となる。

彰子は里内裏と呼ばれるその臨時の御所に入内することになる。北対と渡り廊下で結ばれた東《ひがし》北対が彰子のために用意されていた。

邸宅のかつての主の為光は花山帝の出家の原因となった女御忯子の父でのちには太政大臣に昇った人物だ。従って一条院はそれなりの大邸宅ではあるのだが、平安宮の内裏に比べればかなり手狭だ。西対《にしのつい》が女御たちのいる後宮にあてられたが、中宮定子の住居は帝の北対と直接結ばれた北二対《きたのについ》と呼ばれる場所に割り当てられていた。

とはいえ、その定子は不在だった。

中宮定子は二番目の子を懐妊していて、里邸に退去していた。

定子の里邸だった二条宮も先年焼失していた。亡父が所有していた東三条邸などは、氏の長者の道長の所有となっている。

行き場所を失った定子は、中宮職《ちゅうぐうしき》の大夫《だいぶ》（長官）を務めていた中納言平惟仲《たいらのこれなか》の弟でかつて中宮大進《たいじょう》（三等官）を務めたことのある平生昌《なりまさ》宅に招かれることになった。

生昌は但馬守《たじまのかみ》を務める程度の下級貴族にすぎず、邸宅も狭小で、玄関先に中宮の車が駐まると後続の車は門の中に入ることができず、女房たちは徒歩で建物に入ることになった。その惨めなようすはのちに清少納言が『枕草子』にもの哀しく描くことになる。

場所も東洞院大路の東側で、平安宮からは遠く離れている。

この生昌宅は竹三条宮と呼ばれることになる。

中宮が御所を退去して竹三条宮に移った日、通常なら公卿《くぎょう》が揃って御所で見送りすべきところだが、ちょうどその日、道長が宇治の別荘で遊興の宴を開いていた。中宮を寵愛する帝への配慮から、宇治に赴いた公卿は道長の異母兄の道綱など、近い親族に限られていたが、道長の招待を断った手前、公卿らは中宮の見送りにも参列しなかった。帝はあわてて使いを出し、ようやく道長に批判的な中納言藤原実資《さねすけ》が駆けつけて体裁を取り繕った。

この実資という人物は、かつての関白実頼《さねより》の孫にあたり、父が早く亡くなったので祖父の養子となって、摂関家に伝わる儀礼や慣習の詳細を受け継いでいた。こうした儀礼の様式を小野宮《おののみや》流と呼び、摂関家の規範とされている。

儀礼などにはまったく無知な道長は、氏の長者としての儀礼に臨むおり、いつも実資に助言を求めていた。実資は政務や儀礼について強い自負をもっていて、伝統に無知で何かにつけて慣例を無視する道長に対して批判的であり、軽侮してもいた。

小野宮流の流れとしては、関白を継承した忠頼《ただより》の嫡男の公任《きんとう》も嫡流を自負していて、道長を格下扱いしていたのだが、この公任は道長が権力を掌握すると、態度を翻して道長の側近となった。

公任は和歌の道で高く評価されていたのだが、彰子の入内に際して、宮中に運び込む屏風に公卿全員の和歌を書き込むことを提案し、自ら編者として公卿に和歌の提出を求めた。これを道長への追従《ついしょう》と断じた実資は、公卿の中でただ一人、和歌の提出を拒否した。

実資のような気骨のある人物は稀《まれ》で、大部分の公卿や文官たちは、大権力者となった道長の顔色をうかがっている。

中宮が御所を退去する日に遠方の宇治で宴会を開くというのは、あまりにも無神経な発案で、そのために公卿たちはどちらに加わるか苦悩することになった。中宮に対して意地悪をするといった深慮遠謀が道長にあるわけではない。ただ鈍感で配慮が行き届いていないのだ。そんな道長だがその屈託のない人柄が人々に好かれてもいた。

それに対して権力の座を争うはずの伊周は、内大臣であったころから中関白道隆の嫡流であることを鼻にかけて、態度が横柄だった。公卿や文官の多くは伊周を嫌っていた。花山法皇を襲撃した事件で伊周が解官された時も、伊周を擁護する者はいなかった。かえって道長が、護送は播磨のあたりに留めるようにと帝に奏上したほどだ。

その伊周が病に倒れた母の貴子（高内侍）を見舞うために密かに京に戻っていることを通報したのは、伊周の側近だった平惟仲だった。惟仲はすでに道長の側に寝返っていて、弟の邸宅を里邸として中宮定子に提供したのも、定子の行き場がなくなると氏の長者の道長が所有している邸宅のどれかを提供しなければならなくなるので、道長の機嫌を取るために里邸を用意したのだった。

いまや中宮定子を支援する者は没落した中関白家や母方の高階一族など、限られた親族しかいなかった。出家した身の中宮が懐妊するという前代未聞の事態を批判する者も多く、定子は孤立無援の状況になっていた。

伊周の邸宅に呪詛の形跡があったことから、いまも中関白家の関係者がどこかで呪詛を続けているのではという風評があった。実際に彰子の入内が決まっている里内裏の一条院の各所で、犬の死骸や糞、さらには童子の遺骸などが次々と見つかった。そもそも平安宮の御所が火災に遭ったのも、何ものかによる放火ではないかと疑われていた。


彰子の入内の予定日が迫ってきた。

土御門殿に陰陽師安倍晴明が呼ばれた。

晴明は病気がちであった東三条院詮子のもとには頻繁に通っているようだったが、土御門殿に呼ばれることはめったになかった。これまでは赤染衛門など年嵩の女房が邸内を仕切っていたのだが、入内に随行する女房たちはその準備に追われていたので、その日は香子が晴明を出迎えた。

遠くから晴明の姿を見かけることはあったが、間近で接したことはなかった。

幼女のころに晴明から陰陽道を学んだ。それ以来の対面だった。

十年以上の歳月が流れていた。当時から晴明は白髪だったので、それほど老けたという印象はなかった。吉平《よしひら》と吉昌《よしまさ》が随行していた。かつては二十代だった彼らは、いまは三十代の半ばとなり、それなりの見かけになっていた。陰陽師としての仕事は長男の吉平が受け継ぎ、公職の天文博士は次男の吉昌が譲られたとのことだった。この吉昌はのちには陰陽頭《おんみょうのかみ》に任じられることになる。

久し振りの対面であったが、旧交を温めるいとまはない。女房としての務めを果たし、晴明と子息を主殿の道長のもとに案内した。

香子はそのまま主殿に通じる渡り廊下に控えていたので、やりとりが聞こえてきた。

入内はすでに十一月一日と決められていたので、最も良き方向から一条院に向かうために方違《かたたが》えの転居が必要だということになり、摂関家の家司で西京に住む大蔵録《おおくらのさかん》（大蔵省四等官）秦連理《はたのつらまさ》の館に宿泊することが決められた。

　道長は上機嫌だった。

「晴明どののお蔭をもって、すべての段取りが調った。あとは入内の日を待つばかりだ。陰陽道というものは、宇宙の理《ことわり》に則《のっと》って気の動きを知り、天命に従っていかに進むべきかの指針を示すものだ。その指針どおりに動けばよいので、われらも安心できるというものだ」

　陰陽道のことを何も知らないのに、わかったようなことが口から出任せに出てくる。見栄を張るというほどの意図があるわけではなく、ただ無邪気なだけだが、その調子のよさに、聞いている香子はいらだちを抑えることができなかった。

　裳着を済ませたばかりの娘を入内させるという前例のない暴挙に、公卿や文官の多くは途惑いを隠せないのだが、道長の顔色をうかがって表面だけは祝福してくれる。それを真に受けて、誰もがこの入内を喜んでいると思い込んでいる。

　この時期に安倍晴明を自邸に招くことには、危険がある。

　第二子を産もうとしている中宮定子や生まれてくる赤子を呪詛するために陰陽師を招いたのではないかと、中関白家や定子の母方の高階一族にあらぬ疑いを抱かせるおそれがあった。

　道長もさすがに懸念は抱いているようで、声をひそめて晴明に語りかけた。

「彰子はまだ童女だ。すぐに皇子が生まれるわけではないが、出家した中宮のもとに帝が通うという前例のない慣習が、少しは改まるのではと期待しておる。ただ中宮の周辺には、かつて女院を呪詛した伊周や隆家らがおる。わたしは温情で彼らの流罪を解き帰京することを許してやったのだが、女院の不調はいまも続いている。彰子が女御の宣旨を受ければ、彰子まで呪詛されるおそれがある。晴明どの、そなたの験力《げんりき》で、彰子を護っていただきたい」

彰子は女御として入内することになっていたが、正式に女御となるためには帝の宣旨が必要だ。その宣旨がいつ出るかは、いまのところ明らかになっていなかった。

「われら朝廷の陰陽寮に所属する陰陽師は不正な呪詛を敢行することはございませぬが、伊周らは邪悪な陰陽師を招いて呪詛の準備をいたしておるやもしれませぬ。わたくしどもは一条院の別納に待機し、女院をお護りいたす所存でございます」

晴明は落ち着いた口調でそのように述べたのだが、香子はわずかな兆しのようなものを感じていた。どことなく不穏な気配がする。晴明にも二人の子息にも、緊張感がみなぎっていた。

何か大きな異変が起ころうとしている。

香子の胸の内に正体の知れぬ不安が広がっていた。


主殿を退出する時に、安倍晴明は廊下で待機していた香子の方に目を向けた。

言葉をかけることはなかったが、去っていく晴明の後ろ姿を目で追っていると、声が聞こえてきた。

「恐るべき怨霊が出現する。方違えくらいでは祟《たた》りを防ぐことはできぬ。そのおりは、そなたの助力が必要だ。いずれ式神がそなたを迎えに行くことになろう」

心の中だけに響く声だった。

香子はあわてて心の中で問いかけた。

「助力とはどういうことですか。わたくしは陰陽師ではありませぬ」

「そなたはわが弟子だ。わたしの見るところ、そなたは天性の資質を有しておる。そなたの霊能は、わが息子たちを凌いでおる」

まだ何か問いかけたいことがある気がしたのだが、晴明は足早に廊下の先に進んでいった。

「怨霊って何なのかしら」

香子のつぶやきに式神が応えた。

「竹三条宮に蘆屋道満が招かれ、中宮の母ぎみの招魂の儀式を続けているのよ。内大臣であったご子息の伊周さまが大宰府に流刑となり、怨念を抱えて亡くなられた高階貴子さまは、若いころは高内侍《こうのないし》と呼ばれ、漢詩を詠じる女官として一世を風靡した才女だった。円融帝にも目をかけられた絶世の美女だった高内侍は、帝のご寵愛をお断りして、のちに関白となる道隆さまに嫁がれた」

漢詩を詠じた、という式神の言葉が、香子の胸に突き刺さった。女だてらに漢文の教養があるということは、けっして褒められたことではなく、むしろ奇妙な女、生意気な女と見られることが多い。香子は幼いころからそういう批判の目にさらされてきた。それでも香子は、漢籍の教養があることを自らの誇りとしてきた。

そんな香子でも、自ら漢詩を作るということはなかった。

いま初めて、自分の才を上回る女人がいたことを知らされた。それが怨霊となって復活しようとしている。しかも絶世の美女だったという。

香子は敵意を覚えた。

その怨霊と闘わねばならぬと決意した。

式神の声がさらに続いた。

「高内侍は多産で三男四女をお産みになった。三人の子息のうち二人が公卿（内大臣・権中納言）となり、出家した末の子は十五歳で少僧都に任じられた。四人の娘は中宮、東宮（のちの三条帝）の妃《きさき》、東宮の弟宮の妃、それに中宮側近の御匣殿《みくしげどの》と、それぞれ輝かしい場所にいる。順風満帆の人生だったのに、中宮は出家させられ、公卿の二人は解官となった。そうした処分は帝が下されたのだけれど、帝に圧力をかけたのは国母の詮子さまだということは誰の目にも明らかだった。その怨みが凝り固まって怨霊となり、邪悪な陰陽師の術によって蘇《よみがえ》ろうとしているのよ」

怨霊が女院に祟《たた》ろうとしているのなら、弟の道長やその娘の彰子にまで怨みが広がっていくことだろう。どうすれば彰子を護ることができるのか。

香子の胸の内に晴明の言葉がよぎった。

そなたの助力が必要だ……。

「わたくしに何ができるのかしら」

「あなたには霊能がある。わたしと話ができるのがその証拠よ」

式神が応えた。

彰子が入内して数日が経った。

女房の半ば以上が随行して里内裏の一条院に出仕した。彰子や女房たちの衣装など身の周りのものや、それらを収納する大量の調度品も運び出されて、土御門殿はがらんとしていた。にわかに静寂に包まれた邸宅の中に香子はぽつんと一人で取り残された気がした。

赤染衛門も御所に入ったので、土御門殿に残った女房の中では、香子はもはや古参の女房といってよかった。荷物を運び出したあとの片づけなど、残った女房たちに指示を出す必要があった。

それらの作業がようやく終わり、ほっとして自分の房で寝《やす》んでいた時、何かの気配を感じた。

胸が苦しくなるほどの異様な戦《おのの》きを覚えた。

あわてて渡り廊下に飛び出した。

夜半の子《ね》の刻はとうに過ぎ、明け方に近いはずだが周囲はまだ闇に閉ざされていた。

京の上空や街路、貴族の邸宅の到るところに、気の流れがある。ふつうの人には感じられない気の流れを、香子は肌で感じている。

いちいち気にしてはいられないので、ふだんは無視しているのだが、かつて感じたことのない異様な気の高まりを感じて、思わず心の中で叫び声をあげた。

「これは何。何が起こっているの」

式神が応えた。

「いよいよその時が来たのよ。怨霊が蘇ったようね。京にいる式神たちが一斉に騒いでいる。これはたいへんなことになりそうよ」

「怨霊が蘇ると何が起こるの」

「とにかくようすを見に行きましょうか」

式神がふわりと浮かびあがった。同時に香子の魂も上昇して一気に屋根を突き抜けた。

土御門殿の屋根の上に出た。

平安宮の方向、一条戻橋《もどりばし》のあたりに、赤黒い雲が広がっていた。

闇の中に、雲が渦巻き揺れ動くさまが浮きあがっていた。

その赤黒い雲は平安宮の全体を覆い、さらに洛中を横断するように東の方にまで延びている。

「あの黒雲の帯は何なの」

香子の問いかけに式神はすぐには応えなかった。

代わりに千里眼の声が響いた。

「竹三条宮に蘆屋道満がおる。一条院の女院を呪詛しておるようだ」

続いて順風耳の声。

「道満よりも怪しい霊気がある。あれは道満が蘇らせた高内侍の怨霊だ」

赤黒い雲は竹三条宮から立ち昇り二条大路を進んで平安宮の南端から北端までを縦断し、さらに一条院の方にまで延びて、そのあたりで渦を巻いている。

その雲の渦が激しく旋回しながらにわかに上昇して、龍のごとき生き物の姿となってのたうちまわっている。

怨霊の狙いは東三条院詮子だろうが、一条院には帝もおられる。

何よりも入内したばかりの彰子がいる。

「どうすればいいの。わたしに何ができるの」

思わず叫び声を上げた。

その時、聞き覚えのある声が響いた。

「天后媽祖よ。いずこにおる」

安倍晴明の声だ。

式神が応える。

「土御門殿の屋根の上におります。式部さまに怨霊のようすをご覧いただいております」

「いますぐにご助力が必要だ。一条院の別納にご案内いたせ」

「ただちに」

式神は土御門殿の方に戻っていく。香子は魂だけが浮遊している状態だ。いったん土御門殿の渡り廊下に戻り、体を運んでいかなければならない。

まだ闇に包まれている街路に飛び出した。鬼火のようなものが前方にあって、道を照らしている。

よく見ると千里眼と順風耳が青い炎を発して宙を飛んでいる。

香子自身の体も地面からわずかに浮きあがっていた。

これは自分の霊能なのか。それとも式神の天后媽祖が力を与えてくれるのか。

水の音が聞こえた。堀川の流れだ。そこに一条戻橋があるはずだが、宙を飛んでいるので橋を渡った感じもしない。その先が一条院。別納は手前の区画にあった。

深夜なので番卒などもいない。

代わりに騰蛇《とうだ》という式神が門を開けてくれた。蛇に羽のついた怪物で全身が火焰に包まれているので、出入口が明るく照らし出されている。

式神に導かれて主殿に向かう。

祭壇の前で晴明が待ち受けていた。

香子の顔を見ると、晴明はほっとしたように息をついた。

「蘆屋道満が黄泉国《よみのくに》から怨霊を招き寄せた。中宮の母、高内侍の霊だ。いま中宮はまさに出産の時を迎えておられる。娘を護ろうとする母の執念が強い霊力《れいりき》となって四方に気を放っておる。娘を護るだけならよいのだが、娘に害を及ぼすおそれのあるもののすべてに、呪いをかけようとしておる。われらはその呪詛から、一条院を護らねばならぬ」

帝、彰子、そして女院の東三条院詮子。

高内侍の怨念が一条院と別納《べちのう》を取り巻き、奇怪な物の怪《もののけ》となって害を及ぼそうとしている。

香子が問いかけた。

「里内裏の上空に恐ろしい物の怪の姿が見えました。いかにすればあの物の怪を鎮めることができるのでしょうか」

「物の怪だけではない。蘆屋道満が掻き集めた悪しき式神どもが、竹三条宮に結集しておる。その式神どもがこちらに攻めてくれば、洛中のすべての式神が敵味方に分かれて大混乱となろう。ここはわれら四名の陰陽師が死力を尽くし、祈禱によって気を動かして、怨霊を祓わねばならぬ」

「四名とは……」

「わたしと息子二人、そしてそなただ」

晴明の言っていることが理解できなかった。香子は咎めるように問い直した。

「わたくしは陰陽師ではありませぬ。何をすればよいかも存じませぬ」

「案ずるな。そなたには天性の霊能がある。おのれの霊力を信じてただ祈るのだ。わたしは年老いた。息子たちもそなたの霊能には及ばぬ。そなたが頼りだ。祭壇の前で祈ってほしい」

かつての師の命《めい》とあれば従わぬわけにはいかない。

香子は祭壇の前に進み出た。

「どのように祈ればよろしいのでしょうか」

「呪文などは要らぬ。ひたすら祈るがよい。あとはわれらが助力する。そなたの念力にわれらも念を合わせよう」

言われるままに香子は祭壇の前に座した。吉平と吉昌が左右に、晴明が背後に控えている。その両側には十二天将の式神たちが肩を寄せるように寄り集まっている。

吉平と吉昌が咒《しゅ》を唱え始めた。二人とも陰陽道の修行を積んだ術者だ。咒を唱える声にも迫力がある。その声に乗せられるように香子は思いを凝らした。

祭壇の脇に灯明が点されていた。戸外はまだ闇に包まれている。灯明が揺らぎ、闇が迫ってきた。

ただ目の前の祭壇のあたりに紗《うすぎぬ》のような淡い靄《もや》がたちこめ、そこに光が当たって何かの形がゆらゆらと揺れ動いている。

「おれが見ているものがそこに見えている」

千里眼の声が響いた。続けて順風耳の声。

「おれが聞いているものがそこに聞こえる」

揺れ動いていたものが一つの光景になって香子の目の前に浮かび上がった。

きらびやかな衣装を着けた女たちの姿が見える。

「あれは里内裏の御所ね」

香子はつぶやいた。

天后媽祖の声が聞こえた。

「わたしたちも念力を出して御所を護っている。女御さまはご無事よ」

彰子の姿が見えた。

入内して数日。まだ御所での生活に慣れていないはずだが、寝所で安らかに眠っている。御所の上空でのたうちまわっている物の怪の気配などまったく感じていないようすに、香子はほっと息をついた。

その時、香子の心の中に、声が響いた。

「そなたを待っておった」

式神の声ではない。その厳かな口調から、会ったこともない高内侍の声だとわかった。

「高内侍さまでございますか」

香子は応えた。

里内裏の上空で風が渦巻いていた。その風の音とともに、何かが軋むような不気味な声が伝わってきた。

「われを滅ぼすつもりか。わが怨み、そなたも承知しておろう」

「長徳二年の変事のおりには、わたくしは京を離れておりました。ご子息が解官され、中宮が落飾されたことは、あとになって伝え聞き、心を痛めておりました。されどもすべては帝のお裁きでございましょう」

「ぬけぬけとそのようなことを申すか。姿を見せよ。こちらに参れ」

不意に、香子の体が宙に浮かんだ。怨霊の仕業とも思えなかった。晴明や式神の霊力でもない。香子自身の念力で体が浮遊し飛翔を始めた。

たちまち香子は宙を飛び、一条院別納の屋根の上の空中に浮かんでいた。

目の前に龍のごとき黒雲があった。闇の中で、黒雲は赤黒い光を放ちながら、うねうねと動き回っていた。

その雲がにわかに乱れた。霧が晴れるように、渦巻いていた雲の中から、十二単《ひとえ》を着た女官の姿をした人物の全身像が現れた。

中宮定子に瓜二つの美しい女人だった。

雲は消え、風も収まっていた。

何もない闇の空間に、女官と香子だけが、空中で睨み合っていた。

香子が語りかけた。

「おまえは高内侍さまではない。高内侍さまはすでにお亡くなりになっている。おまえは地獄から蘇ったただの怨霊であろう。ご子息二人の流罪は許され、すでに京にお戻りになっておる。中宮はいまも帝のご寵愛を受け、二番目のお子を出産されようとしておる。怨霊よ、おまえの怒りも怨みも、すべては過去のものだ。安らかに浄土に赴くがよい」

理を説くことでは、怨霊の怒りは収まらぬようだった。

怨霊は鼻先で笑い、香子の顔を見据えた。

「紫式部よ。そなたはそのように呼ばれ、物語を書く女房としてもてはやされておるそうじゃな。そなたの心の中には驕《おご》りがある。女だてらに漢籍を読み、物語などを書くことを自慢に思うておるのじゃろう。浅はかにして愚かなことではないか」

怨霊にそのようなことを言われるとは思ってもいなかった。香子は動揺した。怨霊は人の心の中を察知し、心の奥底に秘めた思いを掘り起こして、相手を混乱させようとしているのではないか。警戒せねばならぬと、香子は自分に言い聞かせた。

香子は声を高めた。

「人の心の中を見透かしたつもりになっておるのか。おまえはわたしの何を知っておるというのだ」

「知っておるだけではない。そなたの思いはようわかる。われも女官であったころには、漢詩などを詠んで男どもに誉め称えられ、よい気分になっておった。それでも女に生まれるというのは哀しきものじゃ。いくら漢籍を読み、才をひけらかしたところで、女はただの女にすぎぬ。女にできることは男の妻となり子を産むことだけじゃ。そのようにしか生きることのできぬ女に生まれたことは、痛恨の極みであり、屈辱であった。おまえも同じ思いを抱いておろう」

怨霊の言葉が胸に突き刺さった。痛いところを突いてくる。だがこの言葉は、怨霊が発しているものではあるまい。物の怪は鏡のようにこちらの心の内を映し出して見せているだけではないか。

香子は大きく息をついた。

心の中に、別の声が響いた。

「負けてはいけないわよ。相手はこの世のものではないのだから。あなたの霊力で、荒ぶる魂を鎮めてあげなさい」

天后媽祖に励まされて、香子はさらに声を高めた。

「鎮まれ、物の怪よ。おまえはただの幻影にすぎぬ」

香子は相手の全身を鋭く見据えた。

幼少のころに大雲寺の曾祖父文範《ふみのり》や寺僧から仏教の教えを学んだ。

般若経の教えによれば、人が生きている間に眺めているものは影絵芝居のような幻影にすぎぬ。

一切の存在（色《しき》）は空《くう》であり、空からすべての幻影が生じる。

意を研ぎ澄ませて目の前のものを凝視すれば、空の実態が透視され、幻影の惑いから解き放たれる。

「色は即ち是れ空なり、空は即ち是れ色なり……」

つぶやくと同時に、香子の目から鋭い眼光が放たれた。その光は青白い鬼火のごときものとなって、物の怪の全身を包み込んでいく。物の怪の姿が青く光り始めた。

異変に気づいた物の怪が呻《うめ》き声をあげた。

「これは何じゃ。そなたは陰陽の秘儀に通じておるのか」

「そなたはもともと存在せぬものであったはず」

香子は静かに言い放った。

「幻影よ。消え去るがよい」

「見破られたか……」

苦悶の声とともに怨霊の表情が歪んだ。

青く光っていた物の怪の全身が、光が弱まるとともに影もまた薄まりやがて消滅した。

里内裏や平安宮の上空に垂れ込めていた黒雲はきれいに払われていた。

ただ暗闇の中に、竹三条宮のあたりだけが、ぼうっと光を放って浮き出していた。

香子はその光の方に近づいていった。


香子は宙を飛んでいる。

式神とともに魂だけが浮きあがったことはあるが、いまは体ごと空を飛んでいる。こんなふうに空中を飛翔するのは初めての経験だ。

驚いているひまはない。慣れてしまえばたやすいことだ。鳥のように羽ばたく必要はない。念力だけで空中を移動する。

光を放っている竹三条宮に迫っていく。

「中宮が出産する」

千里眼の声が響いた。

続いて順風耳の声。

「生まれてくるのは男児だ」

男児……。

香子は息を呑んだ。中宮が男児を産む。冷泉《れいぜい》帝の皇子の東宮居貞親王（三条帝）に次ぐ皇嗣が誕生することになる。

竹三条宮は質素な造りの小邸だが、南側に小さな庭がある。庭先から一気に主殿の中に入った。

奥まった場所に祭壇が設《しつら》えてあった。修験者が固まって陀羅尼《だらに》を唱えている。修験者の後ろには何人か貴族らしい男の姿があった。伊周や隆家、それに出家した隆円《りゅうえん》ら、定子の兄弟だろう。

「産屋《うぶや》はどこ」

つぶやくと式神が応えた。

「渡り廊下の横のあたりよ」

小邸とはいえ主殿から三方に渡り廊下が延びている。北対の方に進むと、渡り廊下の脇に白木で作られたに産屋があった。

産屋から苦悶の声が洩れてきた。白い布で仕切られただけの野外といってよい場所だ。布の隙間から中を覗く。

女房たちが肩を並べて見守っているその中央に、白布で覆われた帳台があり、その上で上半身に白衣をまとった女が、しゃがんだ姿勢で苦しんでいた。二人の女房が前後から抱きつくようにして妊婦を支えている。

この時代は座産が一般的だった。

中宮定子は身を起こした姿勢で、前から支えている女房の肩にしがみつき呻き声をあげている。年輩の女が二人、そばについていて、中宮を励ましている。一人は産婆で、もう一人は調った顔立ちをしているところを見れば定子の親族の女かもしれない。

周囲の女房たちも涙を流しながら、しきりに声をかけている。

香子も子を産んだことがある。

中宮の姿から目が離せなくなった。

前方から中宮を支えている女房のすぐ脇にいた女が、急に香子の方に振り向いた。

「何をしに来た。中宮を呪詛するつもりか」

敵意に満ちた激しい言葉が香子の胸に突き刺さった。心の中だけに響く声。こやつもただものではない。

見たことのある顔だった。獅子のような顔をした醜女《しこめ》だ。

清少納言。

『枕草子』という随想集が筆写されて出回り評判をとっている。

文才があるだけではない。この女は怪しい霊力を宿している。

香子は身構えながら心の中で声を高めた。

「われらは呪詛などはせぬ。皇子の誕生を言祝《ことほ》ぎたいと思うておる」

相手は薄笑いをうかべた。

「皇子が生まれるとわかっておるのか。甘い言葉でわれらを謀《たばか》るつもりであろう。口では何とでも言えよう。騙されぬぞ。われには護り神がおる。そなたごときに手出しはさせぬ」

自信に満ちた言い方だった。

香子は目を凝らした。

白布で覆われた帳台の周囲に、女房たちに混じって怪しい影がひしめていた。

背丈の低い式神どもが並んで中宮を護っていた。天狗のような顔をした式神が頭《かしら》のようだ。他の式神たちは嘴《くちばし》をもった鴉《からす》のような顔立ちだった。

香子のかたわらにも天后媽祖がいる。脇侍の千里眼と順風耳もいるはずだ。

ふと気づくとその周囲にも式神の気配がした。十二天将の全員がここに駆けつけているようだ。式神たちが互いに睨み合って、不穏な気配がみなぎっている。

ここで争いを起こすわけにはいかない。

香子は落ち着いた口調で言った。

「われらは闘わぬ。中宮のごようすを気にかけておるだけだ」

「源氏の物語で評判をとっておる女房だな。そなたは左府（道長）の妾《しょう》であろう。そのようなものの言を信用できると思うか」

自分は妾などではない、と言い返したかったが、そのようなことを言い争っている場合ではない。

香子は語調を強めて言った。

「そなたは『枕草子』の作者であろう。そなたも書くことに命をかけておるならば、言葉というものを信じておろう。われも言葉を信じ、言葉に命をかけておる。いまここでわれは誓う。無事に皇子が生まれれば、われがその皇子をお護りしようぞ」

「よう言うたな。ならば信じてやろうぞ。あとは黙って見ておるがよい」

そう言って相手は中宮の方に向き直った。

中宮は苦悶の声をあげ続けていた。女房たちの声が激しくなった。

突然、新たな声が響いた。

赤子の産声だ。脇に控えていた産婆が手を伸ばして赤子を抱き寄せ、定子の親族らしい女が竹の箆《へら》で臍の緒を切り落とした。

「皇子でございます」

産婆の声が響いた。


生まれた男児は敦康《あつやす》親王と呼ばれることになる。

親王が生まれたのは未明のことだ。ただちに一条院の帝《みかど》に報告された。

その日、帝から彰子に女御の宣旨が下された。

道長は土御門殿に公卿を集めて祝いの宴を開いた。すべての公卿が集まり、口々に祝いの言葉を述べた。皇子の誕生については誰も話題にしなかった。

親王が誕生すれば後見人が設定される。伊周と隆家は流罪を解かれ京への帰還は許されたものの、いまだ復官は認められず無位無冠だった。代わりに後見しようという公卿も現れなかった。結局、道長が後見人となった。

いまの帝（一条帝）が譲位して従兄にあたる東宮が即位されれば、慣例によって生まれたばかりの敦康親王が東宮に立てられる。道長が権力を維持するためには、親王の親代わりという立場をとるしかなかった。

香子は、清少納言に誓った。

無事に皇子が生まれれば、わたしがその皇子をお護りしようぞ……。

その約定は、果たさねばならない。

帝に皇子が誕生した。

道長の野望は頓挫することになった。

しかし第二、第三の皇子が定子のもとに生まれれば、道長の望みはさらに遠いものになってしまう。

帝の気持を彰子の方に向けなければならぬ。

すでに筆写した源氏の物語は帝に奉上されていた。帝はお読みになり、彰子や周囲の女房と話がしたくなるはずだ。

そこに続篇が届けば、帝もお喜びになるだろう。

里内裏に出仕しなかった香子に求められるのは、何よりも源氏の物語の続篇を書くことだった。

香子は気合いを入れて執筆を始めた。

話の内容が、これまでの物語とは少し変わっていった。

気が優しく繊細な貴公子が、さまざまな女人を訪ね歩く物語。それがこれまでの物語の基本だった。土御門殿の女房たちを相手に物語を展開していると、聞き手の興味をつなぐために、女の登場人物が増えていく。容貌の美醜や身分の上下にかかわらず、さまざまな女人と縁《えにし》を結んでいく主人公の姿に、常人とはかけはなれた大らかで優しい、度量の広い英雄像が構築されていき、物語が大きくふくらんでいったことは確かだが、話の筋が拡散していくことが気にかかっていた。

これから書く物語は、女房たちに読み聞かせることが目的ではない。誰よりも帝の興味を惹かなければならないのだ。

帝を第一の読者と想定した物語。

それは香子の望むところであった。

最初に主人公を源氏の貴公子と設定したのも、現今の摂関家の横暴を見過ごすことができなかったからだ。書き始めたころは道長の父の兼家が摂政となっていた。

それまでの兼家は摂関家の嫡流の関白忠頼の政権のもとで、左大臣源雅信《まさざね》にも及ばない右大臣という地位だった。一条帝の即位によって、兼家は外戚（母方の祖父）となった。摂政となった直後に右大臣を辞し、左大臣の下位に置かれた長年の雌伏から脱却した。そして兼家の独裁が始まった。

左大臣の源雅信や弟の重信《しげざね》、子息の時中《ときなか》は、摂関家に対する対抗勢力だった。その左大臣家の女房たちが相手だから、元皇族の光源氏が、藤原一族の左大臣や右大臣を凌駕して活躍する物語は高く評価された。

兼家に強いられた花山帝の譲位で、香子の父の為時が失職し窮乏生活が始まった。そういう個人的な怨みもあって、物語の舞台を帝による親政の時代に設定した。ただ女房たちを相手にしていれば、政務の話などは興味をもってもらえない。話は男女間の相聞に傾いていくことになった。

これからは帝が読者だ。

源氏の主人公が権力者となっていくさまをしっかりと描かないといけない。

主人公の光源氏は亡き母に酷似していると伝えられる父の新たな妃、藤壺《ふじつぼ》（のちの中宮）のところに忍んで行く。最初は母を慕うような気持だったが、やがて男女の関係となり、不義の子が生まれる。父の子だから弟にあたるわけだが、実際は自分の子だ。

光源氏には東宮に立てられている異母兄がいる。不義によって生まれた光源氏の子は、東宮の弟皇子であり、次の皇嗣ということになる。

摂政も関白も置かれていない時代設定ではあるが、藤原一族は左大臣、右大臣などの要職を占めている。光源氏は右大臣の子息の頭中《とうのちゅうじょう》将と親しく、妹の葵《あおい》の上《うえ》を妻としている。一方、東宮の母の弘《こ》徽殿女御《きでんのにょうご》は左大臣の娘で、光源氏を敵視している。

弘徽殿女御は異母妹の朧月夜《おぼろづきよ》を東宮の妃にしようと画策していたのだが、この朧月夜は奔放な女人で、光源氏と関係を結んでしまう。

そのため弘徽殿女御との関係が悪化し、光源氏は播磨国《はりまのくに》の須磨《すま》に蟄居することになる。そこで受領の娘の明石《あかし》の君《きみ》と出会い、物語は新たな方向に進んでいく。

帝の崩御によって皇位を継承した兄は病を得て譲位する。

光源氏の子が、即位して帝となる。

光源氏は上皇に准じる立場となり、政界の最高権威に昇っていく。さらに明石の君が産んだ姫君が、東宮となった兄の皇子に嫁ぎ、のちには皇子を産んでやがて国母となる。光源氏は帝の外戚として権力の座を不動のものにすることになるのだ。
そうした物語の展開は、香子が当初から意図していた話の本筋だった。
ここからが山場なのだという意気込みで、香子は執筆に集中した。

# 第四章　天満宮上空に北辰が輝く

道長の側近に藤原行成《ふじわらのゆきなり》という人物がいる。

香子《かおりこ》と同じくらいの年齢の若者だが、蔵人頭《くろうどのとう》という重責にあった。帝《みかど》の意向を道長に伝え、逆に道長の意向を帝に伝える重要な役割だ。両者の考えに隔たりがあれば、調整のために慌ただしく里内裏の一条院と土御門殿の間を走り回ることになる。道長の側近の中では若手で、実直な人柄が好感をもたれ、女房たちの人気も高かった。

その行成が香子に声をかけた。おりいってご相談したいことがあるという。

「去年の暮れに太皇太后の昌子《まさこ》内親王が亡くなられたことはご承知かと思いますが……」

行成がそんなことを話し始めたので、最初は相手の話に興味がもてなかった。昌子内親王というのは、冷泉《れいぜい》帝という三代も前の帝の中宮だった女人で、確か五十歳を越えていたはずだ。そんな縁も所縁《ゆかり》もないお方の死が、帝や道長とどう関わってくるのか見当もつかなかった。

「これで三后《さんごう》の一つが空席になったことになります」

そう言われて何となくわかってきた。

皇后、皇太后、太皇太后を三后と呼ぶ。それぞれに宮職《ぐうしき》と呼ばれる役所が置かれ大夫《だいぶ》（長官）のもとに随員がいて三后を支えることになる。

原則として、今上帝の妃《きさき》が皇后、先帝の妃が皇太后、先々帝の妃が太皇太后ということになる。

中宮というのは皇后の別称であるから、中宮と皇后が並立することはかつてなかった。ところが定《さだ》子《こ》が中宮となった時に、円融《えんゆう》帝の中宮だった遵子《のぶこ》の席がなくなるので、中宮とは別に皇后が置かれることとなり、二后が並立することになった。

太皇太后の昌子内親王が健在で、その下の皇太后には詮子《あきこ》が就いていたので、上がつかえていたのだ。

遵子と詮子はともに円融帝の女御《にょうご》であったが、当時は遵子の父の関白頼忠《よりただ》が健在だったので遵子が中宮に立てられた。のちに詮子が皇子を産んで国母となったため、特別の計らいで詮子が皇太后とされたのだが、一人の帝の妃が中宮と皇太后という形で並立するのも前例のないことであった。

帝位の継承が二系統となり、やたらと后《きさき》が増えたことが一因ではあるが、現在では中宮と皇后が並立しているため、実質的には四后の状態になっている。

「大殿《おとど》（道長）は彰子《あきらこ》さまの立后がお望みなのですね」

四后の一番上の席が空いたので、順番に繰り上げにすれば中宮の席が空くことになる。

「よくわかりましたね。それで彰子さまの立后の儀を帝に上申せよと命じられたのですが、いままでの皇后の遵子さまは、帝のお父ぎみの妃であったお方ですから、皇后といえば母ぎみのごときものです。寵愛されている定子さまを皇后にするというのは、帝としては容認できないことと思われます」

「確かにそうでしょうね。それであなたさまが、帝を説得しなければならないのですね」

「至難のことでございます。困惑しておりますと、左府（道長）どのは式部どのに相談するようにと言われたのです」

これはひどい、と香子は心の中でつぶやいた。

もともと中宮と皇后が並立していることが異例の事態だった。そこに雛遊びの后にすぎない彰子を中宮に押し込むというのは無理な話で、暴挙と言うしかない。そういうことを思いつく道長にも呆れてしまうが、それをこちらに押しつけてくる無神経さにはもっと呆れてしまう。

とはいえ困惑しきっている行成のようすを見ていると気の毒になってきた。

「わかりました。少し考えさせてください」

心の中で、式神《しきがみ》さん、と声をかけた。

天后媽祖《てんこうまそ》の声が聞こえた。

「皇室の歴史についてはあなたの方が詳しいわ。たまには自分で考えなさい」

突き放されてしまった。

日本書紀などの史書を読み込んでいる香子は、皇后や中宮の示す意味について熟知していた。その歴史的な意味をたどりながら、香子は語り始めた。

「皇后は漢や唐から伝わった后の称号で、わが国では古来、大后《おおきさき》と呼び習わしておりました。伊勢の天照大神《あまてらすおおみかみ》が女神《ひめかみ》であられるように、神は女人に宿るとされています。代々の帝は皇女を斎王《いつきのみこ》として伊勢の斎宮《いつきのみや》に派遣し、また大后が祭事を司ることによって、神の国としての伝統を守ってきたのです。そのことは帝もよくご承知だと思われます」

そこまで話すと、行成は大きく肯《うなず》いた。

香子は言葉を続けた。

「中宮とは本来は内裏の中心という意味で、帝の御座所を指す言葉でありましたが、後宮におられる妃《ひ》や夫人《ぶにん》、女御、更衣《こうい》などの中から、最も帝に近いお方を中宮とお呼びすることが慣例となっております。従って、本来は皇后と中宮は同じお方でなければなりません。しかし定子さまが中宮として立后されたおりに、先帝の妃の遵子さまが皇后のままでおられたので、二后が並立するという異例の事態となりました」

香子は声を高めた。

「中宮はただ帝のご寵愛を受ける妃であるだけでは済まされぬ大事な責務を負うておられます。すなわち皇室の神事を司る神の巫女《みこ》としての役目がございます。ところが定子さまはすでに仏門に入られております。尼となったお方に神に仕える巫女の役目は務まりませぬ。この理《ことわり》をお説きいただければ、必ずや帝もご容認いただけるものと思われます」

「おお……」

行成は感極まったような声を上げた。帝のことをよく知っている行成には、この説得が成功するだろうということが、即座にわかったのかもしれない。

香子はいまも土御門殿を取り仕切る立場にいる。

彰子がいなくなると寂しくなるはずだった。

ところが予想に反して、土御門殿には喧騒が押し寄せてきた。

正室の倫子《みちこ》は五番目の子を出産した。自身の三女となる威子《たけこ》だ。子どもが増えたため、土御門殿の裏手にある鷹司殿《たかつかさどの》を入手して子女とともに移っていった。

かつて花山《かざん》院襲撃事件が起こったいわく付きの邸宅だ。土御門殿とは小路を挟んで隣接している。

母の穆子《あつこ》も移ったため、香子の責任が重くなった。

土御門殿はいまや道長の政務の本拠となり、公卿《くぎょう》や文官が頻繁に出入りして、平安宮の朝堂院がそつくり移転したようなありさまになっていた。

里内裏の一条院は帝の御所にすぎない。彰子が居住する東北対《ひがしきたのつい》の片隅に内覧を務める道長の執務室が設けられていたが、公卿や文官を集めた合議の場所がないので、道長は私邸にいることが多かった。

帝の裁量が必要な場合は側近の行成が連絡に走ることになるが、中宮定子の立場が弱くなったため、帝の裁量よりは国母で女院の詮子の意向が重視される。その詮子は一条院の別納《べちのう》が手狭なため元の土御門殿の南殿に戻っていた。従って、土御門殿はまさに朝政の中心となっていた。

親しい公卿や配下の文官に囲まれ、道長は自宅でこの世の春を謳歌している。

うるさい倫子がいなくなり、南殿にいる詮子も寝込んでいるので、道長は上機嫌だ。取り巻きの文官たちも見かけの上では道長を重んじ、気を使ってお世辞を言ったりするので、道長はすっかり舞い上がっている。

中でも側室の明子《あきこ》の兄にあたる源 俊賢《みなもとのとしかた》、かつての関白頼忠《よりただ》を父にもつ藤原公任《きんとう》、右大臣為光《ためみつ》子息の藤原斉信《ただのぶ》、それに帝の側近でもある藤原行成の四人が道長を何かにつけて支えていた。

四人はのちには全員が公卿となり、四納言《しなごん》と呼ばれることになる。

「式部どの。酒です。酒を用意してください」

香子の顔を見ると、道長は必ず命令する。合議をすると言いながら短く切り上げて宴会になる。まだ酒の入った瓶子《へいじ》がたくさん残っているのに、際限もなく酒を所望する。

「兄ぎみと同じ病になりますよ」

と注意したこともあるのだが、道長は、はいはい、気をつけます、などと言うばかりで、いっこうに酒を控えるようすはない。

酒や料理を用意するのは家司《けいし》の役目だが、家司に命令を出すのは、たいてい側近の藤原公任だった。

公任は道長より三歳ほど年長で、初代関白の基経《もとつね》から、忠平《ただひら》、実頼《さねより》、頼忠《よりただ》と四代にわたって関白を継承した摂関家の嫡流だった。道長の姉の詮子が円融帝の女御であった時に、公任の姉の遵子は格上の中宮だった。しかし遵子は男児を産めなかった。

詮子の産んだ帝の即位によって、本来なら傍流にすぎない兼家《かねいえ》（実頼の弟師輔《もろすけ》の三男）が外戚となって最高権力者の地位に昇った。そこからは道隆《みちたか》、道兼《みちかね》、道長と、兼家の子息たちが摂関家の氏《うじ》の長者を引き継ぐことになった。

公任は道長が無位無冠だったころにすでに昇殿を許され、左近衛権中将《さこのえごんのちゅうじょう》や讃岐権守《さぬきのごんのかみ》などの権官に任じられていたのだが、道隆、道兼が先に公卿となり、道長にまで先を越されてしまった。道長が権中納言に任じられたのに対し、公任は蔵人頭という皇室の雑務を取り仕切る役職を長く務めることになった。

公任がようやく参議として台閣の一員に加えられた時には、道長は権大納言に昇っていた。嫡流を自認する公任の胸中には鬱屈した憤懣があるはずだが、聡明な公任は鮮やかな変わり身で、年下の道長の側近となった。

公任は管弦、漢詩、和歌に秀でていて、この時代の最先端の文化人だった。のちの小倉百人一首にも大納言公任として和歌が採られている（実際の最高位は権大納言）。

音楽や文芸に関して、いかなる教養もなく、才能のかけらさえない道長とは大違いだ。

香子が土御門殿に出仕するようになって十年以上の年月が経過しているが、当初は倫子や中君《なかのきみ》や女房たちを相手にするだけで、女たちに囲まれて仕事をしてきた。左大臣家にも家司の男はいたが老人ばかりで、邸内にいる若い男といえば、道長だけだった。

だが道長が権力者となり、取り巻きの公卿や文官が来訪するようになると、男盛りの貴公子が土御門殿に勢揃いするようになった。

香子が描く物語にも、主人公の光源氏や友人の頭中将《とうのちゅうじょう》だけでなく、多くの貴公子が登場する。それらの登場人物はすべて想像だけで書いた。最近になって、道長のような無教養で愚鈍な人物ではなく、教養豊かで繊細な貴公子が次々と香子の目の前に現れて、男というものの魅力を改めて肌で感じることになった。

中でも公任は魅力的な貴公子だった。何よりも血筋の高貴さから来る気品がある。顔立ちが調っているだけでなく、豊かな見識が備わっていて、物腰にも大らかな落ち着きが感じられる。摂関家の嫡流に生まれ育った自負がありながら、尊大な感じにならないように自分を抑える術《すべ》を知っている。

何をやっても軽薄に感じられる道長にはない嫡流の者だけに許された高貴さが、確かに公任からは感じられるように思われた。

邸内で宴会が開かれる時は、公任と香子が相談して酒や料理を手配することになるのだが、実際に料理を運ぶのは若い女房たちに任せて、香子は主殿につながる渡り廊下のあたりに控えて、宴会のようすを窺っている。

そんな香子のところへ、公任が宴会から脱け出してきて、話しかけることがあった。

公任は源氏の物語を読んでいる。物語の作家としての香子を評価してくれていた。

二人で廊下に佇んでいると、それだけで、漢詩や和歌や物語を愛好する者の間に通い合う友情のようなものが、自分たちを包んでいる気がした。

「庭の方に出てみましょうか」

公任が声をかけた。

寝殿造りの建物の多くは、建物の北東から南にかけて、水の流れが設定されている。庭には広大な池が造られその池を望む中央の主殿の左右に、西対《にしのつい》、東対《ひがしのつい》と呼ばれる別棟が渡り廊下でつながっている。さらに西対から廊下が延びて、庭の池に接した釣殿と呼ばれる小さな建物に行けるようになっている。

土御門殿では釣殿を拡大して舞台が設置されていた。そこで雅楽の演奏や舞楽が演じられるのを、主殿や庭先から見物できるようになっている。

公任が先に立って、渡り廊下を進んでいく。

舞台の上に、二人で並んで立った。

庭には篝火が焚かれている。足元の池の水面に篝火の火が映って揺れ動いていた。その篝火の先には、宴会をやっている主殿の灯りが見えていた。時おり風にのって、宴席のざわめきや笑い声が伝わってきた。

「われわれは毎日宴会をやっています」

公任はつぶやいた。その声には自嘲するような響きが感じられた。

「大殿はお仲間に恵まれていますね」

香子が何気なく応じると、公任は苦々しげな口調になった。

「お世辞や追従を並べる側近はたくさんいますが、心の中はどうでしょうかね。中宮（彰子）の入内《じゅだい》に際して、四尺の屏風を作ってそこに公卿の和歌を書き入れて奉納しました。わたしが選首を担当し、能書家の行成《ゆきなり》どのに筆を入れていただきました。ところが中納言の実資《さねすけ》どのは和歌の提出を拒否された。左大臣のご機嫌をとるために公卿たちがいそいそと和歌を提出することに、不快を表明されたのです。あからさまに批判をされたのは実資どのだけですが、他の公卿も気持は同じではないでしょうか。正直なところ、わたしも同感です。公卿がこぞって左府どののご機嫌をとるというのは、台閣の正しい在り方ではないでしょう。とくに最近の道長どのは、少し舞い上がりすぎているようですね」

「子どものように無邪気なお方です。許してあげてください」

そんなふうに取り成しながら、自分は心にもないことを言っていると香子は思った。

公任は笑いながら応じた。

「確かに子どものように正直なお方です。実資どのも批判はしながら、道長どのを嫌っているわけではないのですよ。まことに憎めないお方ですからね」

そう言ったあとで、公任は半ば独り言のようにつぶやいた。

「それにしても、十二歳の彰子さまを入内させても、皇子《みこ》が生まれるのはずっと先のことでしょう」

「いつか彰子さまが皇子を産み、その皇子が即位されると、大殿は信じておられるのでしょうか」

「公卿というものは、つねに楽観しているものですよ。わたしだってまだ参議にもならないころに、いずれは姉の中宮遵子が皇子を産み、自分が帝の叔父となる日を夢見ていたものです。ところが実際に皇子を産んだのは道長どのの姉ぎみでした。いまでは道長どのが帝の叔父として君臨しているわけですね。これも天命というべきでしょう。兄ぎみお二人が病で亡くなり、甥の伊周《これちか》どのが騒ぎを起こして解官《げかん》されたことも含めて、道長どのは幸運の星のもとにお生まれになったのでしょう」

「男児が生まれるかどうかで政事《まつりごと》の行く末が決まっていく……、それでよいのでしょうか。何かがおかしいとお思いにはなりませんか」

公任の冷静で知的な対応に、つい気を許して、香子は日頃からの疑問を口にした。

相手は笑いながら応じた。

「確かに、男児が生まれるかどうかに国の命運がかかっているというのは、正しいことではないでしょうね。しかし男児かどうかは別として、懐妊するというのは、帝の寵愛があるからですよ。帝のもとには定子さまの他に三人の女御が入内していますが、いずれも懐妊してはおりません」

わずかに息をついてから、公任は続けて言った。

「二年ほど前でしたか、承香殿《しょうきょうでん》の女御（藤原顕光《あきみつ》の娘の元子《もとこ》）が懐妊されたという噂が流れ、公卿も女房も色めきたったことがありました。確かに腹が脹らんで妊娠の兆候があったそうですが、やがて水だけが降りたということがございました。妊娠したいという思いが募ると、その思いだけで腹が脹れることが稀《まれ》にあるそうです。元子さまの場合もそれだったのでしょう。帝は中宮定子さまただお一人を寵愛しておられる。これは男としては、稀有のことではないでしょうか」

そこまで話して、公任は急に思いついたといったふうに、声を高めた。

「帝は入内された彰子さまのところに、よく通って来られるそうですよ。ただし宵の内だけですがね。女房たちが交替で源氏の物語をお聴かせしているらしい。帝はあの物語がお気に召したようです。皇族の貴公子が活躍して藤原一族を凌駕するという話ですから、帝が主人公に共感されるのは当然ですが、あの光源氏という男は、さまざまな女人を寵愛するわけでしょう。帝はただお一人の女人しか愛されない。まったく異なる性癖の主人公に共感されるのは、どうしてでしょうかね」

帝が源氏の物語の朗読を楽しんでおられると聞いて、香子は胸を躍らせた。自分一人の楽しみのために頭の中に想い描いた貴公子の生き方が、身近な女房たちだけでなく、帝にまで楽しんでいただけるというのは、当初は夢にも思わぬことであった。

「定子さまというお方は、よほどお美しいのでしょうね」

香子は式神とともに内裏に忍び込んで定子の顔を見たことがあるのだが、そのことを隠して探りを入れてみた。

公任は力をこめて応えた。

「美しいお方です。才気がありつねに明るく輝いておられる。伊勢の斎宮で結ばれた在原業平《ありわらのなりひら》と恬子《やすこ》内親王の血が、あのお方の体内に確実に脈打っていると感じられます」

その定子の母も美しい女であったはずだ。怨霊としか会ったことはないが、強い意志をもった女であったことは否めないだろう。

高内侍《こうのないし》。

あの女は自分に似ていた。

あの女の無念さが、自分の胸の内にもある。

才を有しながら女に生まれたもどかしさが、強い怨念となって祟《たた》ろうとしていたのだ。

帝王の上なき位に昇るべき相なれども……。

安倍晴明《あべのせいめい》の予言の言葉が脳裏をよぎった。

その言葉は源氏の物語の主人公の未来として、物語の冒頭で使った。光源氏の場合は、帝の陰の父として、准上皇という立場となることで、予言は実現されたことになる。

女にとって、帝王の上なき位とは何だろうか。

詮子のように、国母として帝に指示を出すということはあるだろう。

自分は国母ではない。

だが彰子ならば、国母となる可能性がある。その彰子の侍読《じとう》を務めている自分が、彰子とともに国政を動かす……。

香子の胸の内に、かすかな野望が生まれた。

帝（一条帝）の第一皇子が誕生してから一年近くの年月が経過していた。

道長は不可解な熱病に取り憑かれていた。

安倍晴明が占ったところ、怪しい霊が憑いていることが判明した。怨霊を鎮めなければ厄災は彰子にまで及ぶおそれがあった。晴明は長徳の変で解官とされた伊周の復官が実現すれば怨霊が祓われると進言した。ただちに道長は帝に遣いを出して伊周の復官を願い出たのだが、実現には到らなかった。伊周が務めていた内大臣の職は、道長の叔父にあたる藤原公季が大納言から昇格して務めていた。左大臣道長、従兄にあたる右大臣顕光と大臣職も塞がっていて、復官させようにも伊周に与える職がなかった。

この道長、顕光、公季の三人が大臣を占める体制は、その後、二十年にわたって持続することになる。右大臣の顕光は道長より二十歳以上も年上で、人生の大半を道長の下位に置かれた顕光は、死後に怨霊となって道長に祟ったという伝説が残っている。

公季の方は母を早くに亡くし、縁あって村上帝の中宮安子《やすこ》に引き取られ、皇子の冷泉帝や円融帝と兄弟のように育てられた。その生い立ちのせいか競うことのない穏やかな人柄で、亡くなるまで道長とは友好関係を保っていた。晩年には太政大臣という最高位に昇り、道長の嫡男の頼通《よりみち》の支えとなった。また閑院《かんいん》という摂関家に由緒のある邸宅に住んでいたことから閑院流の祖とされる。曾孫にあたる茂子《しげこ》が白河《しらかわ》帝の国母となったことから閑院流は発展し、三条家、西園寺家、徳大寺家などの名門を輩出することになる。

伊周の復官が実現しなかったせいか、道長の病は長びき、南殿の詮子も病んでいた。

この年の夏には鴨川の氾濫で土御門殿の庭が水没するなどの被害が出た。洛南では建物の浸水も報告されていた。

疫病が流行り、不穏な雰囲気が洛中に広がっていた。

怪しい風が吹いている。

何かが起ころうとしていた。

帝に皇子が誕生し、その皇子を道長が後見することで、当面の平穏が保たれたはずであった。だが彰子の立后という道長の横暴の陰で、すでに不穏な火種がくすぶり始めていた。

彰子は中宮としての入内に際して、一時、里邸に退去していた。

そのおり彰子の退去と入れ違いに、帝は竹三条宮で皇女《ひめみこ》と皇子を育てていた定子を一条院に呼び寄せた。

定子を里内裏に引き入れたのは、定子こそが正妃であるということを道長に示す、帝のささやかな抵抗だった。

その結果、定子はまたもや懐妊した。

翌年の年末近くに、定子は竹三条宮で三度目の出産に臨むことになった。

香子は怪しい気配を感じて、土御門殿の渡り廊下で足を止めた。

夜半に近い時刻だった。

周囲には深い闇が広がっている。道長の病はいくぶん快方に向かっていたが、詮子の病が重篤となったので、晴明は南殿で祈禱をしているはずだった。南殿の手前にある庭園の上空では風が渦巻いていた。

式神たちがわらわらと行き惑っている。何かしら異様なことが起ころうとしている。

「また蘆屋道満なのかしら。今度は何をしようというの」

香子のつぶやきに、天后媽祖の声が応えた。

「定子さまの出産が近づいているのよ。今夜にも生まれることになるわ」

皇后に格上げされた定子が懐妊したことは知っていたが、すでに皇子が誕生しているのだから、三人目の子の出産に周囲が騒ぐことはないだろうと思っていた。だが式神は言った。

「皇子が一人だけより、二人になれば心強いでしょ。伊周さまが外戚（帝の伯父）となることがより確実になるわ。定子さまには叔母の高階光子《たかしなのみつこ》という宣旨《せんじ》（上級の女房）がついていて、警戒を固めているの。晴明さまが土御門殿に出入りしていることで、呪詛されるのではないかと恐れているのよ」

「その宣旨というのは、皇子が生まれた時に臍の緒を切ったお方じゃないかしら」

「よくわかったわね」

「顔立ちが美しくて気品があったから。ただの人ではないと思った」

香子は自分の出産のおり、生まれてきた女児の臍の緒を倫子が切ってくれたことを思い起こした。この時代においては、親族や後見人など、それなりの立場の女が出産に立ち会うのが慣例となっていた。定子の叔母ということは、高内侍の妹にあたる。『伊勢物語』の業平と伊勢斎宮の血が、その女人にも伝えられているのだ。

「あのお方も怨念を抱えておられるのね」

香子がつぶやくと式神が応じた。

「姉の高内侍さまは宮中で内侍を務め関白の正妻になった華やかな人生だった。それに比べて妹の光子さまは身分の低い受領《ずりょう》の妻という地味な人生だった。そこで姉ぎみを陰で支えることに命をかける思いで、中関白家《なかの》に女房として仕え、伊周さまや定子さまのお世話をされた。伊周さまが大宰府に流罪となった時にも光子さまは九州まで同行された。それくらいに伊周さまの未来にすべてをかけておられるのよ」

「何が起ころうとしているの」

「大丈夫。今日は晴明が乗り出してくるわ。さあ、行きましょう」

天后媽祖とともに、土御門殿の上空に浮かび上がる。

平安宮の内裏がようやく修復されたので帝と中宮彰子はいまは平安宮に移っている。

御所の上空は静まり返っている。

南の方向に赤黒い雲がわきあがっている。

竹三条宮のあたりだ。

近づいていくと、その赤黒い雲の中に、二人の人影が対峙していた。

二人とも宙に浮いている。身構えるわけでもなく、両腕をだらんと下げて、ただ佇《たたず》んでいる。

安倍晴明と蘆屋道満。

この時代の最高の陰陽師《おんみょうじ》と称賛される晴明と、邪悪な呪詛を執念深く試みる道満が、まともに対峙している。

二人の周囲に白い光芒が広がっている。流星のような光の粒が飛び交っている。物音は聞こえない。

冬空のもと凍てついたような静寂が天空を覆っている。

音は聞こえないが、ざわついた気配が迫ってきた。闇の中に、式神たちが息をひそめるようにひしめいている。

「これはあなたの霊能で浮かび上がった幻影よ。どこか別の場所にいる道満と晴明さまが、秘術を尽くして対決しようとしている。蘆屋道満は晴明さまにとっては長年の宿敵だった。この対決には陰陽師としての名声と存亡がかかっている」

「式神さんたちが総動員で集まっている。媽祖さん、あなたも参加しなくていいの」

「陰陽師の対決は晴明さまに任せておけばいいわ。竹三条宮のようすを見に行きましょう」

降下しようとする式神に向かって、香子は声をかけた。

「待って。対決の勝敗が気にかかるわ。千里眼《せんりがん》さん、どちらが勝つか教えて」

千里眼が答えるよりも先に、天后媽祖がささやきかけた。

「晴明が勝つに決まっているわ」

香子はまだ事情がよく呑み込めなかった。

「どうして竹三条宮に行くの。皇子が一人でも二人でも、大きな違いはないわ」

今度はすかさず千里眼が応えた。

「生まれてくるのは皇女だ」

続いて順風耳《じゅんぷうじ》の声。

「天命によって皇后が崩御される」

「何ですって……」

香子は息を呑んだ。

天后媽祖に導かれて竹三条宮の中に入っていく。

皇子が生まれた時と同じ光景が目の前にあった。

女房たちが肩を並べて見守っているその中央に、白布で覆われた帳台があり、その上で上半身に白衣をまとった女が、しゃがんだ姿勢で苦しんでいた。二人の女房が前後から抱きつくようにして妊婦を支えている。

皇后定子は身を起こした姿勢で、前から支えている女房の肩にしがみつき呻《うめ》き声をあげている。宣旨の高階光子がそばについていて、皇后を励ましている。周囲の女房たちも涙を流しながら、しきりに声をかけている。

女房の一人がにわかに身をねじってこちらに顔を向けた。

清少納言だった。

「また現れたな。第二皇子を祝福しに来たのか」

生まれて来るのは女児よ……。

声を発するつもりはなかったが、香子の心の中の思いが相手に伝わったようだ。

「なぜわかる。言葉で呪いをかけようというのか。おまえにそれほどの霊力《れいりき》があるというのか」

香子は即座に応えた。

「わが霊力ではない。天命だ。皇后の崩御も避けることはできぬ」

「それも呪いか。おお……。恐ろしい女じゃ」

相手の心の中の叫びが響きわたった。

「蘆屋道満。いずこにおるのじゃ。この女の呪いから皇后をお護りせねばならぬ」

雷鳴が轟いた。

風の音が急に激しくなった。

竹三条宮の上空では、陰陽師の闘いが始まっているのか。配下の式神たちの戦闘も始まっているのかもしれない。蘆屋道満はどこかで晴明と闘っている。ここにいるのは弟子たちだけだ。

主殿の方から陀羅尼《だらに》を唱える声が聞こえてくる。道満の弟子の修験者たちが、厭魅《まじない》の呪文を唱えている。陀羅尼にさしたる験力《げんりき》がないことは、陰陽の原理を学んだ香子にはわかっている。

その時、産声が聞こえた。

赤子が生まれたのだ。

宣旨の光子が赤子を抱き寄せ、落胆を隠せぬようすでつぶやいた。

「皇女にございます」

光子の声に、清少納言の表情が悪鬼のごとく変貌した。

「女児が生まれた。おまえの呪いでこうなったのか。おまえは皇后を呪い殺そうとしておるのか。皇后はお元気だ。見事に赤子を産み落とされたではないか」

清少納言はそう言ったが、皇后の苦悶の声は続いていた。

赤子は生まれたが、後産と呼ばれる胎盤などの排出がまだ終わっていない。

「これは……」

光子が悲鳴のような声を上げた。異常に気づいたようだ。臍の緒を切り落とした赤子を女房に手渡し、定子の肩を抱いて声をかけた。

「気をしっかりおもちなされ。まだお産は終わっておりませぬぞ」

定子の股間から出血が続いていた。定子の顔面は蒼白となり、やがてがっくりと首を垂れた。

女房たちが悲鳴を上げた。立ち上がって右往左往する者もいた。その気配が主殿にも伝わったようで、渡り廊下に足音が響いた。

「いかがいたした。定子……、大丈夫か」

主殿で修行者とともに祈りを捧げていた伊周が産屋に飛び込んできた。

定子は座産の姿勢のままで事切れていた。

伊周は下半身をむきだしにした妹を抱きしめて叫び始めた。

「定子、死ぬな。死んではならぬ。声を出してくれ。息を吹き返してくれ。定子……」

香子の胸の内に、天后媽祖がささやきかけた。

「行きましょう。もう終わったのよ。ここにいても仕方がないわ」

式神がふわっと上昇を始めた。

それに続いて宙に浮きあがった香子の前に立ちはだかった者がいる。

清少納言。

相手の体も宙に浮いていた。

「おまえが皇后を殺したのだな。この怨み、忘れはせぬぞ」

香子は静かに言い放った。

「皇后が亡くなられたのは天命によるものだ。誰も天命には逆らえぬ」

香子はさらに上昇しようとしたが、相手はどこまでもくいさがってくる。

「おまえは皇子をお護りすると誓ったな。その言葉、忘れはせぬぞ」

香子は応えずにさらに上昇を続けた。

竹三条宮の上空に出た。先ほどまでは風が渦巻き雷鳴が轟いていたはずだった。

いま闇に包まれた平安宮の周囲は静けさに包まれている。道満と晴明の闘いは終わったのだ。だが
その場には道満の姿も晴明の姿もなかった。いずれが勝ったのか。背後に目を転じると、東山の向こうの空がわずかに白んでいた。

「蘆屋道満は滅ぼされたが心を許すわけにはいかぬ」

だしぬけに千里眼の声が響いた。

順風耳の声が続く。

「弟子の円能《えんのう》と妙延《みょうえん》は生きている」

未来を見透す千里眼と順風耳が、闘いがさらに続いていくことを告げていた。

生まれた女児は媄子《よしこ》内親王と称されることになる。

皇后定子の死の報せを受けて、帝は葬儀の準備のために道長に参内《さんだい》を求めたのだが、道長は出仕しなかった。南殿の詮子の病が重篤であるという理由だった。

実際に道長は南殿の詮子を見舞っていたのだが、とくに病が重篤であったわけではない。ただ定子が亡くなったことで、怨みをもった竹三条宮の修験者たちが詮子を呪詛するのではないかと道長は気が気ではなかったのだ。道長は姉の詮子を恐れながらも、母のごとく慕っていた。

安倍晴明が南殿に泊まり込んで、呪術によって邪鬼を祓っていた。

この日、詮子の側近の藤原繁子《しげこ》という女官に悪霊が取り憑いて道長につかみかかるという騒ぎが生じた。繁子は詮子の叔母にあたるのだが、次兄道兼の側室でもあり、帝の乳母《めのと》でもあった。さらに典侍《ないしのすけ》という要職を務めたこともあり、いまは女院の側近となっていた。帝の女御の一人となっている尊子《たかこ》の実母でもあった。

繁子に取り憑いた悪霊は伊周とそっくりの声を発したと伝えられる。

だがその場に安倍晴明が同席していたので、ただちに悪霊祓いの咒《しゅ》が唱えられ、悪霊はたちまち退散した。

内裏に出仕しない道長を急かすために、遣いとして蔵人頭の藤原行成が何度も内裏と土御門邸を往復することになった。最愛の皇后を失って悲しみにうちひしがれている帝と、姉の詮子のことだけを心配している道長の間に立って、行成は心労のために疲れ果てていた。

藤原行成はのちに四納言と呼ばれる側近たちの中では最年少だ。すでに参議に列している他の三人もかつて蔵人頭を務めていた。藤原公任、源俊賢、藤原斉信の順番で蔵人頭を引き継いできた。最後に蔵人頭を引き継いだ行成はすでに五年半も同じ職務を続けている。これは異例の長さで、帝が行成を手放したくないからだと噂されていた。

三蹟の一人に数えられる行成の報告書を帝が秘蔵しているという風評もあった。

誠実で機知に富んだ行成は、皇后定子の周囲の女房たちの間でも人気があり、『枕草子』にも頻繁にその名が登場する。香子の周囲の女房たちも『枕草子』を読んでいるので、行成は人気者になっていた。

香子と行成はほぼ同世代で、それだけに以前から親しみを覚えていた。

行成が困惑し憔悴しきっているのを見ると、声をかけずにはいられなかった。

「ご寵愛の皇后が崩御されたのですから、帝は格式の高い葬儀をお望みでしょうね」

「左府（道長）が率先して葬儀に参列されれば、公卿はこぞって参列するはずなのですがね」

「道長さまは姉ぎみのことがご心配でならないのです。竹三条宮には陰陽師や修験者が集まって、女院を呪詛していると噂されています。いまは皇后の葬儀のことなど念頭にはないのでしょう。道長さまは子どものように無邪気で自分勝手なお方ですから、皇后の葬儀の重大さなど、眼中にはないのでしょうね」

「寂しい葬儀となれば帝のお嘆きは癒しがたいものになることでしょう」

「とりあえず右大臣の顕光さまに公卿の筆頭として参列していただくことにしてはいかがですか」

「それしかありませんね。そのように帝にはお伝えいたしましょう」

行成はほっとしたようすで御所に戻っていった。

右大臣顕光は病を理由に葬儀を欠席した。顕光は道長の従兄にあたる。その血縁だけで右大臣に起用されている無能な人物で、道長不在の葬儀に自分が出て道長に恨まれることを恐れたのだろう。他の公卿はもとより、かつての中宮職の文官や、縁戚の高階一族なども参列することはなかった。

皇后の葬儀とも思えない寂しいありさまに、帝の痛憤が後々まで尾を曳くことになった。

年が明けた。

長保《ちょうほう》三年（一〇〇一年）の正月の除目《じもく》で、赤染衛門の夫の大江匡衡《おおえのまさひら》が尾張守《おわりのかみ》に任じられた。このことが香子の生活に影響を及ぼすことになる。

彰子の侍読を務めていた赤染衛門が夫の赴任に伴って尾張に出向くことになった。

土御門殿の裏手にあたる鷹司殿の倫子から声がかかった。

「彰子の侍読を任せられるのは、赤染衛門の他には、そなたしかおらぬ。娘の世話は乳母に任せて、宮中に出仕してはくれぬか」

香子は途惑いを覚えた。

土御門殿は自宅の目の前で、必要なら自宅に戻ることができる。かつては里内裏の一条院にあった御所も平安宮の内裏に戻っている。幾重もの門で閉ざされた宮中に入ってしまうと、自由が奪われるように思われた。

あれこれと迷っていたので、夏の終わりごろまで決断がつかなかった。すでに赤染衛門は夫とともに任地に旅立ってしまった。侍読がいなくなった彰子からも、早く出仕してほしいという手紙が届いた。

香子は土御門殿では女房たちを仕切る立場になっていた。公卿や文官の訪問が多くなった土御門殿での仕事は何かと多忙で、夜になっても自宅に帰れない日々が続いた。赤子の世話はいまも乳母に任せきりにしている。どことなく性格が道長に似ている娘の賢子《かたいこ》にはさほどの愛着を感じていなかった。

これなら宮中に入った方が気持が安まるのではないかという気がした。

何よりも帝という人に興味があった。いまや自分が書く物語の第一の読者とも考えられる帝と直接に言葉を交わし、親政を目指す皇族とはどのような人柄で、どのようなお考えをおもちなのかを、自分で確かめてみたかった。

秋風が吹くようになってから、香子は宮中に出仕することになった。

平安宮と呼ばれる宮城は、台閣の合議などが行われる朝堂院や八省などの諸施設が点在する大内裏と呼ばれる広大な領域に広がっている。その中心に帝の御所の内裏と呼ばれる建物があった。内裏の中央には公式行事の場となる紫宸殿《ししんでん》がある。かつては北側に隣接した仁寿殿《じじゅうでん》が帝の御所であったが、いまはそこから渡り廊下でつながった西側の清涼殿《せいりょうでん》が帝の日常生活の場となっている。

清涼殿の北側に離れのようにつながっているのが、中宮彰子が居住する飛香舎《ひぎょうしゃ》で、奇しくもそこは源氏の物語で重要な舞台となった藤壺《ふじつぼ》という別称で知られている場所だ。

その藤壺で彰子と対面した。

彰子は十四歳（数え年）になっている。まだ少女といった体つきで、顔立ちにも幼さが残っている。帝が渡られたとしても、子ども相手の遊びに興じるだけだと思われた。

「どうしてもっと早く来ていただけなかったのですか」

彰子は香子の顔を見るといきなり咎めるような言い方をした。

こういうところは母親の倫子にそっくりだ。

「いろいろと忙しかったのです。帝が一条院におられたころは、土御門殿が朝堂院の代わりになっており、公卿や文官が毎日通って来られていたのですが、平安宮の内裏が再建されたあとも、土御門殿には公卿が集まって毎日宴会が開かれているのです」

「父ぎみは宴会がお好きですね。詮子さまは土御門殿に移られて、政務のご意向を伺う行成さまも帝のもとに来られなくなり、帝は寂しい思いをされています」

「帝をお慰めし、励まして差し上げるのが、中宮さまのお役目ではありませぬか」

「わたしには何もできません。帝はわたしのことを童女《わらわめ》扱いされています。この飛香舎にお渡りになっても、女房たちに源氏の物語を朗読させて楽しまれるばかりで、わたしとはろくに口もきいてもいただけないのです」

「帝とお話ができるようになるためには勉学が必要です。わたくしにお任せください。帝とどのようなお話をすれば心を開いていただけるか、戦略を立てることにいたしましょう」

「帝はわたしのことを嫌っておられるのかもしれません」

「なぜでしょう」

「わたしが道長の娘だからです」

きっぱりと言い切った彰子の語気の鋭さに、香子は驚きを覚えた。

童女だと思っていたが、この聡明な少女は、すでに父親に対する批判の眼差しをもっているのだ。

その驚きを胸の内に秘めながら、香子は何げなく問いかけた。

「帝が大殿（道長）を嫌っておいでになるということですか」

「あたりまえでしょう」

彰子は生真面目な表情で答えた。この生真面目さが男にとっては取り付きにくさを感じさせるのではと思いながら、香子は彰子の次の言葉を待ち受けた。

「皇后定子さまのご葬儀のおり、父ぎみは詮子さまの看病を理由に欠席されました。そのため他の公卿の方々も誰一人として参列されなかったそうです。帝はそのことをたいそう嘆いておられました」

「女院は大殿にとっては母代わりのお方でした。それだけに女院のご病状が心配でならなかったのでしょうが、ご自分が欠席すれば他の公卿も出席しづらくなるということに、思いが届かなかったのでしょう。それは大殿のわがままであり、配慮に欠けたところだと思われます」

そこまで話してから、香子は彰子の顔をじっと見据えた。

「中宮さまはお父ぎみのことを、どう思うておられるのですか」

香子の問いに、彰子は言い淀んだ。

「お父ぎみでございますから、尊重せねばとは思うのですが……」

どうやらこの娘は、父との距離をとろうと思い始めているようだった。

香子は語り始めた。

「人には人倫《ひとのみち》というものがございます。父母を敬うというのは当然のことでございます。さりながら、あなたさまは中宮であられます。中宮は何よりも帝の妃であり、また朝廷の祭事を司る重要なお役目がございます。国のために尽くすというお覚悟が必要でしょう。肉親への情愛を超えて、何よりも国の将来について考えねばなりませぬ。その国の将来と、父への尊敬の思いが、時として離れていくこともございましょう。中宮としての責務を果たすためには、それなりのお覚悟をお持ちいただかねばなりませぬ」

彰子は真剣な顔つきで香子の話に聴き入っていた。これから毎日、彰子と言葉を交わすことになる。漢文の読解を教えるだけでなく、この国の歴史を語り、国の将来についても語らねばならぬ。時間はたっぷりある。急ぐ必要はないのだ。

香子はいまは手短に語るべきだと思った。

「大殿は土御門殿だけではなく、多くの邸宅を保有し、全国に荘園と呼ばれる領地をもち、毎日宴会を開いて贅沢な暮らしをされていています。左大臣としての俸給はいただいていますが、摂関家の資産に比べればわずかなものでございます。逆に平安宮の再建など、何かにつけて摂関家が私財を投じて朝廷の財政を支えております。いまや朝廷の財政は破綻寸前で、摂関家の支援がなければ公式行事も執り行えぬありさまでございます。帝としても大殿のわがままを認めるしかないのでございましょう。何ゆえにそのような事態になったのか、いかにすれば朝廷の財政を立て直し、帝の権威を復活させることができるのか、そのことをこれから毎日、少しずつ考えていくことにしたいと存じます」

彰子との新しい毎日が始まる。

朝廷の財政再建について、帝の復権について、いまの香子に妙案があるわけではないが、彰子と二人で考えていけばいいだろう。

長い闘いになる。

あの鈍感で無能な男と、いつかは対決しなければならない。

あどけない彰子の顔を見つめながら、香子は心の内で静かに誓いを立てた。

夕方の早い時刻に帝が飛香舎にお渡りになった。

二十二歳の若き帝王と初めて言葉を交わすことになる。

新参の女房として型どおりの挨拶をした。帝は何事もなかったようにただ挨拶を聞いていただけだが、彰子や女房たちと言葉を交わしたあとで、香子の方に向き直って声をおかけになった。

「そなたが源氏の物語を書いておるのか」

帝らしい凜とした声だった。

顔立ちも話しぶりも実母の詮子と似ている、と香子は思った。

「さようでございます。帝にお読みいただいていると女房らに聞きました。まことに光栄に思うております」

香子の答えに帝は満足げに大きくうなずいて言った。

「光源氏は偉大な人物だ。わたしなどには及びもつかぬ大らかさで人の心を包み込む。そなたはいかにしてあのような男のありようを思いついたのであろうか。どこぞで似たような人物を見かけたのか」

帝の問いに、香子は微笑をうかべた。

「あれは物語の主人公でございます。あのような男はどこにもおりませぬ」

「そうかな。わたしは道長を範としたのかと思うておったぞ」

香子は一瞬、帝の表情をうかがった。帝は道長を嫌っておられると彰子に聞かされていたからだ。帝はとくに冗談や皮肉を言われたようにも見えなかった。香子はさりげないようすで驚いてみせた。

「まあ、それは思いもかけぬことでございます。左府（道長）さまはご正室の他には側室がお一人おられるだけでございます。他の女人に次々に声をかけるということはございません。母代わりを務められた東三条院詮子さまが、そのようにお育てになったのでございましょう。ただ苦労知らずで育たれたせいか、左府さまには子どもっぽいところがおありで、あまりにもわがままで周囲の者が困惑することがございます」

口ではそう言いながら、風貌に関しては、道長の姿が光源氏と少しは重なる、と香子は心の中で考えていた。ただ実際の道長には、英雄らしい落ち着きが欠けている。子どものように無邪気で、公任や行成を何かにつけて困らせている。

文字で書かれた物語は、ただの絵空事にすぎない。実際に光源氏のような人物がいて、その実物と対面したら、いろいろと欠点が見えてくるものなのかもしれない。

帝は笑いながら、ささやくように言った。

「わたしは幼少のころは母とともに東三条邸で育った。そこには道長もおったから、兄のように慕っておった。道長は明るく屈託がない。しかしそなたの言うとおり、確かに自分勝手なところがあって、わたしも困惑しておる。そこへ行くと、物語の中の光源氏は堂々としておって、万民を肯《うべな》わせる気品がある。それゆえに多くの公卿を従え、親政が実現しているように見える。まことにそなたは、男たちの政務のようすを熟知いたしておるようで、感心しておったのだ。そなたは日本書紀などの歴史書を読み込んでおるのではないか」

「幼きころより書物を読むのが好きでございました。漢書や三国志などにも目を通し、政務というものにも興味を抱いておりました」

「そなたのような女人が、政務にも関わるようになれば、この国の行く末も期待できるのではと思われる。わが母のように、ただ厳しく要望を告げられるのも困りものだが、聡明な女人を人材として活用できる世になればと念じておる」

言い残して帝は去って行ったが、その話しぶりといい、考え方といい、広い視野をもった有能な為政者だと感じられた。

思わず彰子にささやきかけた。

「帝はお優しく聡明なお方でございますね」

彰子はしばらくの間、黙り込んでいた。

それからぽつりとつぶやいた。

「本当にいいお方。入内できたことを嬉しく思うております」

そう言って、彰子は恥ずかしげに微笑んだ。

帝は午後の時間の多くを飛香舎で過ごされた。彰子が養母を務めている敦康《あつやす》親王の相手をするのが目的だと思われた。だが夜になると退出される。すぐ近くの建物にいる皇女の顔を見に行かれる。始めのうちはそのように思っていたのだが、やがて帝には別の目的があるのではと懸念されるようになった。

皇女の世話をしているのは定子の女房たちだった。

清少納言もそこにいた。渡り廊下で顔を合わせることもあったが、相手はこちらを避けようとしているのか、言葉も交わさなかった。

皇女の臍の緒を切った宣旨の高階光子はこちらには来ていないようだった。女房たちを指図しているのは、御匣殿《みくしげどの》と称される女官だった。皇后や中宮の装束を管理する部署の別当（長官）を務めていた。

定子の同母妹で、母の貴子や姉の定子によく似た美貌の持ち主だった。

帝が皇女たちのもとに通われるのは、御匣殿の顔が見たいからではないのか。

そんな疑念が胸をよぎった。

すかさず式神の声が聞こえた。

思えば式神とは、自分の心の底にある疑念や邪念が神の声となって伝わってくるのではないかと思うこともあった。聞こえてくる声はいつも無邪気な童女の語りなのだが。

「帝は皇后の妹ぎみを寵愛なさっているようね。同じ母の胎内から産み落とされた妹ぎみだから、御匣殿は皇后定子さまに生き写しのお方よ。見に行きましょうか」

「見るまでもないわ。帝はただ一人の女人しか愛されない。いまは御匣殿なのね」

見に行けば、あの清少納言とまたいざこざが起きるかもしれない。式神たちを争いに巻き込みたくなかった。

　すると千里眼の声が響いた。

「御匣殿が懐妊した」

　続いて順風耳の声。

「その懐妊が命とりになる」

　香子は溜め息をついた。

　定子が生んだ皇女たちが宮中で暮らすようになってから、まだ半年も経っていない。御匣殿が皇女たちの世話をするようになったのも同じ時期だろう。その短い期間に、帝は懐妊に及ぶようなことをなさったのか。

　そのことがどういう結果をもたらすのか、見守っていなければならぬと思った。


　道長の側近の四納言のうち、香子が信頼を寄せているのは藤原公任と行成だった。

　公任と会う機会も少なくなったが、行成は帝の側近なので、内裏でもしばしば顔を合わせた。

　行成が彰子のもとに何かの報告に来たおり、帝の御座所の清涼殿の方に戻ろうとする行成を渡り廊下でつかまえた。

「ご相談いたしたきことがございます」

　声をかけると、行成はやや緊張した表情になった。

　道長と帝の間に立って、行成は苦労することが多い。

　道長の本拠の土御門殿を仕切っていた香子に対しては、身構えるような気持があるのだろう。

　行成はいまは参議に昇り公卿の一員となっていた。香子が気軽に声をかけられるような蔵人頭ではない。

行成は道長の父兼家の長兄にあたる摂政右大臣藤原伊尹《これただ》の孫にあたる。本来ならば嫡流だが祖父と父が相次いで亡くなり後見を失った。そのため出世が遅れたのだが、実直な人柄と三蹟に数えられる書道の腕前で評価され、三十歳で公卿となった。

いま行成が内裏にいるのは、行成を信頼している帝が、参議になった行成に侍従の役職を兼任させたからだった。行成は他にも東三条院詮子の院別当と敦康親王の親王家別当も兼ねていた。

その実直さが誰からも愛されるからではあるが、参議となっても行成は楽にはなれなかった。

「帝が御匣殿のもとに通われているというのは、まことでございますか」

行成はすぐには応えなかった。

黙っているのは肯《うべな》うのと同じことだ。

「ご懐妊というのも本当なのですね」

重ねて問いかけると、行成は苦しげな声を洩らした。

「まだ誰にも知られていないことでございます。ご内密にお願いいたします」

「大殿（道長）にはお伝えしたのですか」

「他の筋から伝わってしまうとわたくしが咎められます。真っ先にお伝えしました。たいそう驚かれ、立腹なさっておいででした」

「誰に腹を立てたのでしょう」

「帝を責めるわけにもいきませぬので、八つ当たりのように、報告が遅いとわたくしが叱られました。近ごろの左府どのは、すぐに気分を害されるので困ってしまいます」

「体調もよくないようですね」

「道摩法師（蘆屋道満）は滅びたと安倍晴明が申しておりましたが、弟子たちが呪詛を続けておるのやもしれませぬ」

「殿の病は消渇《しょうかち》（糖尿病）でございましょう。お酒の飲み過ぎです」

「そうかもしれません。毎日宴会ですからね」

「宰相《さいしょう》さま（参議の行成のこと）もご用心なさいませ」

そう言ってから、香子は声をひそめて問いかけた。

「新たな皇子がお生まれになれば、どういうことになるのでしょう」

「さあ、それは……」

行成は口ごもった。

できれば何も言いたくないといったようすだったが、香子が厳しい目つきで睨み続けているので、あわてて応えた。

「女御でもないお方が皇子を産まれたとしても、親王宣旨は下されぬと思われます」

香子は勢い込んで言った。

「御匣殿は皇后の同母の妹ぎみで、父ぎみは前《さき》の関白さまでございます。あなたさまは定子さまが中宮であられたころから蔵人頭を務めておられました。清少納言や御匣殿とは親しかったのではありませぬか」

「はあ……」

行成は苦しげに言い淀んだ。この時期には清少納言の『枕草子』の大部分が書写され出回っていた。その中に行成が何度も登場するので、清少納言の思い人ではないかという風評も飛び交っていた。

行成を責めても仕方がないので話はそこで打ち切った。

公卿を始め文官たちの多くは、道長を支持している。何かと異を唱えることの多い藤原実資も、この年には権大納言に昇格し、道長と友好関係を保っている。

だが道長のあまりにも自分勝手なふるまいを、陰で批判する者は少なくないはずだ。中関白藤原道隆の嫡流の伊周の復官を望む者たちが息をひそめて反攻の機会をうかがっているのではないか。

定子が産んだ敦康親王に続いて、伊周の甥にあたる皇子がもう一人誕生したりすれば、息をひそめている者たちの動きが活発になるのではと懸念された。


女院の詮子も、道長自身も、長く患っていた。

伊周の母の高内侍の怨霊や、伊周自身の怨念が祟っているのではという安倍晴明の進言で、これまでも伊周の復官を帝に願い出たことがあったのだが、帝は認めなかった。左大臣、右大臣、内大臣の席が埋まっている。伊周をかつてと同じ内大臣に戻すためには、道長自身が太政大臣か関白に就任して台閣から抜ける必要があった。

これには道長が同意しなかった。

台閣の合議に道長が加わっていることで、公卿たちは道長の顔色をうかがい、反対意見を言い出せない空気ができていた。

子どものようにわがままを通しているようでいて、道長はそういう空気を察していた。道長には自分が最も快適な状態になることを貪欲に求める習性があった。見方によっては狡猾な戦略と受け止めることもできるのだが、道長を知る人は、ただ無邪気なだけで悪気はないのだと感じてしまう。

道長にはそういう憎めないところがあった。

道長は公卿たちとの合議の席が好きで、そのあとの宴席を楽しみにしている。だから左大臣の地位から動こうとしない。

道長が動かない以上、伊周を内大臣に戻すことはできない。

二年後になって、伊周は官職を与えられないまま、位階だけは以前の正三位《しょうさんみ》から従二位《じゅにい》に昇格とされた。さらにその二年後には内大臣に次ぐ地位として准大臣という地位を与えられた。

台閣の合議に加わることも許されたのだが、伊周は准大臣という名称を好まず、後漢の時代に倣って儀同三司《ぎどうさんし》と自称した。三司とは三人の大臣を指し、大臣と同じ待遇だと自ら宣言したのだ。

このためのちに編まれた小倉百人一首では、伊周の母の高内侍高階貴子は儀同三司母という名称で和歌が採られることになった。

伊周の復官を帝に上奏したことで、怨霊の呪いも少しは和らいだのか、女院も道長もいくぶん体調が回復した。

十月、土御門殿に帝と中宮彰子を招いて、東三条院詮子の四十の賀の宴が催された。数え年であるからこの年の正月には四十歳になっていたのだが、詮子の病が長びいていたので、先延ばしにされていた祝いの席だった。

その夜は、帝と中宮は土御門殿に宿泊する予定で、昼間から盛大な宴が催されたのだが、そこで思いがけぬことが生じた。

帝の勅命によって童舞《わらわまい》が用意された。公卿の子弟の中から選ばれた元服前の童子が次々と舞う中で、道長の長男が舞った陵王《りょうおう》が華麗にして勇壮で、その場にいた公卿たちの絶賛を受けることになった。

陵王は番舞《つがいまい》の一つで、この演目のあとには必ず納蘇利《なそり》という演目が舞われることになる。陵王が歴史上の英雄を描いた堂々とした舞であるのに対し、納蘇利は龍の動きを模した舞で、激しく動き回りながらも豪壮さと優美さを見せなければならない難曲だった。

この納蘇利を舞ったのは、道長の次男だったが、その圧倒的な演技にその場に居合わせた公卿や文官のすべてが息を呑むほどで、感動のあまり涙を流す者も少なくなかった。

帝も強く心を動かされたようで、舞の師である多吉茂《おおのよしもち》は直々にお褒めの言葉を賜っただけでなく、その場で従五位下に叙爵されることになった。一介の舞の師が貴族の地位を得るという破格の栄誉だったが、それだけの見事な舞だったと誰もが認めていた。

だがこの時、その場の和やかな雰囲気を破るように、道長が立ち上がった。表情を硬《こわ》ばらせ、ものも言わずに渡り廊下の方に進み、自らの寝所に引きこもってしまった。その場は凍てついたように静まり返った。

陵王を舞った長男は十歳の鶴君《たづぎみ》（のちの関白頼通）で、正室の倫子が産んだ嫡男だった。これに対し納蘇利を舞った九歳の巌君《いわぎみ》（右大臣頼宗《よりむね》）の母は側室の明子だった。

その場には正室の倫子もいて、童舞の演技を見守っていた。

正室の倫子を恐れる道長は、倫子の怒りが怖くなって逃げ出したようだ。

だが道長の態度は、見ようによっては帝の裁量に対する批判と感じられる。その場に居合わせた公卿たちの間に気まずい沈黙が広がった。

帝と彰子は土御門殿に一泊して、翌日の競馬《くらべうま》などを観覧する予定だったが、帝も気分を害されたようで、宵の口で宴を切り上げ、平安宮内裏に還御《かんぎょ》されてしまった。

四十賀の祝いは中途半端に終わってしまったのだが、詮子の体力はかなり回復したようで、同じ月の内に石山寺に参詣に行くほどの元気があった。だがそれは一時的なものにすぎなかった。石山寺から帰った直後に、詮子は寝たきりの状態になってしまった。

翌月、平安宮内裏が焼亡した。

内裏は二年前にも焼亡し、彰子は里内裏の一条院に入内した。その後、修復された平安宮に移っていたのだが、わずか一年ほどで、再び一条院に戻ることになった。

内裏の火災については、何らかの厄災と感じられたので、安倍晴明に占わせたところ、朝廷と貴族が倹約に努めることで厄災を祓うことができるという進言があった。贅沢に慣れきっている道長はこの進言を無視したのだが、晴明の言葉は帝にも伝えられた。

帝は強い決意のもとに自ら筆を執って、「雑事五箇条」という勅命を起草された。

贅沢に溺れた道長に政務を任せることはできぬという危機感をもって、帝は道長を批判し、親政に乗り出そうとされた。勅命の内容は、度の過ぎた美服、乗車、乗馬、兵仗《ひょうじょう》などの贅沢を自粛するように求めたもので、これに対して道長はとくに異を唱えるようなことはなかったのだが、自分の贅沢を改めようとはしなかった。

十二月に入ると皇后定子の一周忌の法要が営まれたが、参議四人が参列しただけで中納言以上の高官は一人も出席しなかった。

この年は閏月《うるうづき》が十二月の後に入った。その年末に近い閏十二月の半ばに詮子はにわかに重篤な状態となった。

女院の別当を兼務する行成は母方の祖父が所有していた平安宮の北に広がる桃園《ももぞの》に世尊寺を建立して本拠としていたが、三条に旧邸があった。安倍晴明の占いで方角が良いということになり、危篤に近い詮子の身柄は行成の旧邸に移された。

その旧邸から行成が里内裏の香子のもとに駆けつけてきた。

「女院がいよいよ重態となられましたが、最後に言い遺したいことがあるとのことで、里内裏におられる式神さまを呼び寄せよとのことでございますが、式神さまとは何なのかわかりませぬ。熱に浮かされた譫言《うわごと》かとも思われるのですが、あるいは何にでも見識をおもちのあなたさまならおわかりかと思い、ご相談に伺いました」

いよいよ詮子の最期が近づいているのかと思うと、胸が痛んだ。

香子は思わずこみあげてきた涙を手で拭いながら応えた。

「式神とは、わたくしのことでございます」

行成は怪訝な表情を見せた。

詳しく説明しているひまはない。

緊急のことなので里内裏で用意している輿《こし》に乗って詮子のもとに駆けつけた。

詮子は寝所に仰向けになっていた。これまで悩まされてきた熱病ではなく、全身に腫れ物が広がる奇病に冒されていた。

その姿を見ただけで、香子は胸を衝かれた。

「これは助からないのでは……」

胸の内の思いに呼応して式神がささやきかけた。

「女院は黄泉《よみ》の国に旅立たれます」

続いて千里眼の声。

「これは天命だ」

さらに順風耳の声。

「天命には誰も逆らえぬ」

夜具の脇に座して詮子の顔をのぞこんだ。

その気配に詮子は目を見開いた。

「式神さま……」

詮子の口からかすれた声が洩れた。

「まだ赤子のころの帝の命をお救いいただいて以来、あなたさまをわれらの守り神と思うておりました。帝が即位され国母となってのちも、陰になり日向になって帝と道長をお守りいただきました。式神さまに感謝いたします」

詮子の目から一筋、二筋と、涙がこぼれ落ちた。

「母を亡くした道長の母代わりとなり、あの子が外戚となってこの国を治める日を心待ちにいたしておりました。中宮となった彰子が皇子を産み、その皇子が帝として即位する日を夢見ておりましたが、その皇子の誕生をこの目で見ることは、もはや叶いませぬ。式神さま、約束してください。彰子が産んだ皇子が帝となり、道長が外戚として関白となる日まで、あなたさまにお守りいただくことを、切にお願いいたします」

香子は詮子の耳もとに口をつけて、力強く言い切った。

「彰子さまが皇子を産み、その皇子が即位する日まで、わたくしが彰子さまと皇子をお守りいたします」

詮子は安堵したような微笑をうかべた。

行成は少し離れた場所に控えていた。二人のやりとりが耳に入ったのかどうか。

眠り込んだ詮子の寝所から離れた時、行成が妖怪でも見るような目つきで香子を見つめているのがわかった。

閏十二月二十二日。詮子は息を引き取った。

すでに円融上皇は十年ほど前に崩御されていたため、帝は二十二歳にして両親を失うこととなった。

帝には母の死を嘆くようすは見られなかった。

詮子の死を嘆き、果てもないほどに号泣したのは道長だった。

道長は行成を通じて、公卿や官吏だけでなく洛中のすべての民が喪に服すことを命じた。年末年始の行事はすべて取りやめとなった。

この通達に異を唱えた者がいる。

安倍晴明だ。

大晦日の追儺《ついな》の行事は、悪霊を祓うために欠かせないと進言したのだが、道長は聞き入れなかった。

追儺とは年越しの厄祓いの行事で、最初に陰陽師が祭文《さいもん》を読み上げたあと、鬼のような異形の仮面をつけ矛《ほこ》と盾を手にした方相氏《ほうそうし》と呼ばれる官人と侲子《しんし》と呼ばれる童子たちを先頭に、洛中の人々が大路に出て疫鬼《えっき》を追い払う。

本来は方相子が目に見えぬ鬼に向かって、「儺《な》やらふ、儺やらふ」と掛け声をかけて追い払う行事だったのだが、方相氏の仮面が鬼のようであることから、方相氏を鬼の役と見立て、人々や子どもたちが「儺やらふ、儺やらふ」と声をかけるようになった。従って洛中のすべての人々が大声で鬼を祓うことになる。

年越しの行事としては欠かすことのできない賑やかな祭になっていた。

なおこの追儺の行事がのちには節分に移行して豆まきの慣習に変わったと考えられている。

帝の母が崩御したのであるから国民が喪に服すのは慣例ではあるのだが、年末の賑やかな祭が停止されるのは庶民にとっては残念なことであり、疫鬼を祓うという趣旨からも実施すべきだと考えた晴明は、大晦日の夜に自邸の庭に方相子を演じる官人を集め、祭文を唱えて追儺の儀式を始めた。

鬼は平安宮の東の一条大路と二条大路の間に出没することが多いとされていた。まさにその中央に位置する安倍晴明の邸宅から、「儺やらふ、儺やらふ」という声が響き始めると、近隣の邸宅からも同じ掛け声が聞こえるようになった。やがては京の街の全体に、追儺の掛け声が響き渡ることになった。


夏の終わり、御匣殿《みくしげどの》の産み月が近づいてきた。

御匣殿は里内裏から退出して、姉の里邸《りてい》であった竹三条宮に入った。

その日、怪しい気の動きを感じて、香子は一条院の渡り廊下から、屋根の上に舞い上がった。

あの夜と同じだ……。

敦康親王が生まれた時、皇后定子が亡くなった時、夜空に渦巻いていた赤黒い雲が、その日も上空をおおっていた。

式神のつぶやきが聞こえた。

「竹三条宮から強い霊気が出ている。陰陽師が何人もいるみたいね」

千里眼の声が響く。

「蘆屋道満は滅んだが弟子たちが残っている」

続いて順風耳の声。

「円能《えんのう》と妙延《みょうえん》。他にも修験者らがいる」

竹三条宮の方から陀羅尼を唱える声が伝わってきた。

誰かを呪詛しようとしているのか。竹三条宮の人々にとっての最大の敵は東三条院詮子だったはずだ。その女院はすでに崩御された。女院の怨霊が復活することを恐れているのか。それとも道長が安倍晴明に命じて御匣殿を呪詛することを懸念して、防護のための陀羅尼を唱えているのか。

香子は式神とともに竹三条宮に近づいていた。

いつの間にか天后媽祖だけでなく、晴明の配下の十二天将が香子の背後に勢揃いしていた。

竹三条宮の屋根の上にたちこめた赤黒い雲のただ中に、人影が見えた。

艶《あで》やかな十二単《ひとえ》の衣装を着けた女が闇の中に浮かび上がり、憎悪に満ちたまなざしでこちらを見据えていた。清少納言と呼ばれる女房だった。

その背後には、天狗や鴉の顔をした式神たちがずらりと並んでいた。

「おまえを待っておった」

相手の鋭い声が響いた。

「おまえの呪いによって皇后は命を落とされた。いままた妹ぎみの命を奪おうというのか」

香子は静かに言い放った。

「人は天命には逆らえぬ。御匣殿は懐妊したことが命取りとなった。気の毒ではあるが母子ともに命は助からぬであろう」

相手の顔が歪んだ。

「その言葉で呪いをかけておるのだな。おまえが口にした言葉がそのまま御匣殿への呪いとなり、母子ともに命を失うことになる……。恐ろしや。そなたは魔界から来た怨霊か」

相手の背後で式神たちがざわめいていた。

香子の背後でも十二天将が殺気を発散させながら身構えていた。

かたわらの天后媽祖に香子はささやきかけた。

「天命は動かしようがない。ここで式神が争うたところで結果は変わらないわ。引き上げることにしましょう」

香子の体がたちまち天空の高みに上昇していった。

頭上に満天の星空が広がっていた。

平安宮の北、北野天満宮の社殿の上空に、北辰の輝きが見えた。山の端《は》に長く柄杓の形の北斗が横に延びていた。

童女であったころ、安倍晴明が栻盤《ちょくばん》と呼ばれる不思議な道具を用いて占う姿をよく見かけた。その栻盤に描かれた記号や図像が瞼の奥に刻印されている。

正式には六壬《りくじん》栻盤と呼ばれるその道具の中央に北斗七星が描かれていた。

あの栻盤は、宇宙そのものを模したものであったろう。

いま自分は宇宙という巨大な栻盤を自在に回転させ、支配することができる。

「天后媽祖さん……」

香子は式神にささやきかけた。

「わたし、わかったわ。あなたの配下の千里眼と順風耳は、未来を予言しているのではなく、わたしの心の中にある欲望を言い当てているのよ。わたしは天命を支配している。いまそのことがよくわかった」

式神は応えなかった。

香子は四方八方に広がった星空を眺めながら、天の高みに向かってどこまでも上昇を続けていった。

御匣殿が亡くなり新たな皇子は産まれなかった。

第一皇子の敦康親王は道長が後見し、彰子が育てている。

香子が彰子の侍読として復帰したので、平仮名を覚え始めた敦康親王の手ほどきも香子が務めるようになった。

敦康親王は父（一条帝）に似た聡明さと、母（皇后定子）譲りの明るさを兼ね備え、両親から美貌を受け継いでいた。非の打ち所のない皇子であり、そのことは養育にあたっている彰子が誰よりも感じていたはずだ。

彰子には二人の同母弟がいる。四歳下の頼通と八歳下の教通《のりみち》だ。

十二歳で入内するまでは土御門殿でともに暮らした。彰子は母になったような気持で弟たちを可愛がっていた。

まだ幼さの残る彰子にとって、敦康親王は弟のようなものだったかもしれない。彰子は聡明な皇子を愛《め》でていた。

皇子が一人しかいない以上、道長も敦康親王を後見するしかなかった。

帝はもとより寵愛していた定子が産んだ皇子を溺愛している。

帝と彰子、道長の間に、円満な調和が生じていた。

長保五年（一〇〇三年）十月、約二年の修復期間を経て、ようやく平安宮の内裏が完成した。帝は新造なった清涼殿に、彰子は藤壺と呼ばれる飛香舎に移った。

翌年の十月、帝は平安宮の北にある北野天満宮に詣でた。

これは道長の提案によるもので、同じころ、平安京が開かれる以前から葛野《かどの》と呼ばれたこの地で養蚕や酒造を営んでいた秦《はた》一族の氏神の松尾《まつのお》神社や、奈良から京に遷都した桓武《かんむ》帝の母方にあたる渡来人の和《やまと》一族の氏神の平野《ひらの》神社に参拝していたのだが、北野天満宮への参拝は、帝にとってはとくに重要なものだった。

道長はただ無邪気に、帝との友好を深めるために地元の神社に参拝しようとしただけなのだが、北野天満宮は摂関家の策謀によって大宰府に流罪となった菅原道真《すがわらのみちざね》を祀った神社なので、皇室と摂関家の対立を象徴する場所だった。

母が皇女であったため摂関家の外戚と無縁であった宇多《うだ》帝は、漢学者の菅原道真を内覧右大臣に起用して荘園整理に着手した。また子息の醍醐《だいご》帝に譲位して、上皇という立場で政権を維持した。いわゆる院政の嚆矢《こうし》とされる。

平安時代の中期には、地方豪族が摂関家の名義で荘園を開発することが慣例となっていた。名義料として摂関家には収益や領地が寄進される。地方の各地で農地は拡大されたが朝廷には租税が入らず、摂関家が富を増大させる結果となった。

用水路を引き土壌を改良した荘園は肥沃で穀物の収穫量が多かった。これに比べて租税がかかる班《はん》田《でん》（朝廷から農民に支給される田畑）は痩せた土地が多かった。税の負担に耐えかねた農民たちは脱走して荘園の下人となった。農民が離脱した土地は荒れ地となり、朝廷の収入は激減した。

朝廷の財政は破綻し、摂関家の支援がなければ国政もままならなくなった。

財政改革を計った菅原道真は、私塾の弟子たちを受領として地方に派遣し、名義だけの荘園を摘発する荘園整理を断行した。このため税収は回復し摂関家は大きな損失を受けることになった。

院政を疎ましく思った醍醐帝と、摂関家の藤原時平《ときひら》の策謀で、菅原道真は大宰府に左遷されその地で没した。

冤罪事件に関わった公卿や文官が次々と怪死したため、道真の怨霊が天神となって祟《たた》っているという風評が生じた。さらに疫病の流行で関白の時平が没し、清涼殿や紫宸殿に落雷があって即死者が出た。その驚きと恐怖から醍醐帝が病となり、間もなく崩御された。

関白時平の突然の死で関白を継いだ弟の忠平《ただひら》は、菅原道真とは交流があり、死者を弔うために自邸に神社を設置していたのだが、その後、霊媒のお告げによって神社は平安宮の北に位置する北野の地に移された。

参拝するのは今回が初めてだが、帝はおりにふれて御所の清涼殿から天満宮を遥拝されていたと伝えられる。内裏のやや西寄りにあたる清涼殿から見ると、天満宮の上空に北辰が位置することになる。北辰を信仰する陰陽道にも詳しい帝は、以前から天神を信仰されていた。

北野天満宮天神の勅号を与えたのもいまの帝（一条帝）で、さらに祭神の菅原道真には正一位太政大臣が追贈されていた。もっともこれは帝が幼帝であったころのことで、天神の祟りを恐れた摂関家の意向によるものと考えられる。

帝、中宮彰子、敦康親王ら皇族に、道長を始め公卿の全員が集合して、北野天満宮に参詣した。香子も彰子に随行した。

御所の方から進むと壮麗な楼門の先に星欠けの三光門と呼ばれる中門を経て、左右に松と梅の木を配した本殿の前に出る。

三光門とは日、月、星の三光の彫刻を装飾とした門のことだが、左右に日と月の彫刻があるだけで星の彫刻が見当たらないことから、欠けの三光門と呼ばれる。参道を南の方角から進むと中門の屋根の上に北辰が輝くことから、星の彫刻は必要ないということらしい。

参拝を終えると、境内にある園地で宴が開かれた。梅の木が並んだ園地だが梅花の季節ではない。ただ周囲の山の樹木が黄や赤に色づき始めていて、季節の変わり目が感じられた。

公卿たちは酒を酌み交わし上機嫌になっていた。神の領域なので女房をからかったり追いかけ回すようなことはなかったが、それなりの賑わいがあった。

思いがけないことに、帝が席を立って、香子のすぐそばにおいでになった。

「この天満宮はわたしにとっては大事な神社だ。わたしも宇多院や菅原道真のように、荘園整理を断行して朝廷の財政再建を計りたいと思うておる。花山帝も即位の直後に荘園整理を進めようとされたのだが、道長の父や兄らによって譲位を迫られた。その結果、わたしが即位することになったのだが、花山帝はさぞ無念であられたことと思われる」

そこまで話して、帝は香子の顔を見据えた。

「そなたの父は花山帝が東宮であられたころの侍読だったのではないか」

そのようなことをよくご存じだと驚きながら香子は応えた。

「確かに侍読を務めておりました」

「即位された花山帝がただちに荘園整理に着手されたのも父ぎみの教えを守られたからではないか」

「さあ、どうでしょうか。確かに父は荘園整理の重要さをふだんからよく話しておりましたが、口で言うのと実行するのでは天と地とも違いましょう。父は受領として越前に赴きましたが、荘園整理などまったく手つかずで終わったようでございます」

帝は笑いながら言われた。

「いまは国司の任免は関白や内覧の裁量に任されておる。受領がおのれの一存で摂関家の名義になっておる荘園を摘発するのは難しい。花山帝でもできなかったことを、一介の受領ができるわけのものでもなかろう」

帝は声をひそめて付け加えた。

「そなたが描いた光源氏のように、わたしも皇族による親政を実現せねばと思うておる。それにしても光源氏の時代は、わたしには眩《まぶ》しすぎる。手を伸ばしても届くことのない夢のような時代ではないか」

つぶやいた帝の目が気のせいか潤んでいるように感じられた。香子は励ますように語気を強めた。

「夢ではございませぬ。宇多院の時代には確かに荘園整理が進み、親政の世が実現いたしておりました」

帝は悲しげな表情で応えた。

「宇多院の母は皇女《ひめみこ》であった。外戚からの指図を受けぬ自由な立場であられた。それでも摂関家から女御を押しつけられ醍醐帝が生まれた。しかし宇多院には秘策があった。皇子の醍醐帝に譲位したあと、自らが上皇として政務を続けられたのだ。摂政関白という制度は血のつながりに支えられておる。帝に母があり、その母に父や兄がおれば、長幼の序によって帝は母方の祖父や伯父に従わねばならぬ。しかし帝の父が健在ならば、帝は父に従わねばならぬ。すなわち院政だ」

帝の口調にはしだいに力がこもっていく。

「外戚という制度が国政に歪みをもたらしたとわたしは思うておる。外戚の支配を受ければ帝の権威は無力なものとなる。わたしの母も摂関家の娘であった。幼き日、わたしは母の言うなりになっておった。その母もいまは亡くなった。母方の祖父の兼家もとうに亡くなった。内覧左大臣の道長はわが母の弟にすぎぬ。もはやわたしは外戚の支配を受けるいわれはない。いますぐに実現できることではないが、いずれわたしは親政の体制を築くつもりだ。そうすれば、そなたが描いた光源氏に少しでも近づいていけるのではないかと思うておる」

帝は自らを励ますように、晴れやかな笑顔をうかべた。

その時、香子の耳もとに、千里眼の声が響いた。

「帝の親政は実現されることはない」

続いて順風耳の声。

「帝の寿命はあと七年にすぎぬ」

香子はふうっと息をつきながら、帝の笑顔を見つめ続けていた。

# 第五章　皇子の誕生と望月の和歌

四年後の寛弘《かんこう》五年（一〇〇八年）九月。

香子《かおりこ》はなじみぶかい土御門殿《つちみかどどの》に出仕していた。

日一日と夜明の時刻が遅くなっていく。まだ薄暗い明け方、庭で物音がするので渡り廊下にある自らの房から外をのぞき見ると、思いがけずすぐ近くに道長の姿が見えた。早朝から庭に出て配下の家司《けいし》たちを指図して庭の整備にあたらせているようだ。

物音に気づいたのか道長がこちらに振り向いた。

化粧もしていない寝ぼけた顔を見られてしまった。

相手は微笑をうかべて近づいてきた。

こういう時は見て見ぬ振りをして目を逸らすものではないか。どこまでも鈍感な男だ。

「こうして式神《しきがみ》さまと同じ邸宅で暮らしていますと、昔のことを思い出しますね」

いやになれなれしい口調で男が言う。

香子はわざと冷ややかに応えた。

「いまは宮中に仕える身でございます。大殿《おとど》に仕える女房《にょうぼう》ではありませぬので、軽々しく声をかけないでください」

かつては彰子《あきらこ》に仕える女房だったが、いまの香子は朝廷から掌侍《ないしのじょう》という官名を下された正式の女《にょう》官《かん》になっている。

内侍司《ないしのつかさ》に所属する女官は帝《みかど》の側近ともいうべき職種だ。長官にあたる尚侍《ないしのかみ》や典侍《ないしのすけ》は公卿《くぎょう》の息女に与えられることが多く、女御《にょうご》の宣旨が下りる前の仮の職種といった趣がある。実際にいまの尚侍は道長の次女の妍子《きよこ》で、まだ十五歳で出仕もしていない一種の名誉職だ。

香子に与えられた掌侍は三等官ではあるが、実質的には宮中の女官や女房を仕切る総責任者の立場だった。

皇后定子《さだこ》に続いて御匣殿《みくしげどの》も亡くなってしまい、もはや後宮で帝の相手をするのは彰子ただ一人という状況になっていた。

この年、二十一歳となった彰子は、ついに懐妊した。

彰子は里邸の土御門殿に戻り産み月を迎えていた。ほとんどの女房がこちらに移動したので、内裏の後宮がそっくり土御門殿に移ってきたような様相を呈していた。

道長はせかせかと落ち着きのない日々を過ごしている。

生まれてくるのが皇子《みこ》か皇女《ひめみこ》かはわからないが、彰子が懐妊したということは、たとえ今回が皇女であっても、その先が期待できる。

すでに長く内覧左大臣を務め、最高権力者の地位にいる道長だが、その前途には洋々とした未来が展けている。

いずれにしても無事に赤子が生まれれば、帝のお渡りがある。祝いの宴も催されるだろう。そのためにいそいそと庭の整備に励んでいる。嬉しくてたまらないというようすを隠そうともしない無邪気な道長を見ていると、香子は気分が落ち込むのを感じた。

土御門殿では帝の第一皇子の敦康《あつやす》親王も暮らしていた。道長が後見を続け、彰子が養母となってい る。

香子は胎教として、彰子に白氏文集《はくしもんじゅう》を講じていたが、十歳になる敦康親王もその場に加わって漢文を学んでいた。彰子は聡明で漢籍の理解も深かったが、敦康もまた童子と思えぬ思慮深さを示して、白居易《はくきょい》の文章を愛好していた。

産み月が近くなると、さすがに彰子も生まれてくる赤子のことで頭がいっぱいになっていた。

敦康親王は一人取り残されて、ぼんやり漢籍を読む日々が続いた。この年、ともに暮らしていた妹の媄子《よしこ》内親王が病没していた。姉の脩子《ながこ》内親王は彰子の庇護を嫌って、叔父の権中納言藤原隆家《ふじわらのたかいえ》のもとに移っていた。

花山院《かざん》襲撃の罪で解官《げかん》となった伊周《これちか》と隆家は復官が許されていた。伊周はいまのところ目立った動きを見せていないが、敦康親王の立太子に期待をかけているはずだ。

たとえ彰子が男児を産んだとしても、第一皇子が敦康親王であることは動かしがたい事実だ。

帝が体調を崩して従兄にあたる居貞《おきさだ》親王（のちの三条帝）への譲位を考慮する事態になれば、誰を次の皇嗣となる東宮に指名するかは、帝の一存で決まることになる。

敦康親王が東宮となり即位するようなことがあれば、伊周が帝の外戚（母方の伯父）として権力を掌握することになる。

そのことを、道長はわかっているのだろうか。

「初のお孫さんの誕生ですから、いろいろとご心配でしょうね」

わざとそんなふうに声をかけると、道長は素っ頓狂な声を張り上げた。

「そりゃもう、心配ですよ。男か女かで、えらい違いですからね」

この男は、自分のことしか考えていないのか、と胸の内で慨嘆した。

子どもを産むというのは、女にとっては命がけの試みだ。現に定子も御匣殿もお産で命を落とした。

こいつは自分の娘のことをまったく心配していないのか。

だがすぐに思い直した。

道長の正室の倫子《みちこ》は、昨年、六番目の子どもを産んだ。自身にとっては四番目の女児の嬉子《よしこ》だ。四十四歳だったが、軽々と産んでみせた。側室の明子《あきこ》もすでに六人の子どもを産んでいる。女が子を産むのは当たり前だと道長は思っているのだろう。

正室と側室が次々と子を産んだので、道長にとって自分の子どもの性別はどちらでもよかったはずだ。結果としては正室の倫子が二男四女、側室の明子が四男二女を産んだ。ただ道長は鬼嫁と呼んでいる倫子を恐れているので、跡継として期待しているのは倫子が産んだ二人の男児（頼通《よりみち》と教通《のりみち》）だけだ。むしろ四人の女児の誕生の方が喜ばしかったのではないか。

道長は肩書きだけ尚侍となっている次女の妍子を、東宮の居貞親王のもとに入内《じゅだい》させることを画策している。女児を皇族に嫁がせて皇嗣となる皇子を確保しておけば、道長の政権は未来に向けてより確固としたものになる。

嫁がせた娘が男児を産む。それが道長の政権を支えていくことになる。

彰子は男児を産まねばならないのだ。

「式神さま……」

道長が真剣な表情になって香子に問いかけた。

「生まれてくるのは、男でしょうか、女でしょうかね。どう思われますか」

「そんなこと、生まれてみるまではわからないでしょう」

そう言って香子は笑った。

その耳もとに、千里眼《せんりがん》の声が響いた。

「生まれてくるのは皇子だ」

続いて順風耳《じゅんぷうじ》の声。

「その皇子は帝になる」

その声は道長には届いていない。

もちろん伝えるつもりもなかった。


出産の日が近づいていた。

九月九日、重陽《ちょうよう》の節句の夜半だった。

掌侍としての責務で早朝から深夜まで動き回っていたので、香子は渡り廊下にある自分の房に入って休息していた。不覚にも一瞬、転寝《うたたね》していたのかもしれない。

式神の声に目を覚ました。

「その時が来たようね」

呪詛や怨霊の襲来を防ぐために、洛中洛外の阿闍梨《あじゃり》や僧正、住持らが集められて、大音響の読経の声が響き渡る中、彰子が白い布が敷き詰められた産屋に入った。

実母の倫子が臍の緒を切る役目で立ち合い、土御門殿から付き従った古参の女房たちが倫子の周囲を囲んでいる。

乳付《ちつけ》の役目は帝の乳母《めのと》であった橘徳子《たちばなのとくこ》が務める。大宰大弐《だざいのだいに》の藤原有国《ありくに》の正室で、帝の長女の修子《ながこ》内親王の裳着《もぎ》のおりの髪上げの理髪役も担当した。典侍《ないしのすけ》に任じられているから香子の上司にあたるのだが、これは名誉職でふだんは出仕していない。五十歳近い老女であるから乳付《ちつけ》の役目も形ばかりのものだ。

翌日の十日の昼頃から、公卿や文官が集まり始めた。邸内が人で埋まった。

香子は土御門殿の全体を仕切る重責を担っていた。女房たちだけでなく、集まった男たちの世話もしなければならない。男たちが集まれば酒盛りになる。ややこしいことに弟の惟規《のぶのり》が下働きの蔵人《くろうど》を務めていて、これが報告の文言を間違えたり、公卿に酒を勧められて酔いつぶれたり、失敗ばかりしているので気の休まる時がなかった。

惟規は安倍晴明《あべのせいめい》の予言どおり若くして文章博士《もんじょうはかせ》となったのだが、いまだに叙爵（貴族と認められる五位の叙位）されていない六位の蔵人にすぎなかった。

土御門殿は大邸宅ではあるが、次から次へと人が押しかけ、渡り廊下や庭に向けて張り出した庇《ひさし》と呼ばれる部分にまで人が溢れている。渡り廊下の先には、僧侶たちとは別に集められた陰陽師の一団が結集して呪《しゅ》を唱えていた。指揮をしているのは安倍晴明だ。

九月十日の夜半になっても赤子は産まれず重態といっていい状態になった。彰子の苦悶は頂点に達した。女房たちの励ましの声が重なって、騒然とした雰囲気になっている。

産屋の見える渡り廊下にいた香子は、居たたまれなくなって、陰陽師の一団がいる庇の方に向かった。

近づいていくと、陰陽頭《おんみょうのかみ》を務める次男の吉昌《よしまさ》が香子に気づいた。

「怪しい気配がみなぎっております。ただごとではありません。何とかせねばと思うております」

「わたくしにお任せください」

いったん自分の房に引き返し、人気のない渡り廊下からふわりと空中に浮かび上がった。土御門殿の屋根の上に出る。

夜半は過ぎたが、夜明には間がある時刻だ。

闇がどこまでも深く広がっていた。

前日はよく晴れていて、宵の口には西空に上弦の月が出ていた。

月はすでに沈んでいる時刻だが、星の光も見えない。

不気味なほどに深い闇だ。

何かが迫ってくる。低い地鳴りのようなもの。大地が軋《きし》むように鳴動している。

「これは何。何が近づいてくるの」

香子のつぶやきに、天后媽祖《てんこうまそ》が応じた。

「以前にも同じことがあった。醍醐《だいご》帝の御代に菅原道真《すがわらのみちざね》さまの邸宅の梅が大宰府に向けて飛んでいった時と、朱雀《すざく》帝の御代に獄門にかけられた平将門《たいらのまさかど》の首が東国を目指して飛び去った時に、天が闇に閉ざされ、地が鳴動した。つい昨日のことのような気がする。いまは高内侍《こうのないし》、皇后定子、御匣殿などの中関白《なかの》一族の怨霊が、新たな皇子の誕生を阻止するため、地霊や物の怪《もののけ》を引き連れて中宮を呪詛しようとしているのよ」

「怨霊はわたくしが鎮めます」

静かに言い切って、香子は空中に浮かび上がったまま、意を凝らし始めた。

僧侶の陀羅尼《だらに》も、陰陽師の咒も必要なかった。

意を凝らす。

ただそれだけで、香子の意識の世界が、急速に広がり始めた。自らの全身をおおっている闇に向かって、香子の心の中にある意の神髄のごときものが、勢いよく世界の果てを目指して広がっていく。

香子が思いを凝らすと、その思いが十方世界の気と一つに融け合って、おのれの意の中に、宇宙の森羅万象が包み込まれる。いま香子は大日如来《だいにちにょらい》のごとき巨大な存在となって、宇宙そのものを胎内に宿している。

その胎内に、怨霊の気が蠢《うごめ》いている領域があった。

そこには地獄の釜の蓋のようなものがあって、蓋の向こうの小さな窖《あなぐら》のような場所にかつて人の姿をしていたものたちが、火焔や汚泥や欲望の渦にまみれて、のたうちまわっていた。

遠い世界なので熱気は感じられないのだが、赤い焔と灼熱する汚泥がもたらす噎《む》せ返る息苦しさはわが身にも伝わってきた。

怨念を抱えて死んだものは地獄に堕ちると言われている。渦巻く灼熱の汚泥の中に覚えのある人の姿が見えた気がして目を凝らすと、かつて対面したことのある物の怪の相貌が浮かび上がった。

香子はそのものに向かって語りかけた。

「高内侍よ。儀同三司母《ぎどうさんしのはは》よ……」

渦の中の物の怪がこちらを見上げたように感じられた。

鬼のような姿に変じていたが、どことなく面影にかつての美貌の痕跡が見てとれる。

「そなたは漢籍を読みこなし、漢詩を詠じて讃えられた才媛であった。その才は女に生まれたというただそれだけのことによって、世に活かされることがなかった。それゆえに子を産み、その子の将来に望みをかけるしかなかったそなたの無念さを、わたしはわがことのように感じている。そなたの怨念はこの身が引き受けようぞ。叡智を有しながら女として生まれたことの無念さを、いつかこのわたしが晴らしてみせる。安堵いたして成仏するがよい」

鬼のようなものが言葉を返した。

「おまえに慰められるいわれはない。われにはあまたの子孫がおる。内大臣、権中納言、皇后、御匣殿、そして第一皇子となった孫がおる。われの最後の望みは、その皇子のことじゃ。わが孫の敦康親王が皇嗣となることを、そなたは約定《やくじょう》してくれるか」

香子は冷ややかに応えた。

「皇嗣を定めるのは帝だ。帝の御心をわたしが支配することはできぬ。されども帝の御心の内には皇后への寵愛がある。その御心は変わることはない。高内侍、皇后、御匣殿と呼ばれた女どもよ。そなたらの怨念で帝の御心を動かすことはできぬと心得よ。天子は天命によって国の行く末を定める。怨霊ごときが指図できることではない。天命を恐れ、尊ぶがよい。されば怨霊どもよ、すみやかに消え去るべし」

地獄の奥底で火焔に苛まれながら悶え苦しんでいたものたちが、たちまち氷結したように動きを失い、遠ざかり、萎《しぼ》んでいった。

霧が晴れるように視界が明るくなった。目の前にも頭上にも満天の星が輝いていた。

香子は周囲を見回した。背後の北野天満宮の上空に、北辰が輝き、北斗の柄の部分が北山に突き立つような配置になっていた。

昴《すばる》、畢《あめふり》、觜《とろき》、参《からすき》、井《ちちり》、鬼《たまのお》などの星宿が帯になって列《つら》なっている。

星々は静かに瞬いていた。

難産だったが、一昼夜を経た九月十一日の午《ひる》過ぎに、彰子は男児を産み落とした。

道長の喜びようは尋常ではなかった。

連日、土御門殿で宴会があった。帝のお渡りもあった。いまや中宮彰子は帝が寵愛するただ一人の妃であった。第一皇子の敦康親王の養母でもあった。彰子が無事に出産を終えたことが帝の最大の喜びであったろう。

だが道長にとっては、生まれたのが男児であったことが、大きな意味をもっていた。

宣旨が下されて敦成親王《あつひら》（のちの後一条帝）と称されることになる。

十一月には五十日《いか》の祝宴が開かれた。生まれた直後に亡くなる赤子も多い時代なので、五十日、百日《ももか》という節目には祝いの催しがある。

祖父の道長が、すりつぶした餅を食べさせる真似事をする。

あとは夜を徹した大宴会となる。

酔った公卿が女房を追いかけ始めたので、香子は早々と自らの房に退散したのだが、ふだんは知的で冷静な中納言藤原公任《きんとう》が、香子の房のある渡り廊下を往復しながら、「このあたりに紫《むらさき》の上《うえ》はおられぬか」と大声で騒ぎまくるものだから、思わず「光源氏のような貴公子もおられませぬのに」と応えてしまった。

結局、公任に房の中から引き出され、抱きかかえられて宴席に戻ることになった。

高齢の公卿は宵の口に自邸に引き上げた。徹夜で飲んでいるのは道長と同世代の公卿たちだ。その中で最も家柄の良いのが筆頭中納言の藤原実資《さねすけ》だった。

摂関家の嫡流としての強い自負をもっていて、道長に対してはつねに批判的な人物だったが、その実資にどういうわけか香子は気に入られていた。宴席に戻った途端に実資に腕をつかまれて、隣に座らされてしまった。

「皇子《みこ》が生まれたことはまことにめでたいが、左府（道長）どのはちとはしゃぎすぎではないかな」

周りの人々に聞こえるような大声で実資が話しかけてきた。

仕方なく香子は応える。

「たいへんな難産でございましたから、中宮がお元気であることを何よりも喜んでおられるのでしょう」

「いやいや、やはり皇子が生まれたことが嬉しくてたまらぬのでしょうな。左府どのはご自分が第一皇子の敦康親王の後見であることをお忘れのようだ」

「確かに中宮は敦康さまの養母であられます。中宮はいまも敦康さまのことを気にかけておいでございます」

「中宮はそうであろうが、左府どのの頭の中は、新たな皇子のことでいっぱいになっておるようだ。それにしても、今回の皇子の誕生で、左府どののご嫡男の頼通どのが従二位《じゅにい》に叙されたのはいかがなものかな。御年十七歳にすぎずいまだ参議にも昇っておられぬお方が、皇子の叔父というだけで従二位とは驚きだ。さらに中宮のお母ぎみの北の方（倫子）が従一位とは、これまた驚天動地の叙位ではないかな」

その場にいる人々の誰にも聞こえるほどの大声だったが、大はしゃぎの道長には届かなかったようだ。

道長のさらに大きな声が響きわたっている。

「皇子を産んだという大手柄を立てた中宮は、まことに見事な娘だ。父としてわたしも誇らしく思うておる。母親の鷹司殿《たかつかさどの》（倫子）もよい娘をもったと喜んでおるだろうし、よい夫をもったと誇らしく思うておるであろう」

いつも正室の倫子のことを恐れている道長は、酔った勢いでその場に倫子が同席していることを忘れていたようだ。つねに娘のそばにいて声をかけて励まし、臍の緒を切る大任を果たした倫子に比べて、道長はただ徹夜で酒を飲んでいただけで何の役にも立っていない。

そもそも道長は土御門殿に婿養子で入ったのだし、権中納言に抜擢されたのも倫子の父の左大臣雅信《まさざね》の推挙があったからだ。

その道長が酔って大胆になった姿を倫子は不快に感じたのか、それとも先ほどの実資の声が耳に入ったのか、急に立ち上がって、隣接した鷹司殿に帰ってしまった。

倫子が気分を害したことを察した道長があわててあとを追いかける姿が、その場にいる人々の笑いを誘った。

実資もかなり酔った口調で大声で言った。

「外戚として君臨するつもりの左府どのも、北の方（倫子）には頭が上がらぬようだな」

それでまた公卿たちが大笑いをした。

道長の批判を堂々とやってのけるのは実資だけだが、他の公卿たちも心の中では実資に賛同していることが、座の雰囲気から伝わってきた。

道長の政権も長くはないのではと、香子は心の内で思った。


土御門殿の邸内に落ち着きが出た頃合いに、香子は隣接した鷹司殿に居住する倫子を訪ねた。

香子は掌侍《ないしのじょう》として内裏を仕切る立場になっている。出産の前後から五十日《いか》の宴にかけて、倫子には何かと世話になった。その礼を言っておきたかった。

鷹司殿は小路を一本挟んだところにある小さな邸宅だが、ここに子どもたちや倫子の母の穆子《あつこ》も暮らしている。穆子は香子にとっても親族で、土御門殿の女房として通い始めたころはいろいろと世話になった。

土御門殿は中宮の里邸であり、左大臣道長の本拠でもあるので、内裏がそっくり移ってきたかのように公卿や文官が頻繁に出入りする場所になっている。だが、小路を一本越えると、ここは家族だけの場所なので、ひっそりとした落ち着きが感じられた。

主殿の中央で出迎えてくれた倫子と対面する。

倫子は四十五歳になっている。

昨年、六番目の子の嬉子《よしこ》を産んだばかりだ。

やや冷たい感じの美貌は少しも衰えていないし、厳しい性格も昔のままだ。身に具わった気品と、皇族を祖とする左大臣の娘としての自負が、余人を寄せつけぬ空気を発散させていた。道長がいまも倫子を恐れているのも無理はないと思われた。

かつては香子も、この倫子のもとに仕えていた。いまは公式の女官となったので、ほぼ対等の立場になってこうして向かい合っている。

話題は彰子の難産の話になった。陣痛が始まってから一昼夜を超える壮絶な闘いだった。彰子もよく頑張ったが、ずっとそばに付ききりだった倫子の励ましがなければ、闘いには勝てなかっただろう。

香子は自分が娘の賢子《かたいこ》を産む時にも倫子の励ましを受けている。そんなことを想い起こしながら、倫子を労《ねぎら》い礼を述べた。

倫子の六人の子のうち、彰子は中宮となり二十一歳で皇子を産んだ。

長男の頼通は十七歳。いまは東宮権大夫《とうぐうごんのだいぶ》という役職だが、すでに従二位に昇っている。来春には参議となるだろう（実際は権中納言となる）。弟で十三歳の教通も右近衛中将として職務についていた。

次女の妍子《きよこ》は十五歳。十一歳で尚侍《ないしのかみ》に任じられたので香子の上司にあたるのだが、これは名誉職で実際に出仕しているわけではない。いまも倫子の脇に控えていた。

彰子が里邸に戻ってから、妍子は朝から晩まで彰子のそばにいた。彰子が香子から漢籍の指導を受けている時もかたわらにいて、いまではかなり漢文が読めるようになっている。頭のいい少女だ。

それだけではない。まだ子どもっぽいところもあるが、妍子は驚くほどの美貌の持ち主だった。才色兼備。しかも妍子は父親の道長に性格が似ていて、明るく屈託がない。倫子や彰子よりも、どちらかといえば亡き皇后定子に似ていた。もしも実際に尚侍として宮中に出仕したら、帝のお目に留まるのではないかと、要らぬ心配をしてしまいそうだ。

そんなことを考えながら妍子の姿を見ていると、自分が注目されていることがわかったようで、華やかな笑顔をうかべながら、自分から話し始めた。

「わたくしも早く入内して皇子を産みたいものでございます」

姉の難産のようすは知っているはずなのに、底抜けに楽観的なところも、父親に似ていた。

横合いから祖母の穆子が口を挟んだ。

「わたしもよい孫が大勢いて幸せでございます。ことに妍子は姉妹の中でもとびぬけて麗しい姿をしておりますので、東宮のもとに入れば、ご寵愛を受けることはまちがいないでしょうね」

妍子は東宮のもとに入内することが決まっている。まだ準備の段階だが、彰子が十二歳で入内したことを思えば、いますぐにでも入内できるはずだ。とはいえ道長は慎重だった。東宮には娍子《よしこ》という妃がいて、すでに皇子が四人も生まれている。道長としては、妍子が懐妊可能な年齢になるまでようすを見ているのだろう。

妍子の脇には二人の妹もいた。

威子《たけこ》、十歳。年齢の割に背丈が低く目がくりっとした童顔なので幼く見える。美貌という点では二人の姉に及ばないが、気立てのよい娘なので、誰からも愛されるだろう。

ただ彰子が中宮で、妍子が東宮妃《ひ》となれば、もはや嫁ぎ先となる皇族はいない。年頃になると嫁ぎ先を見つけるのに苦労するのではと心配になる。

末の子の嬉子は二歳だが、年が明ければ三歳となる。年の初めに生まれたので、背丈も伸び、邸内を走り回ることができる。

遠い将来のことになるが、この娘はどなたに嫁ぐのだろうと考えると、何やら胸騒ぎがする気がした。


その時、渡り廊下の方から童女《わらわめ》の声が聞こえた。

「威子《たけこ》さま。お客さまはまだお帰りにならないの。早くいっしょに遊びましょうよ」

声のする方を見ると、威子と同じくらいの年齢の童女が廊下からこちらをのぞきこんでいた。

はて、倫子のところに他に女児はいないはずだが、と訝《いぶか》っていると、倫子が笑いながら言った。

「あなたの娘ですよ。お忘れになったのですか」

これが賢子《かたいこ》か、と思ってまじまじと顔を見つめた。

相手もこちらの顔をじっと見つめている。

「まあ、母ぎみが来られていたのですか。お客さまかと思って遠慮していたのですよ。お久しぶりでございます」

礼儀正しい言葉遣いで話すと、とくに嬉しそうなようすも見せずに儀礼的な笑みをうかべただけで、さっさと威子の方に歩み寄って、二人で何やら遊びを始めた。

賢子は倫子の斡旋で摂関家の家司の妻が乳母としてついていたのだが、手がかからなくなると倫子のもとに引き取られていた。

鷹司殿には同じ年齢の威子がいるので、遊び相手をしながら、女房たちの手伝いもしていると聞いていた。幼いころの香子も倫子の妹の中君《なかのきみ》の相手をしながら女房の手伝いもするようになった。母と同じ道を賢子も辿ろうとしていた。父親にそっくりでわがままな娘だと思い込んでいたのだが、十歳ともなると自分の置かれた立場をわきまえて控え目にふるまうすべを会得しているようだった。

それにしても、娘の顔をこの前に見たのがいつだったか、すぐには思い出せなかった。それほどに長く会っていなかった。彰子の出産があり、宴会続きで多忙だったとはいえ、娘のことをすっかり忘れていたとは、自分でも呆れ果ててしまう。

母親としては失格だ。

ふと涙ぐみそうな気分になって威子と遊ぶ娘の姿を目で追っているのだが、娘は久々に母親に会ったというのに、親しく言葉を交わすでもなく、抱きついて甘えるようなこともなく、ふだんどおりにふるまっている。威子と遊ぶだけでなく、まつわりついてくるよちよち歩きの嬉子の相手もそつなくこなしていた。

明るい娘だ。楽天的すぎる。

そういうところは父親に似ていた。

そう思うと少し腹が立った。

香子の心の内を見透かしたように倫子がささやきかけた。

「賢子はうちの子どもたちの中に融け込んでいますね。威子の気質も父親にそっくりですが、賢子の方がもっと父親に似ているように思われます」

まるで賢子の父親が道長だとわかっているような口ぶりだった。

少し胸が騒いだが、素知らぬ顔で香子は応えた。

「こうして見ると、威子さまと賢子は双児のようでございますね」

「あなたのお産に立ち会った時、わたしも産み月の直前でしたからね」

年は同じだし、父親も同じ。母親の倫子と香子も又従姉妹《またいとこ》という関係なので、威子と賢子は濃い血で結ばれている。末の娘の嬉子も、姉の威子と同じくらい賢子のことを慕っていた。

賢子と嬉子。この二人は数奇な運命でつながっている。

嬉子が産んだ子を賢子が育てて、その子が帝となる。

千里眼や順風耳に問いかければ、そんな未来が予言されたかもしれない。

香子には思いもつかぬことであった。


十二月には百日《ももか》の宴があった。

すでに彰子は敦成親王とともに一条院の里内裏に入っている。平安宮の内裏は三度目の焼亡でいまも修復の途上にあった。

この日の儀式には帝も参加し、一条院の主殿に公卿たちが招かれた。

道長が抱いた皇子の口に帝自身が餅餤《べいだん》を含ませる。

その後、和やかに宴席が始まった。右大臣顕光《あきみつ》は病欠、内大臣公季《きんすえ》が早退した他は公卿が揃って酒を飲み、和歌を詠じた。

准大臣の伊周も参加していたのだが、和歌を書き留めていた能書の行成《ゆきなり》が最後に序題を認《したた》めようとした時に、思いがけないことが起こった。

酔いの回った足取りでふらふらと近づいた伊周が、いきなり行成から筆を奪って勝手に序文を書き込んだのだ。

そこには生まれたばかりの敦成親王を第二皇子と記したくだりがあった。

自分の甥にあたる敦康皇子が第一皇子であることを皆に想起させようという、伊周の反抗心がこめられていて、その場はにわかに鼻白んだ空気になった。

その百日の祝宴の直後から、土御門殿では道長が体調を崩して寝込んでいると伝えられた。

道長が体調を崩すのはよくあることで、酒の飲み過ぎだろうと思い、香子は気にもしていなかった。

だが年が明けた正月の半ばになって、蘆屋道満の弟子だった円能《えんのう》、妙延《みょうえん》らの修験者が捕縛された。

道長と中宮彰子、第二皇子の敦成親王を呪詛したという罪状だった。

里内裏の一条院を探索すると、庭に厭魅《まじない》に用いる厭符《えんぷ》が埋められているのが発見された。これをもって呪詛の証拠とされた。

さらに審議の結果、円能らに呪詛を命じた首謀者は、高内侍　高階貴子《たかしなのたかこ》の妹で、皇后定子のもとで宣旨を務めていた高階光子《みつこ》だということが判明した。

すでに光子は姿をくらましていたため、首謀者の詮議は実施されなかった。光子の目的は、定子が産んだ第一皇子の敦康親王を皇嗣とすることだと考えられ、そのことで最大の利益を得るのは中関白家の伊周だということになった。

そのような推測と、百日の宴席での伊周の態度が問題とされて、伊周にも疑いがかけられ、朝廷への参内《さんだい》を停止《ちょうじ》されることになった。この朝参停止は伊周を絶望させた。過度の飲酒が進み、半年後に朝参停止は解かれたものの、もはや参内することはできず、間を置かずに没することになる。父の道隆と同じ飲水病であった。

道長の体調悪化と伊周の処分の話を聞いて香子は不審に思った。

道長が酒の飲み過ぎで体調を崩すのはいつものことだし、新年の行事には元気に出仕していた。彰子と敦成親王の体調にも変化はなかった。

これは冤罪ではないか。

仕組まれた捕縛ではないか。

香子は遣いを出して陰陽頭の安倍吉昌を呼び出した。

「里内裏の庭から厭符が出たというのは、まことのことでしょうか」

その問いだけで、吉昌は香子の意図を察したようだ。

「確かにわたくしが命じて一条院の各所を調査いたしました。厭符のごときものが埋められていたことは事実ですが、かなり古びたものでありましたので、ごく最近の呪詛の証拠とはならぬと考えられますが、詮議の場では厭符が発掘されたということだけが証拠とされました。円能らの自白は誘導されたもののようで、すでに修験者らの罪は許され、首謀者とされた高階光子のみがすべての罪を負うて消息不明とされ、一件落着となっております」

「修験者らの詮議を指揮されたのはどなたですか」

「左府どのでございます。呪詛されたご本人でございますから、すべてを迅速に運ぶようにというお達しがあったようです」

どうやらこれは道長が仕組んだ策略のようだ。

百日の宴席での伊周のふるまいに腹を立て、子どもっぽい報復を企てたのだろう。

平安宮の内裏にも里内裏の一条院にも、中宮彰子の居室の近くに道長の執務の場所が設けられていた。これは摂関制度が確立されて以来の慣習だった。中宮の父親が最高権威になることが多く、内裏に執務室があれば帝や蔵人頭《くろうどのとう》との連絡が密になる。

道長が執務室に入ったと報せがあったので、香子はそちらに向かった。

「おや、どうしたのですか。式神さまがここに来られるのは珍しいことですね」

道長は怯えたようなようすを見せた。

大権力者となった道長が最も恐れるのは正室の倫子だが、その次くらいに香子を恐れているようだ。それでいて渡り廊下にある香子の房には、道長は断りなしに入り込んでくる。恐れているのに慣れなれしいし、いやに図太いところもある。道長というのはよくわからない人物だ。

つい先日も、帝にお届けする源氏の物語の推敲をするために、実家に保存してあった草稿を自分の房に運んであったのだが、その草稿を道長が勝手に土御門殿に持ち帰ってしまった。すでに女房が筆写した複製は出回っているのだが、書き間違いの多い草稿を持ち出されるのは香子としては心外だった。

「わたくしの房に勝手に入らないでください。置いてあった源氏の物語を持ち出したのはあなたさまでしょう」

「これは失礼しました。筆写させていただいて、妍子に持たせたいと思っておりましてね。妍子は東宮に入内することになっていますからね。入内の時の手土産に東宮さまにお贈りしたいと思っているのですよ」

妍子が東宮に入内したとしても、すぐに懐妊するわけではないが、幼少のころから病弱だった帝に万一のことがあれば、居貞親王が即位することになる。親王の母は詮子《あきこ》の姉の超子《とおこ》で、道長は叔父にあたる。東宮にはすでに四人の皇子がいるのだが、妍子が男児を産めば内覧左大臣の権威でその皇子を皇嗣とすることも不可能ではないだろう。

道長はそんな未来のことまで考えて、着々と布石を打っているのだ。

今回の高階光子への処分も、道長の権力者としての傲慢さが如実に現れているように感じられた。

香子は強い口調で言った。

「蘆屋道満の弟子たちが大殿を呪詛したとのことで関係者の処分があったと聞きました。それは伊周さまを陥れる冤罪ではありませぬか」

いきなり詰問するように問いかけた香子の勢いに、道長は恐れをなしたようだ。

「いや、冤罪というか、確かな証拠があるのですよ。皇后の宣旨であった高階光子という女官が逃亡しましてね。あの女は伊周の叔母で母代わりです。罪は免れませんよ」

「あなたさまはもう充分に権力の座に着いておいでではありませぬか。この上に何をお望みなのですか」

「確かにいまわたしは権力の座にいますがね、明日どうなるかはわかりません。それを思うと不安でたまらず、つい酒を飲みすぎてしまうのです」

「伊周さまの朝参を停止したのも、不安のせいなのですか」

「中関白と呼ばれる兄の道隆を慕う輩が、どこかにおりはせぬかと、それが不安でしてね。伊周が百日の宴席で書いた序文をご存じですか。『隆周《りゅうしゅう》の昭王穆《ぼく》王歴数長し』という漢籍を引用しながら、道隆という父親の名と伊周という自分の名を冒頭に置いて、自分が摂関家の嫡流だと表明しているのです。けしからんことですよ」

「蘆屋道満の弟子たちが厭符を仕掛け呪詛したことが仮に事実だとしても、高階一族の縁者らが企んだことで、伊周さまが関わった確たる証拠があるわけではないと伺っております」

「とにかく伊周はかなり落ち込んだようで、深酒をして倒れたそうですよ。父親も飲水病で亡くなりましたが、あやつの命も先が見えています。これで何の憂いもなくなりました。敦成親王を次の皇嗣に立てるための準備が調ったことになります」

「何を勝手なことを考えておられるのですか。皇嗣を定めるのは帝でしょう」

「第一皇子の敦康親王の親族は一掃されたわけですから、後見がいなくなりました」

「あなたさまが親王の後見ではありませぬか」

「自分の孫が生まれたら、話は別ですよ」

道長は何の屈託もないようすで言ってのけた。

皇后定子が亡くなったあと、母を失った敦康親王の後見を道長が務め、彰子が養母として養育にあたっていた。そのことをすっかり忘れてしまったような態度だった。

香子は語気を強めて言った。

「彰子さまは、敦康親王をわが子のように愛《いと》おしんでおられますよ」

「これまではそうだったでしょう。気の優しい娘ですからね。しかし自分が産んだ子は格別なものですよ」

「そんなことがどうしてわかるのですか。大殿は子など産んだことがないでしょう」

「ははっ、確かにそうですね」

道長は急に大声を立てて笑い始めた。

笑いながら道長は言った。

「せっかくわが娘が皇子を産んだのですよ。皇嗣にしたいと思うのは祖父として当然のことでしょう。いままでもわたしは帝の叔父という外戚に近い立場ですが、姉が亡くなったので立場が弱くなってしまいました。わが孫が即位すれば、晴れて帝の祖父という本物の外戚になれるのですよ」

この男は自分の権威を守ることしか考えていないようだ。

香子は道長を元服したばかりの若者だったころから知っている。思いやりに欠けた鈍感な態度にいつもいらいらさせられてきたが、陽気で気立てがいいところには好感をもっていて、いつまでも子どものように無邪気な困った人物だと思い、大抵のことは許すようにしていた。

だがいま、この無邪気そうな男は、それなりに狡知にたけているのではないかと感じた。戦略家というほどに知恵が回るわけではないが、自分の身の安全については強いこだわりをもっていて、無い知恵を振り絞って狡猾な企みをすることがある。

皇后が産んだ第一皇子を皇嗣と定めるのは、動かしがたい慣例で、それを覆した前例はない。その空前のことを、この男は実現しようとしている。それは許されざる専横ではないか。

香子は息をついた。

いずれはこの男と闘うことになるのかもしれない。

こいつが勝つか、自分が勝つか。

安倍晴明の予言のことを思い起こした。

式神さん、この勝負、どちらが勝つのかしら。

天后媽祖は応えなかった。

代わりに千里眼の声が聞こえた。

「この男の余命は長くはない」

続いて順風耳の声。

「勝負に勝つためには長生きすることだ」

香子は無言で微笑をうかべた。

彰子は再び懐妊し、里邸《りてい》の土御門殿に移った。

二度目の出産は、あっという間に終わった。初産があれほどの難産だったのに、二度目は苦しむ暇もないほどの安産だった。

しかも、二人目も男児だった。

親王宣下によって敦良《あつなが》親王と称されることになった。

連日の祝宴が続いた。その五日目のことだ。

宴席で争い事が起こった。道長の四男（側室明子の三男）で右兵衛佐《うひょうえのすけ》を務める能信《よしのぶ》が、かつての権中納言藤原義懐《よしちか》の子息で左近衛少将の藤原伊成《これなり》と激しい口論となった。

能信は十五歳だが口先が達者で諍論《じょうろん》を好む悪癖があり、相手を徹底的に罵倒したため、伊成は逆上して手にした笏《しゃく》で能信の肩のあたりを殴りつけた。そばにいた蔵人が伊成を縁側から突き落とし、さらに摂関家の家人《けにん》たちが庭先に落ちた伊成を踏みつけたり松明《たいまつ》の柄で殴ったりした。

屈辱を受けた伊成は出家することになった。

香子は土御門殿を仕切る立場にあったので、紛争の一方の当事者の能信を呼びつけて真相を問い質した。

「とくに原因というものはないのですよ」

十五歳にしては大人びた口調で能信は語り始めた。

「あいつのことが憎かったわけではなのです。わたしも伊成も、ふだんから何かにつけて争うことが多かったのです。お互いに不本意なことが多すぎてむしゃくしゃしていたのでね。伊成の父の義懐どのは花山帝の側近で、大胆な荘園整理に取りかかろうとされたお方です。花山帝の思いがけない譲位で権威を失い、政界から退かれました。そのせいで子息の伊成もいまだに左近衛少将などという低い地位に留め置かれているのです」

能信は声を高めて続けた。

「わたしだって同じことです。同じ左府の子でありながら、ご正室のところの頼通どのは権中納言なのに、一歳しか年の違わない次男の頼宗《よりむね》は母が側室なので右近衛中将に留まっています。三男の顕信《あきのぶ》に到ってはいまだに無位無冠です。このわたしも三年前から侍従を務めてきたのにいまだに右兵衛佐にすぎません。このわたしより一歳年下の五男の教通どのはご正室の生まれなので左近衛中将です。次男の頼宗よりも地位が上なのです。こんなことを言いたくありませんが、あまりにも差別的な待遇ではないですか」

能信は乱暴者だという風評がすでに広がっていた。だが実際に会って話を聞いてみると、実直そうな人柄でその言い分ももっともなものだった。倫子を恐れている道長は、嫡男の頼通を優遇するのは当然として、弟の教通も格別の扱いをしていた。これでは側室の子息から不満が出る。

側室の明子の父は冤罪で大宰府に流刑となった源高明《みなもとのたかあきら》だった。本来なら倫子の父の雅信よりも格上の血筋であったが、流罪になったことで、明子は負い目を覚え、日陰の存在に甘んじているのだろう。明子の後見を務めていた盛明《もりあきら》親王も、女院の詮子もいまは亡い。今後も明子の子どもたちの冷遇が続くのではと思われた。

香子は小さく息をついた。

道長が倫子を恐れている。それがすべての原因で、これは解決不能の問題と言うしかない。

「ご不満を胸の内に抱えておるだけでは解決にはなりませぬ。まして他人に当たり散らして争いを起こすのは、あなたさまのご評判を落とすだけでございます」

香子は慎重に言葉を選びながら語り始めた。

「左府の子息だから優遇されるとお考えなら、それはあなたさまの傲《おご》りでございしょう。この国では世襲ということが重視されておりますが、それは長男あるいは嫡男の場合だけでございます。次男、三男ともなれば、序列などはございません。あなたさまはまだ十五歳です。これから職務にお励みになれば、よりよき職に就くこともできましょう。お父ぎみに認めていただくためには、あなたさまじかできぬお役目を引き受け、身を慎んで職務に励み、機会を逃さずお手柄をお立てなさい。いつか必ず報われる時が来るはずです」

「そのような機会はいつ来るのでしょうか」

能信は疑い深そうに問いかけた。

香子は落ち着き払って答えた。

「いつとは申せません。いつか必ず、と申し上げておきます。その時が来れば、わたくしがあなたさまにお知らせいたします」

「まことでございますか。あなたさまがわたしに、機会を与えてくださるのですか」

「お約束いたします」

香子は静かに言い切った。

その機会はすぐには訪れなかった。能信のすぐ上の兄の顕信が道長に反撥して出家したこともあって、能信の乱暴狼藉はその後も長く続いた。

彰子が里邸にいる間のことだが、帝が里内裏としている一条院で火災があった。今回の火災は一部だけだったので、帝は一時、摂関家の祖の藤原冬嗣《ふゆつぐ》が建てた枇杷殿《びわどの》に移ったのち、補修された一条院に彰子とともに戻ることになる。

年が明けて彰子は二十三歳になっている。自分が産んだ皇子二人とともに里内裏に戻った彰子は、十二歳で入内してから雛遊びの后《きさき》であった時期が長かっただけに、喜びを噛みしめているように見えた。

それでも彰子は養母として育てている敦康親王のことを忘れなかった。親王の周囲には皇后定子に仕えていた女房も多数いたので、彰子は喜びも控え目にしていた。

幼いころから病弱であった帝は、成長するにつれて元気になった時期もあるのだが、このころから病で臥《ふ》せることが多くなった。

それでもこの時期の宮中は、幼い二人の皇子を中心に華やいだ空気に包まれていた。

赤染衛門《あかぞめえもん》も夫の赴任先から戻っていた。何人もの貴公子との交流を自慢げに語った『和泉式部《いずみしきぶ》日記』が評判となっている和泉式部も女房として仕えていた。「いにしへのならのみやこの八重桜けふ九重ににほひぬる哉」という和歌で有名な伊勢大輔《いせのたいふ》も新参の女房として、彰子の身近に侍っていた。

敦康親王の世話係として、清少納言《せいしょうなごん》も宮中にいた。皇后定子も御匣殿も亡くなり、いまはただ皇子の成長を心にかけている清少納言は、抜け殻のように精気を失っていた。以前は周囲に式神を侍らせるほどの霊能を有していたはずだが、いまはただの年老いた女になっていた。

敦康親王に仕えている古参の女房から話を聞いたことがある。定子が十四歳で入内した直後のことだ。清少納言はある貴公子に恋をしたのだという。大殿と呼ばれていた定子の父の関白道隆の弟ぎみだということだが、それまでは低い身分であったのに、いきなり権中納言として台閣に参入し、宮中の女房たちの注目を浴びていた。当時は宮中のどこへ行ってもその話題でもちきりだったという。

清少納言もその若者の姿を一目見るなり恋をして、遠くから慕い続けていたのだという。

それが若き日の道長だった。

清少納言の道長や彰子に対する怨念は、恋が成就しなかったことから生じた逆恨みかもしれなかった。あまりに道長に惚れ込んでいたため、道長が娘の彰子の入内を画策するようになった時期には、定子の取り巻きの女房たちから批判され、定子の側近の座から遠ざけられていたこともあったようだ。彰子が敦康親王の育ての親となり、道長が後見となったいまは、清少納言も穏やかに女房の務めを果たしていた。

『枕草子《まくらのそうし》』という随想は宮中でも評判となり、書写が重ねられて、誰もが読んでいた。従って、赤染衛門、和泉式部、伊勢大輔といった才女たちからも、尊敬の眼差しで見られていた。

わが国の長い歴史の中でも、これほどの才女が一つの宮に結集しているのは、かつてないことだった。

そうした女房たちに囲まれ、清書や筆写の手助けを受けながら、香子は源氏の物語の最後の部分を執筆していた。

光源氏と呼ばれる主人公は、多くの女たちとの交流を重ね、広大な邸宅に付き合った女たちを住まわせ、准上皇（内戚）や帝の母方の祖父（外戚）という立場で長く権威を保持して、親政を実現する。その光源氏もやがて晩年を迎えることになる。

父の妃の藤壺と密通し、不義の子を産ませるという過ちをなした主人公に、因果応報の災いが降りかかる。兄の朱雀院から皇女の女三宮《おんなさんのみや》を正室に押しつけられ、誰よりも寵愛していた紫の上は正室の座を奪われた失意の中で亡くなってしまう。さらに親友であった頭中《とうのちゅうじょう》将の子息の柏木《かしわぎ》が、女三宮を見そめて密通をしたのではと疑われる。

疑惑の中で生まれた薫《かおる》という若者が新たな主人公となって「宇治十帖」と呼ばれる最後の物語が展開される。

光源氏の子息にあたる薫と、孫にあたる匂宮《におうみや》は、同世代の好敵手だ。この二人が宇治に隠棲する姫ぎみたちをめぐって、激しくも悲しい恋の挿話を重ねていく。

その「宇治十帖」はすでに書き終えている。

最後に残っているのは、光源氏の最期の場面だ。

書こうと試み、少しは書き出してみたのだが、どうにも筆が進まなかった。

もとより光源氏は架空の人物だ。

しかし権力者という点では、いまの道長と同じ立場だ。その道長の権威に翳りが見える時が来るのだろうか。

人である限りは、老いが迫ってくる。病にもかかる。

物語の英雄にも病や老いが迫ってくる。

寵愛した紫の上が去り、不義の子かと疑いを抱いている赤子の薫を抱いた時に、すでに光源氏は老いの気配を感じとっている。

それで充分だろうという気がした。

わたしたちがこの世で眺めるものは幻影にすぎない。

どのように美しいものもやがては滅び、消え失せてしまう。

その気配だけを描いておけば、その先を具体的に描く必要はないのだ。

雲隠《くもがくれ》。

香子は表題となる二文字を書き記しただけで筆を擱《お》いた。

修復された一条院に戻ったころから、帝は憂いにとりつかれたように沈み込むことが多くなった。

体調もよくないのだろうが、あまりにも強大な道長の権威に対して、自らが目指す親政への道が閉ざされたようにお感じになっているのかもしれなかった。

日々成長する二人の幼い皇子の姿も、帝を元気づけることはなかった。

むしろ微妙な立場となった第一皇子の敦康親王のことが気にかかり、暗い気持ちに傾いていくようだった。

その帝のごようすが心配で、彰子も沈みがちになっていた。

香子も彰子のようすが尋常ではないことに気づいて、声をかけた。

「帝には何かお悩みがあるのでしょうか」

さりげなく問いかけた香子に、彰子は表情を曇らせて応えた。

「帝は荘園整理が進まぬことを心に懸けておられるのでしょう」

香子は長く彰子の侍読《じとう》を務めてきた。漢文を教えるだけでなく、この国の歴史についても語ってきた。朝廷の財政が破綻し、摂関家が資産を増やしてきた経緯についても、彰子に伝えてきた。

長い歴史の中で、荘園整理という事業に果敢に挑んだのは宇多帝だった。菅原道真の流罪によってその志は挫折することになったのだが、それでも道真の弟子たちが受領として地方国に派遣されたことで、改革はしばらくの間は続いていた。子息の醍醐帝の治世が「延喜《えんぎ》の治」と称えられるのはそのためだ。

その後も「天暦《てんりゃく》の治」と呼ばれる村上帝の時代が続く。地方国の荘園が急速に拡大し、摂関家が莫大な資産を保有するようになったのは、道長が独裁者になってからのことだ。その時期は一条帝の在位の期間と重なっている。帝が絶望し、無力感にとりつかれるのもやむなきことなのかもしれなかった。

「帝は譲位を考えておられるのでは……。そんな気がします」

彰子がつぶやくように言った。

香子は胸を衝かれた。

帝のそばに寄り添っている彰子は、誰よりも帝の心の内を察しているはずだった。

恐れていた事態が目の前に迫っているのかもしれなかった。

「帝は臥せっておられますが重篤というわけではありませぬ。なぜいま譲位をなさるのですか」

香子はさりげないふりをして問いかけたが、帝の意図はわかっていた。道長に対する最後の抵抗を試みようとされているのだ。

彰子は答えた。

「譲位と引き替えに、帝は第一皇子の敦康親王の立太子を要望されるでしょう。いまの東宮の居貞親王もご病気がちと聞いております。年齢も帝の方がお若いので、居貞親王の方が先にお亡くなりになれば、敦康親王が即位されます。敦康親王の母はすでに亡く外戚の伊周さまも先日亡くなられました。帝は敦康親王の父として、院（上皇）による親政すなわち院政を実現したいとお考えなのです」

「宇多帝がご子息の醍醐帝に譲位されたあと、院として政務を続け、内覧右大臣の菅原道真による荘園整理を実現した。この故事を踏襲されるおつもりなのですね」

「醍醐帝は関白藤原時平《ときひら》に唆《そその》かされて、父を裏切り、菅原道真を大宰府に左遷しました。しかし敦康親王ならば、そのようなことはけっしてありません」

敦康親王は彰子に養育されている。実母《うみのはは》ではないものの、敦康親王が即位すれば、彰子は国母《こくも》に等しい存在として、かつての東三条院詮子のように、帝に強い影響力をもつようになる。それまで今の帝がご壮健なら、上皇と国母の二人で、親政を実現することになるのかもしれない。ただ……。

香子には懸念があった。

「万が一ではございますが、居貞親王の方が長く生きられれば……。院政は実現されぬことになりましょう」

彰子は強い口調で言った。

「たとえ帝が先に薨去されたとしても、わたしが帝のご遺志を継ぎ、自らの力で国政を改革せねばならぬと思うております」

「あなたさまが、お父ぎみと闘うと言われるのですね」

「わたしは父よりも、夫である帝に尽くしたいと思うております」

きっぱりと言い切った彰子の姿を、まぶしいものでも見るかのように、目を細めて香子は見つめ続けていた。


道長に命じられたようで、行成が香子のもとに相談に来た。

行成は蔵人頭として長く帝の側近を務めていた時期があったが、いまは権中納言に昇っていて、もはや帝の連絡係を務めるような下級文官ではないのだが、それでも帝の信頼が篤く、いまだに帝と道長の間を小まめに往復していた。

香子の前に進み出たものの、話をどう切り出すか当惑しているようすの行成に、香子の方から問いかけた。

「帝が譲位されるというお話ですね」

行成は顔を赤くしながら、ほっとしたようすを見せた。

「そのとおりです。わたくしもこのたびばかりは、ほとほと困り果てております」

香子は重々しい口調で応じた。

「まず最初に申し上げておきたいことがございます」

行成は緊張した顔つきになった。

「はあ、何でしょうか」

「帝は第一皇子の敦康親王を皇嗣にとお考えでしょう。中宮彰子さまも帝のご意向を認めておられます。ご自分が腹を痛めた皇子ではなく、先の皇后の皇子を皇嗣にとお考えなのです。もしも敦康親王を皇嗣にできぬということであれば、帝だけでなく、中宮さまの思いを踏みにじることになりましょう」

「ああ、確かに、中宮は親王のことを実子《うみのこ》のように思いをかけて育てて来られました。わたくしもそのごようすを見るにつけて、中宮のお人柄に胸を打たれておりました」

そう言ったものの、行成は追い詰められた表情になった。敦康親王を皇嗣にすることは何としても阻止せよと道長に命じられているのだろう。

「そのように中宮さまのお人柄をお認めなら、どうして譲位の阻止を画策されているのですか」

「さあ、それは……」

「道長さまに命令されたのですね」

「左府どのは台閣の権威であられる。そのお方の命には従わねばなりませぬ」

「あなたさまは長く帝の側近を務めておいでです。帝にとってあなたさまは、ただ一人のお味方ではありませぬか」

「確かに、帝はわたくしを信頼しておられます」

「その帝を裏切ろうというのですか。それほどまでに道長さまが怖いのですか」

「いや、怖いというわけではないのです」

行成は追い詰められた顔つきで、心情を語り始めた。

「左府どのは胸の内に謀《はか》ることのないお方です。ただ摂関家の長者としての責務を果たそうとしておられるだけなのですが、そのやり方があまりにもあからさまで、心の中が透けて見えます。そこがあのお方の恐ろしいところで、明るい笑顔できっぱりと命令されれば、従わないわけにはいかぬのです」

香子は行成の顔を見つめた。

「血筋からいえば、あなたさまは摂関家の直系の嫡流ではありませぬか。どうして道長さまをそれほどまでに恐れるのですか」

「恐ろしいのはあの天真爛漫なほどの明るさです。誰もがあのお方の味方になってしまう。偏屈なところのある実資《さねすけ》さまはいまも左府さまに批判的で、わたくしなどは実資さまに叱られっぱなしです。帝の側近のはずのおまえが、いまはすっかり左府どのに鞍替えしてしまったと……。そういうつもりはまったくないのですが、台閣の一員となると、左府どのの迷いのない決断力が頼もしく思えてくるのです」

「それでも皆さまは、道長さまを心の内では見くびっておられるのではありませぬか」

何げなくそう言うと、行成はびくっとして、表情を硬《こわ》ばらせた。

「そんなことはありません。確かに左府どのは漢文も和歌も苦手ですし、故事にも通じておられませんそれでもわからないことがあれば政敵ともいえる実資さまに相談し、漢籍や和歌については公任さまを尊重し、わたくしの能書の腕前も褒めてくださる。あのお方の巧《たく》むことのない素直さに皆が惚れ込んでいるのです」

香子は大きく息をついた。

「皆さま方は道長さまのわがままを許しすぎです。すぐに増長する幼児《おさなご》のようなお方ですから、甘やかしてはいけないのです。権力が道長さまにばかり集中して、皆が迷惑をしているのではないですか。荘園が増えすぎて租税が集まらず、朝廷の財政は破綻寸前と伺っております。菅原道真が断行したような財政改革が必要な時ではないでしょうか」

「確かに皆がそう思っています。しかし道長さまにはそのようなお考えはありません。あのお方は童子のごとく無邪気に富を独り占めしようとされています」

「それでよいと、あなたはお考えですか」

行成は答えなかった。

香子もしばらくの間、黙り込んでいた。

皇嗣についてては香子も考えをもっていた。

彰子が養母を務めているので、香子も敦康親王とは親しく接してきた。美しく聡明な皇子に好意を抱いてもいた。ただ問題があった。敦康親王は素直な人柄だった。彰子が里邸《りてい》で過ごすことが多かったので、皇子も土御門殿で過ごし、隣接した鷹司殿にいる彰子の弟や妹たちと親しく交流していた。とくに七歳年上の頼通とは仲がよく、兄のように慕っていた。

その姿を見ていると、第一皇子としての誇りを失い、頼通の言いなりになっているように見えてしまう。

まだ先のことではあるが、いずれは頼通が関白か内覧となる。もしも敦康親王が帝となれば、子どものころそのままに、頼通に支配されてしまうのではないかと懸念された。

香子は彰子が女帝のごとく君臨する日が来ることを期待している。彰子が国母として帝を支配し、摂関家と対決して国政を改革する。そのためには、帝は幼い方がよい。国母の言いなりになる傀儡《くぐつ》のごとき存在でなければならぬ。彰子が国政に乗り出せば、道長が詮子に逆らえなかったように、頼通は姉の彰子に従うしかないだろう。

彰子は敦康親王をわが手で育ててきたので、情が移っている。だが、敦康親王を皇嗣にしてはならないのだ……。

長い沈黙のあとで、香子はつぶやくように言った。

「わたくしは若いころから土御門殿に仕えておりました。いまも彰子さまの側近を務めさせていただいております。彰子さまのご意向を何よりも尊重せねばならぬ立場でございます。さりながら……」

香子は行成の顔を見据えて語気を強めた。

「わたくしは天命というものを信じております。いずれ摂政関白という制度は滅びることでしょう。されどもいまのところは、道長さまが最高権威の座に着いておられ、誰もが従っております。そういう状勢の中で、帝が譲位を断行され、第一皇子の敦康親王を皇嗣と定めることは、凪いだ海に荒波を立てるようなものでございます。何よりも敦康さまご自身が苦悩を負うことになりましょう。帝には譲位を思いとどまっていただかなければなりません」

行成は息を呑むようにして香子の次の言葉を待ち受けていた。

「これからわたくしがお話しすることを、そのまま帝にお伝えいただければと思います。帝は歴史にも詳しく、また物語を読み込んでおられます。『伊勢物語』に登場する惟喬《これたか》親王のことは、帝もよくご存じのはずです。惟喬親王は文徳《もんとく》帝の第一皇子に生まれながら、弟の惟仁《これひと》親王が東宮に立てられ、清和《せいわ》帝となられました。『小野の雪』と呼ばれるくだりでは、皇位を継承できずに出家して比叡山の麓の小さな庵《いおり》で暮らすようになった親王を、雪道を踏んで業平《なりひら》が訪ね、悲しみに涙を流す場面が記されています」

誰もが知る『伊勢物語』の名場面だ。

行成は真剣な顔つきで香子の話に聴き入っている。

「父の文徳帝からも寵愛されていた惟喬親王が、なぜ第一皇子にもかかわらず皇嗣に立てられなかったかは、おわかりだと思います。第四皇子の清和帝の母の明子《あきらけいこ》は右大臣藤原良房《よしふさ》の娘です。良房はすでに文徳帝の母の順子《のぶこ》の兄として強い権威を有しておりました。その権威を振りかざして強引に生まれたばかりの第四皇子を東宮に立てたのです。清和帝は八歳で即位し、良房は摂政として政務を独裁することになります。これが摂関政治の始まりだと言われております。この先例からもわかるとおり、有力な外戚をもつ皇子を皇嗣とすることが、世の安泰を招くことにつながりましょう」

香子は続けて第二の論点に進んだ。

「もう一つの例をお話しいたしましょう。京の都が開かれてのちの歴史の中には、淳和《じゅんな》帝の皇子であった恒貞《つねさだ》親王の廃太子という事件、さらに陽成《ようぜい》帝の廃帝という事件が注目されます。恒貞親王の廃太子は、文徳帝を即位させるための良房の横暴です。その良房は清和帝の擁立に関わっただけでなく、在原業平と相思相愛であった姪の高子《たかいこ》を養女として清和帝に入内させました。その高子が産んだのが九歳で即位された陽成帝ですが、摂関家の圧力で譲位させられた父の清和帝からは疎まれ、業平のことが忘れられない高子も皇子とは疎遠でした。父と母の愛を得られなかった陽成帝は宮中で暴力沙汰を起こして廃帝となりました。これらは歴史の汚点ですが、その結果、臣籍降下して源定省《さだみ》と名乗って菅原道真の私塾で勉学していたお方が宇多帝となり、師の道真を右大臣に起用して財政改革を実現することになります。わたくしはそこに天命というものを感じます。天命には逆らえませぬ。第一皇子を皇嗣にという帝の思いは、己れの情愛にかまけて天命に逆らう試みと申せましょう」

香子は淀みなく次の話題に移った。

「第三に皇后定子さまの母方の高階一族は、『伊勢物語』で描かれた伊勢斎宮《さいぐう》と在原業平の密通によって生まれた男児の末裔でございます。惟喬親王の妹にあたる斎宮と業平が相聞歌を交わしたことは物語にも書かれておりますが、実際には男女の睦事があり、斎宮は懐妊して男児を生みました。二人を仲介した伊勢権守《いせのごんのかみ》の高階　峯緒《たかしなのみねお》が男児を引き取り孫として養育しました。その子孫が高階一族でございます。悲しい物語の結末とはいえ、神聖なる宮に男が侵入して斎宮が懐妊するというのは前代未聞のことであり、神の怒りは末代まで祟《たた》りましょう。その汚れた血を引くお方を皇嗣に立てるわけにはまいりませぬ」

さらに香子は最後の話題を語った。

「第四に敦康親王を無理に皇嗣に立てたとしても、左府や公卿の支援が得られなければ朝政が混乱することになりましょう。帝が皇子のことを心から案じておられるのであれば、皇子には皇族の一員として八省の卿《かみ》などを務めていただき、年給や領地をつけて安らかに生きていかれるように配慮された方が、皇子のためになると思われます」

香子が語り終えると、行成は大きく息をついた。

行成がこの四つの項目を伝えれば、帝の翻意が得られると香子は確信していた。

彰子を裏切ることになる。

だが、彰子が産んだ第二皇子の敦成親王が即位すれば、国母としての彰子の立場が強くなる。

道長と彰子の本格的な対立が始まる。

そうなれば、世の中が少しは動き始めるのではないか。

想像だけで書かれた架空の物語の世界よりももっと胸の躍る新たな物語が、これから始まろうとしているのだ。

平安宮の内裏に比べれば里内裏の一条院は狭小だが、それでも通常の邸宅よりは多くの建物が建ち並び、渡り廊下でつながっている。

平安宮の清涼殿に相当する北対《きたのつい》から短い渡り廊下でつながった中宮の御座所に、帝のお渡りがあった。

帝の気分はすぐれないようであったが、中宮彰子との間に静かな語らいがあった。

北対に戻られた帝はそのまま床に着いた。

寛弘八年（一〇一一年）五月末のことだ。

急遽、東宮居貞親王が御所に招かれた。帝は譲位の意を告げ、皇嗣に第二皇子の敦成親王を指名した。

東宮がお帰りになったあと、帝の強い希望で香子が清涼殿に呼ばれた。

香子は帝の枕元に座した。

帝は苦しげな息をついていた。香子は無言で帝のお言葉を待ち受けた。

やがて苦しげな息が、すっと静まった感じがした。

静けさの中に、帝の声が響いた。

「紫式部どの……」

帝はしっかりとした口調で声をおかけになった。

「わたしの短い生涯の中でも、さまざまな出会いがあった。皇后定子との出会いはいまも忘れることはない。しかし中宮彰子がそばにいてくれることをいまは感謝している。そして、自分の生涯で最も大きな出会いは、源氏の物語を読んだことだ。光源氏という大らかな人物の人柄に、どれほど勇気づけられたであろうか。わたしは光源氏のように生きることはできなかったが、親政を目指して少なからず努力を続けてきたつもりだ。しかしもはや力尽きた。後事を敦成親王に託したいと思う。敦成はまだ四歳になったばかりだ。だが敦成のそばには彰子がおる。そして彰子のそばにはそなたがおる。そのことを頼みとして、敦成を皇嗣と定めることにした」

帝は小さく息をついた。

それからわずかに声を高めた。

「仮住まいの枇杷殿からこの一条院に帰還したおり、源氏の物語の最後の巻が届けられておった。薫と匂宮の悲しい恋模様が綴られた宇治十帖はすでに読んでおったが、紫の上を失った光源氏の晩年の物語は未完のままだった。最愛の妻である紫の上を亡くして憂いの底に沈んでおった源氏が、政争があって須磨に蟄居していたころに紫の上から届いた手紙を見つけ、すべてを灰にしてしまう。人生の最後に静かな覚りの境地に近づいた源氏の姿が、不思議な光に包まれるところで、『幻』と題された巻が終わる。その次には『雲隠』という巻があった。いよいよこれが最後の巻かと思うと、わたしはその表題の紙をめくるのが怖い気がした……」

最初は床に横たわったまま、首を少し傾けて香子の方に顔を向けておられた帝は、いまは真上を向いて、遠くを見るようなまなざしになっておられた。

「表題の紙をめくると、その先は白紙であった。わたしはほっとした気持になった。光源氏が衰え、苦しみ、死んでいく姿など、見たくなかった。そこを書かずに、白紙のままに残した作者の見識に胸を打たれた。同時にこの白紙は、仏教の深い教えにもつながるという気がした。般若経の教えでは、生きている間にわれらが見るもののすべては幻影にすぎぬということだ。それが『色即是空』ということであろう。幻影を楽しむうちはよいが、幻影にとらわれてはならぬという教えだ。わたしはその幻影を充分に楽しんだ。もはや思い残すことは何もない。ただ一つだけ、そなたに頼みたいことがある」

そう言いながら、帝はもう一度、こちらに顔を向け、すがるようなまなざしで香子の顔を見つめた。

「北野天満宮に詣でたおり、そなたと荘園整理の話をしたことが忘れられぬ。国母となった彰子が宇多院、そなたが菅公《かんこう》（菅原道真）となって、いつの日か、荘園整理が実現されることをわたしは期待している。これがわたしの遺言だ。心に刻んでおいてほしい」

帝は目を閉じられた。

その目に、涙がにじんでいた。

六月二十二日、帝は崩御された。

享年三十二。

長く暮らした里内裏の名称から諡《おくりな》は一条天皇とされた。


東宮居貞親王が即位して帝となる（三条帝）。三十六歳の若き皇帝だ。

先帝の第二皇子敦成親王が東宮に立てられた。わずか四歳の東宮である。

これに対し異母兄の第一皇子敦康親王は十三歳。すでに元服も済ませている。

皇后が産んだ第一皇子が東宮に立てられないというのは前例のない事態であった。

このことをめぐって道長と彰子の間に激しい対立が生じた。愛する帝を失ったという悲しみを逆撫でするような道長の権力への執着に、彰子は深く傷つき、父親に対する憎悪をつのらせた。

これ以後、彰子は何かにつけてあからさまに父親を批判をするようになった。

彰子は二十四歳の若さで未亡人となった。

道長の娘の妍子を東宮妃に迎え、摂関家に所縁《ゆかり》のある東三条邸を東宮御所としていた居貞親王が、新たな帝として平安宮の内裏の主となった。

摂関家の歴代の摂政や関白が、洛中のさまざまな場所に邸宅を建てていた。それらの多くは氏《うじ》の長者となった道長が管理している。道長は東宮に立てられなかった敦康親王に二条殿という邸宅を献上した。

先帝が長く里内裏とした一条院は、そのまま残された。いずれ東宮となった敦成親王の御所にしたいという思いが道長にはあったようだ。

しかしいまは平安宮御所が使用できるので、敦成親王も御所の一郭の凝華舎《ぎょうかしゃ》に入った。彰子の周りの女房の多くは、東宮とともに御所に残ったが、彰子自身は皇太后として、かつて摂関家の祖となった藤原冬嗣が居住した枇杷殿を本拠とした。

この枇杷殿は東宮妃となった妍子が里邸にしていたこともあり、また一条院で火災があったおりに先帝（一条帝）も仮住まいとしたことがあった。四歳の帝とは離れて暮らすことになったが、弟の敦良親王は手元に置いている。香子も枇杷殿に移り、皇太后宮の女官となった。

道長と彰子の不仲を示す顕著な実例がある。道長は彰子が皇太后となったことを祝うために枇杷殿で宴会を開こうとした。すでに公卿らに通知が出されていたのだが、道長の贅沢を好まない彰子が枇杷殿での宴会を拒んだ。間に立った弟の頼通が右往左往することになったのだが、彰子は最後まで譲らなかった。そうしたやりとりをそばで聞いていた香子は、彰子の頑固さを頼もしく思った。質素を好むところや厳しさを貫き通すところは、母親の倫子にそっくりだった。倫子のことを鬼嫁と恐れている道長は、娘のことも恐れるようになっていく。

結局、宴会は中止となった。道長は自分の日記（『御堂関白記《みどうかんぱくき》』）に、自らの病で中止にしたと書き留めているのだが、道長に批判的な実資は、彰子が贅沢な宴会を拒否した経緯を日記（『小右記』）に書き留め、「賢后なり」と誉め称えている。

即位をされた三条帝の母は道長の長姉の超子だから、道長は外戚（母方の叔父）にあたる。その点では一条帝も同様であるが、一条帝が即位した時には国母の詮子が健在だった。詮子の圧力によって道長は内覧となり、最高権威の座に着くことができた。

超子は帝が七歳の時に他界している。従って帝と道長の間には距離があった。それでも帝は道長に関白の宣旨を出そうとされた。帝は一条帝より年上であるから摂政の必要はない。最高権威を委ねるとすれば関白宣旨しかないのだが、道長は固くこれを辞退した。

道長は長く内覧左大臣として台閣の合議をまとめてきた。道長は権力にこだわるところがある反面、公卿らの動向を気にかけていた。関白という絶対権力者になるよりも、閣議のまとめ役として、公卿たちの同意を取り付けることを重視していた。

帝は道長の権威を恐れてはいたが、帝としての矜持《きょうじ》は有していた。幼いころは母の言いなりになっていた一条帝と違って、三条帝は三十代半ばの見識のある皇帝として、道長とは距離をとろうとしている。

東宮妃となった妍子はその美貌と華やかさで東宮時代の居貞親王を魅了していた。とはいえ妍子は十六歳の少女にすぎない。帝には良識があった。四人の皇子を生んでいる娍子を尊重しなければならない。

娍子の父の藤原済時《なりとき》はすでに亡くなっていたし、生前の官位は大納言にすぎなかった。先例に従えば、后《きさき》は皇女か大臣の娘でなければならなかった。

娍子が産んだ第一皇子の敦明《あつあきら》親王は十八歳になっている。

四歳の敦成親王が東宮に立てられてはいるが、次の皇嗣となれば、敦明親王が最有力で、国母となる可能性のある娍子を無視するわけにはいかない。

妍子が中宮に立てられることは決まったが、道長は妍子を新たに自邸とした東三条邸にとどめていた。道長は帝に娍子を皇后に立てるように進言していた。父親の身分が低いことで帝の側に遠慮があったので、いまは亡き済時に太政大臣の位を追贈した。

このように娍子の立后にこだわったのは、道長の善意ではあったが、妍子だけを立后させることにうしろめたさがあったのだろう。つねにわがままを押し通す道長もそれなりに世間の評判を気にしていた。

二后並立の異常事態が再び繰り返されようとしていた。

道長の奔走で娍子の立后が決まった。そのことで自分の評判を高めようという思いがあったのだろうが、間の抜けたことに、娍子の立后の当日に、道長は妍子を中宮として御所に参内させた。そしてその祝宴を自邸で開くことにした。

その日が吉日であるという陰陽師の占いがあった。立后の儀式は夕刻、祝宴は深夜であったから、公卿や文官は双方に出席できるはずであったが、どちらに出席すればよいか困惑する者が多かった。右大臣の顕光と内大臣の公季は病気などを理由に双方を欠席した。他の公卿たちは道長の顔色をうかがって深夜の宴席に出席することにして、娍子の立后の儀式には参列しなかった。

立后の儀式の時刻になっても、公卿は誰も来なかった。困惑した帝は、道長に批判的な権大納言実資に遣いを出した。あわてて参内した実資は、儀式の場に参列者がいないことに義憤を感じて、下級の文官を呼び集め、伊周の弟の中納言隆家にも声をかけて、ようやく立后の儀式が催された。

この同日開催については、道長の無頓着によるものか、公卿の忠誠心を試す策略なのか、どちらとも判別がつかなかったが、長く連れ添った娍子を尊重する帝は、道長の前に自分がいかに無力かを身に染みて感じることとなった。

とはいえ帝は若く美しい妍子を寵愛された。

翌年、妍子は懐妊して出産した。

残念ながら女児であった。

道長は大いに失望した。妍子の目の前で、あからさまに失望したようすを見せた。そのことが妍子を深く傷つけることになった。

皇子が生まれたら次の皇嗣にと意気込んでいた道長の落胆はあまりに大きく、娘に対する配慮が欠けていた。その落胆が道長の権力への欲望に火を点けた。

道長はなりふりかまわずに、帝に対して強引に譲位を迫ることになった。

帝は生まれたばかりの禎子《さだこ》内親王を溺愛した。妍子の気持は帝に傾き、帝に譲位を迫り始めた道長に対して、嫌悪を覚えるようになった。

すでに長女の彰子との間が険悪になっている道長だったが、次女の妍子との間にも不和が生じることになった。

帝は眼病を患っておられた。

政務は道長が独裁していたが、台閣の議決などを記した文書を奏上して帝の裁定を仰ぐのが内覧の本来の務めなので、道長は形式的に文書を帝に届けていた。帝はその文書を目で確認することが難しくなっていた。道長はそこを咎めた。

帝としての責務を果たせなくなったことを理由に、道長は強く譲位を迫った。

さらに譲位に際して帝が指名することが慣例となっている皇嗣に、自らの皇子ではなく、東宮敦成親王の同母弟の敦良親王を指名するように要望した。

こうした道長の態度に、帝の気持が頑《かたく》なになった。譲位は認めたものの、皇嗣については自らの第一皇子の敦明親王の立太子を求めた。

この敦明親王には問題があった。すでに二十三歳となり式部卿《しきぶのかみ》という要職にも就いている親王は、元服の前後から世の中の動勢が見えるようになっていて、道長の独裁体制に対して皇族がいかに無力かを悟っていた。

その無力感から、かつて五位の蔵人を務めていた一歳年下の藤原能信《よしのぶ》とつるんで乱暴狼藉を繰り返すようになっていた。

能信は道長の四男だが母が側室のため二十二歳となったいまも右近衛中将という低い地位のままだ。中宮権亮《ちゅうぐうのごんのすけ》を務めたこともあるので三条帝や中宮妍子ともつながりをもっていた。弟の教通は母が正室なのですでに権中納言に昇り、公卿の一員となっていた。そのことが能信の不満の元となっていた。

道長への不満を抱えているという点で、敦明親王と能信は意気投合し毎日のように酒を酌み交わしていた。二人で祭見物に出向くことも多く、場所取りの争いで公卿の家司や家人《けにん》と争いを起こすこともあった。二人の乱暴狼藉は噂となり、公卿の間では札付きの厄介者と見なされていた。

敦明親王の立太子には誰も賛同しなかった。本人も東宮になることなど望んでいなかったのだが、三条帝は意地を貫いた。

何もかもを道長の思いどおりにはさせぬという、怨念に近い思いで、敦明親王の立太子を求め続けた。

さすがの道長も、譲歩するしかなかった。

かくして三条帝は譲位をすることになったのだが、眼病の悪化と譲位をめぐる心労が重なり、翌年には崩御される。

帝を死に追いやった道長の暴挙に、中宮妍子は父親に対する嫌悪感をさらに強めた。摂関家の権威に対する憎悪は、娘の禎子内親王にも伝えられた。このことが、盤石に見えた摂関家の土台が揺るぎ始める端緒となるのだが……。

長和《ちょうわ》五年（一〇一六年）正月、東宮敦成親王が即位する。九歳の幼帝（後一条帝）の誕生だ。

敦成親王は京極院とも呼ばれる土御門殿で即位し、半年後に里内裏として補修された一条院に移った。彰子と香子も一条帝の思い出が残っている懐かしい一条院に入った。

幼帝であるので道長は摂政となった。

ついに道長は完全な外戚（母方の祖父）となり、朝廷を支配する立場となった。だが道長の前には厄介な壁が立ちはだかっていた。

幼帝のかたわらには国母の彰子がいる。道長と彰子の間は険悪なままだ。道長は政務に関する報告書を彰子に提出して承認を得なければならなかった。彰子は漢文が読めた。道長の報告書に疑義を差し挟むことも少なくなかった。道長も娘の意向には逆らえなかった。

その年の年末に道長は摂政のままで左大臣を辞した。これは嫡男の頼通を大臣にするための画策だった。

翌年三月、道長は太政大臣（直後に引退）となり、右大臣の顕光が左大臣に、内大臣の公季が右大臣に順次昇格し、空いた内大臣の席に頼通が就いた。

同時に道長は摂政の重責を頼通に譲った。内大臣の頼通が左右の大臣を差し措《お》いて朝廷の最高権威となった。

とはいえ頼通も国母の彰子に政務の報告をしなければならなかった。道長が摂政であったころも、娘の機嫌をとるために、なるべく娘の意向を尊重していた。頼通の場合は相手が四歳年上の姉なので、さらに彰子の意向が優先されることになる。

彰子のかたわらにはつねに香子がいた。いまやこの二人が国政を動かしていると言っても過言ではなかった。


一条院の彰子のもとに妍子が訪ねてきた。

国母となった彰子は皇太后のままだ。帝が幼くまだ新たな后《きさき》が入内していない。妍子も中宮のままだった。

仲のよい姉妹だが、互いに后となったいまは頻繁に会うわけにはいかない。妍子の来訪は何か話したいことがあるからだと思われた。香子は同席して話を聴くことにした。

妍子は東宮に立てられた敦明親王の窮状を愬《うった》えた。

亡き三条帝の意地によって東宮となったものの、母方の祖父の済時が没しているため、敦明親王には有力な後見がなかった。

そのため敦明親王は東宮らしい待遇をまったく受けていなかった。

いまの帝（敦成親王）が東宮であることの証しとして保有していた壺切剣《つぼきりのつるぎ》は、いまだに道長の手元にあった。皇太子の象徴とも言えるこの宝剣を道長はまだ渡していなかったのだ。

東宮の職員として任じられた文官も、道長の顔色をうかがって役目を果たしていなかった。

妍子の支えにもなっている道長の四男の能信だけが側近として親王のお世話に当たっている。東宮のお世話をするのは能信だけで、東宮は世捨て人のようなありさまになっているのだという。

話を聴いて、香子は何とかせねばならぬと肚《はら》を固めた。

「わたくしにお任せくださいませ」

香子は思案を巡らせながら語り始めた。

「頼通さまが摂政に立てられておりますが、実際に権威があるのは道長さまでございましょう。さりながら、いま朝廷で最も権威がおありなのは国母の彰子さまでございます。わたくしが彰子さまの名代として、道長さまと話をつけてまいります。ただその前に、能信どのと内密に話を取り決めておかねばなりませぬ」

香子は一計を案じた。

妍子は三条帝の御所であった枇杷殿にいまも居住していた。そこに香子が出向き、能信と対面した。

能信は二十三歳になっている。いまだに右近衛権中将という冴えない役職で、異母弟の教通（母は倫子）が権中納言にして左近衛大将の重責に就いているのに比べれば、低い地位に甘んじている。

大人になったせいか、土御門殿で争いを起こしたころよりは、良識を感じさせる穏やかな顔つきにはなっているが、その鋭いまなざしに反骨の気質がにじみ出ていた。

香子が皇太后の側近で、御所を仕切っている女官だということは、相手もわかっている。いくぶん緊張したようすで能信は身構えている。

香子は相手の緊張を解くように、微笑をうかべながら話しかけた。

「いつぞやそなたが宴席で争いを起こしたおり、あなたさましかできぬお役目を引き受け、身を慎んで職務に励みなされと申し上げました。さらに、機会を逃さずお手柄をお立てになるようにとも申しましたが、憶えておいでですか」

能信も微笑をうかべて応じた。

「よう憶えております。いまだに出世はいたしておりませぬが、三条帝の蔵人などを務め、いまも中宮妍子さまや禎子内親王にお仕えいたしております」

「いまがその時でございます。お手柄をお立てなさいませ」

香子の言葉に、能信は怪訝そうな顔つきになった。

「そう言われても何をすればよいか見当もつきませぬ」

「あなたさまは東宮の唯一人の側近だと伺っております。東宮さまに、自ら廃太子を申し出るように、あなたさまから進言していただくわけにはいかぬでしょうか」

「何と……」

能信は呻《うめ》くような声をあげ、荒く息をついていた。

香子は畳みかけるように言葉を続けた。

「東宮から退かれましたならば、その後の親王の待遇については、破格の扱いをするように、わたくしから道長さまにお伝えいたします。すべてをわたくしにお任せいただきたいと存じます」

「破格の扱いとは、どのようなことでございましょうか」

「准上皇ということで、いかがでしょうか」

准上皇……。

それは源氏の物語の主人公が到達する至上の立場だ。

まさに破格の扱いと言うしかない。

しかしこの条件を道長に承服させる自信はあった。道長は目先のことしか考えない。東宮が自らその地位を辞退するということであれば、どんな条件でも即座に呑むはずだ。

香子はさらに条件を付け加えた。

「あなたさまの妹ぎみの寛子《ひろこ》さまとの縁組も進めましょう。さすればあなたさまとも兄弟ということになります。摂関家と縁戚になれば親王のお立場も安泰なものになります。家司や随身もお付けいたします」

「そのようなことを大殿《おとど》がお認めになるでしょうか」

不審げに問い質した能信に、香子は笑いながら答えた。

「大殿は必ずお認めになります。わたくしは皇太后の名代として参りました。皇太后はいまや国政を動かしておられます。大殿といえども、彰子さまのご意向を拒むことはできませぬ」

わずかに間を置いてから、香子は決め手となる条件を提出した。

「あなたさまが公卿の一員に加えられるように、わたくしから皇太后に推挙いたします。道長さまも必ずお認めになります」

能信の表情がひきしまった。

最後に香子は声を高めて言った。

「今後とも中宮妍子さまと禎子内親王をお守りいただきたいと存じます。あなたさまにしかできぬお役目でございます。三条帝の血を引く禎子内親王は後見もなく孤立されることが予想されます。禎子さまをお守りいただければ、あなたさまの未来も展《ひら》けていくことでございましょう」

最後は予言者の口ぶりになっていた。

一条院にはかつて彰子が一条帝の中宮であったころと同じように、道長の執務の場所が設けられていた。すでに摂政からは退いているはずだが、それは形の上だけで、実際は道長と彰子の談合で政務が進められていた。

香子が近づいていくと、道長は身構えるような顔つきになった。

摂関家の家司の差配や資産の管理は、いまだに北の方と呼ばれる倫子が掌握していた。朝廷の政務に関しては彰子の意向が優先される。しかしいまや道長が最も恐れているのは香子かもしれなかった。

香子の見識が倫子にも彰子にも伝わっていた。道長の権威を脅かすものがあるとすれば、それは香子の見識だった。

「あなたさまは壺切剣をいまだに東宮にお渡しになっていないそうですね」

いきなり詰問されて、道長は激しく動揺した。

「あ、ああ……。そのことですか。あの宝剣は東宮であった敦成親王のもとにずっとあったのですが、いまもそのままになっていますね。この一条院のどこかにあるはずですよ。東宮の職員は決めてあるのですが職務に就いておらぬものが多く、そういうところにお渡しするのも無用心ですから、そのままになっておるのです」

「一条院にあるのなら、そのままでよいでしょう。いずれ帝の弟ぎみのもとにお届けすることになります」

道長は不審げに問い返した。

「敦良親王が東宮に立たれるというのですか。式神さまの験力《げんりき》でそのようなことができるのですか」

ひどく驚いたようすの道長に、さりげない口調で香子は言った。

「いずれ敦明親王は自ら廃太子を申し出られることになります。いま能信さまが動いておられます。ただし条件がございます。皇嗣であったお方が辞退されるというのですから、それなりの待遇を用意して差し上げねばなりません。上皇と同じように院号を贈られてはいかがでしょうか」

「それで東宮から退いていただけるなら、院号などいくらでも差し上げますよ」

にわかに嬉しげな顔つきになって道長は声を弾ませた。

「それから能信どのの妹ぎみの寛子さまを院のもとに入内していただきます。さらに能信さまも公卿に昇進していただきます。それが条件ですがよろしいか」

道長は声を弾ませたままで応えた。

「たやすいことです。それでわが孫の二人が帝と東宮に並び立つなら、何でもしますよ。金が必要なら金を出しますが、院号と参議への昇格ならば金もかかりませんね」

「上皇の待遇なら院の別当や女官を付けるつけることになります」

「それは朝廷の経費ですからわたしの懐は傷みません。しかしその話、うまくいくのでしょうか。能信に任せておいてよいのですか」

「わたくしが咒を唱え念を集中して十二天将に願をかけました」

くどい説明よりも、こちらの方が道長を安心させたようだ。

「おお、それはありがたい。すると立太子の儀式をせねばなりませんね。宴会もせねば……。かつてない大宴会を開きましょう」

「お酒の飲み過ぎには気をつけてください」

「いや、ははは……」

道長は笑いでごまかしたが、また大酒を飲むつもりだろう。

この男は酒の飲み過ぎで命を縮めることになる。

香子は心の内で笑みをうかべた。

東宮を辞した敦明親王には小一条院という院号が贈られた。能信の同母妹の寛子が嫁ぎ、生まれた男児は親王と称されることになる。

能信は権中納言に昇った。


その年の暮れに、香子は鷹司殿の倫子に呼び出された。

何事かと思い、香子はただちに駆けつけた。

道長が鬼嫁と恐れる正室だが、香子自身もかつては倫子に仕える女房だったので、こうして対面すると気持がいくぶん怯《ひる》むのを覚える。

「今日おいでいただいたのは、あなたの娘の賢子のことでご相談したいことがあったからです」

倫子はいきなり本題に入った。自分の娘のことをふだんは忘れているので、虚を衝かれた気がした。

敦明親王の廃太子と院の宣旨をめぐって、慌ただしい日々が続いていた。娘のことなど考えている暇がなかった。

「ああ、賢子は元気にしておりますか」

あわてて問いかけた香子に、倫子は改まった口調で言った。

「賢子も年が明ければ二十《はたち》歳になります」

もうそんな年齢になるのかと香子は驚いた。倫子は言葉を続けた。

「わたしは自分の実子《うみのこ》の威子《たけこ》や嬉子《よしこ》と、賢子を、分け隔てなく育ててきたつもりです。されどもあの子は明るくのんびりしたように見えて、その名のとおりとても賢い子です。年頃になるとわが身の置かれた立場をわきまえて、女房の手伝いをするようになりました。同じ年に生まれて双児のように育った威子とも、いつの間にか上下関係ができて、賢子が威子に仕えるようなことになっております。そんな賢子を見ていると、わたしは不憫《ふびん》でならぬのです」

倫子が語ることは香子にとっては驚きだった。幼いころの賢子を見て、父親にそっくりなわがままな娘だと決めつけていたので、同じ年の威子との間に、そのような上下関係ができているとは思ってもいなかった。

倫子は声を高めて言った。

「年が明ければ、威子の入内を考えております」

「入内……」

香子は息を呑んだ。

そんな話は彰子からも聞いていなかった。

帝の敦成親王はまだ十歳。年が明けても十一歳にしかならない。

その帝に、二十歳になる威子を入内させるというのか。

香子の心の内を見透かしたように、倫子は笑いながら言った。

「年の差がありすぎるとお考えですか」

威子は妍子のような美貌ではない。しかし愛くるしい童顔なので年齢よりは若く見える。それにしても、相手の帝が十一歳では、あと数年は雛遊びの后であろうし、雛遊びが終わるころには薹《とう》が立ってしまうのではと懸念された。

倫子は真剣な顔つきになって言った。

「帝もいずれは成長されて中宮や女御をお迎えになるでしょう。頼通のところにはまだ子がなく、教通の長女もまだ四歳にすぎませぬ。他の公卿のところから娘を受け容れることになれば、将来の外戚の地位がわが一族から離れていくことになります。道長どのはそのことを心配されて、威子の入内を急いでおられるのです」

道長はそんな遠い将来のことまで考えて権力の座を維持する算段をしているのか。酒の飲み過ぎで体調を崩し、いまにも死にそうな状態になっているというのに。

香子は息をついた。それからさりげなく訊いてみた。

「威子さまはそのことをご承知なのですか」

「いやがっています」

倫子は冷ややかに笑った。

「確かに年の差がありすぎます。わたしは大殿より二歳年上ですが、それでもたいへんに恥ずかしく、婚姻の話を聞いた時は父ぎみに泣いて抗議をいたしました。威子はわたしのような気の強い女ではありませんから、抗議をするようなことはないでしょうけれど」

倫子は語調を変えて言葉を続けた。

「そこでご相談です。威子の入内で女房たちの多くが宮中に出仕することになります。威子と姉妹のように育った賢子に宮仕えさせるのは、わたしとしては心苦しいのです。それで賢子を皇太后宮の女房として引き取っていただきたいのです」

娘が自分の同僚として彰子に仕える。それも何となく気の進まぬことではあったが、倫子には賢子を育ててもらった恩義がある。

香子は賢子を引き取ることを承諾した。

賢子は皇太后宮の女房になった。

女房の通称は父か夫の職務から採ることが多かったが、香子の娘だと誰もが知っているので、香子の父の為時が左少弁を務めたことがあり、越前守のあとで越後守となったことから、当初は越後弁《えちごのべん》と呼ばれた。のちには従三位という高位に昇って大弐三位《だいにのさんみ》と称されることになるのだが。

国母の彰子は朝廷の政務を支配していた。

そのため皇太后宮には公卿や文官の出入りがあった。

人見知りをしない明るい性格の賢子は、たちまち貴公子の間で人気者になった。幼いころに鷹司殿の頼通や教通といっしょに育ったので、貴公子の扱いに慣れていた。誰とでも気軽に接し、すぐに親密な関係になってしまう。

そんな娘のありさまを、香子はただ呆れて見守るだけだった。わが胎《はら》を痛めて産んだ娘なのに、自分に似たところが少しもないのが悔しかった。

賢子は多くの貴公子と浮き名を流すことになる。

道長の次男（側室明子の長男）で権大納言（のちに右大臣）の頼宗、四納言《しなごん》の一人の権大納言藤原公任の長男で参議（のちに権中納言）の藤原定頼《さだより》、倫子の異母兄にあたる大納言源時中《ときなか》の七男で参議の源朝任《あさとう》など、錚々たる高官が相手だった。

もはや自分の娘とも思えなかったので、香子はとくに諫《いさ》めるようなことはなかった。

のちに賢子は道長の次兄の元関白藤原道兼の次男ですでに中納言となっていた兼隆《かねたか》の側室となって女児を産むことになる。

その時点で乳が出ていたことから、賢子は高貴なお方の乳母となるのだが、それはのちの話だ。

翌年の寛仁《かんにん》二年（一〇一八年）、新たな平安宮御所が落成した。

道長の正室の三女威子が、女御として入内し同年に中宮に立てられる。十一歳の帝に対し、威子は二十歳でありしかも帝の叔母（母彰子の妹）にあたる。この入内に威子は大いに当惑したと伝えられる。年齢差があまりにも大きすぎた。ただ威子は明るい性格で、姉たちに比べれば美貌とはいえなかったが、背丈が低く童顔だったので、はたから見れば年齢差はそれほど気にならなかった。

帝もこの威子を姉のように慕い、のちには二人の女児が誕生することになる。

威子の立后で、妍子が皇太后、彰子が太皇太后となる。

倫子が産んだ三人の娘が三后《さんこう》を独占することになった。

道長は三年前の火災で焼失していた土御門殿を、贅の限りを尽くして再建していた。その真新しい邸宅に公卿や文官を招いて祝賀の宴を開いた。

孫二人が帝と東宮となり、娘三人が三后の座を占め、嫡男に摂政を譲った。

道長は栄華の絶頂にあった。

道長に対して批判的で、三条帝皇后娍子の立后の儀式を取り仕切り、道長の宴席に参加しなかった大納言実資も、この夜の宴には列席し、「太閤《たいこう》（引退した摂政等の尊称）の徳、帝王の如し、世の興亡、心のままにあり」と日記（『小右記』）に記している。

この夜の宴には左大臣顕光、右大臣公季も列席していたが、実資が率先して宴席を仕切っていた。

実資は道長に請われて、摂政となった頼通に酒を注いだ。その杯は左右の大臣に受け渡され、公卿たちに回っていった。

十月十六日の夜半だった。冬の初めであったが障子は開け放たれ、整備されたばかりの庭が人々の前に広がっていた。満月が煌々と池の面を照らし出していた。

道長が立ち上がって、和歌の朗誦を始めた。

酒の酔いが回った末の座興の歌であった。

此の世をばわが世とぞ思ふ望月《もちづき》の欠けたることもなしと思へば……。

一瞬、座がしんと静まり返った。

自信に満ち溢れた権力者のわずかな謙遜もない無防備な自画自賛の歌に接して、その場にいた全員が圧倒され、鼻白み、おのれの無力さをただ自虐するしかない心境になって、息を呑んでいたと思われる。

誰かが苦笑のような笑い声を洩らした。その笑いはすぐに広まり、一座の全員が大声で笑い始めた。何を笑っているのかもわからずに、ただ人々は声を高めて笑い続けた。

その笑いが少し静まると、座を仕切っていた実資が、皮肉めいた薄笑いをうかべながら、人々の顔を眺め回した。

「見事な歌でございますな。それに応えて、宴の仕切りを任されておるわたくしが、返歌を詠むべきところではございますが、あまりにもご立派な歌でございますので、返す言葉がありませぬ。ここは皆さま、いかがでございましょうか。太閤どのの見事な歌を全員で復誦しようではありませぬか」

実資がそう言うと、人々の間に賛同する声が上がった。

「それでは……」

と実資が指揮すると、その場に居合わせたすべての人々が立ち上がって合唱を始めた。

此の世をばわが世とぞ思ふ望月の欠けたることもなしと思へば……。

歌が終わると、調子に乗った実資が、

「それ、いま一度」

と声をかけた。

人々は何度も繰り返し同じ歌を歌った。歌いながら手振りや身振りをつけ、やがては宴席の中央を踊りながらぐるぐると回り続けた。

座興の歌であり、名歌と称えられるようなものではない。酔いが覚めて振り返ってみると自分でも恥ずべき歌と感じられたようで、道長はその日の日記（『御堂関白記』）に「余、和哥を詠む」と記しただけで、どんな歌かは書き残していない。

実資が自分の日記に意地悪く歌の文言をすべて書き留めたため、この道長の和歌は後世の人々の知るところとなった。

毎日のように宴席があった。

道長は上機嫌で酒を飲み続けた。

年末から翌年にかけても宴席が続いた。

寛仁三年（一〇一九年）、正月十日。道長は胸の痛みを訴えて床についた。

十五日に嫡男頼通の邸宅で仏事供養が行われることになった。摂政内大臣の呼びかけに多くの公卿が集まって写経などをする。病のため参加できない道長にも、外題の書写が求められた。

床から身を起こして筆を執った道長だったが、視力が著しく衰えていることに気づいた。

翌月になって胸の痛みはやや回復したが、視力は衰えたままで、人の姿はぼんやり見えるものの顔の判別ができぬありさまだった。

すでに政界から引退している道長は、出家を決意した。

その噂を聞いた実資が土御門殿を訪問した。

道長の取り巻きの四納言と呼ばれる側近たちと違って、道長とは距離をとってきた実資は、道長が意気阻喪して仏門に入るようすを自分の目で確認したかったのだ。

ところが対面した道長は意外に元気で、笑いながら言った。

「出家といっても山の中で隠棲するわけではないですよ。この土御門殿の敷地の東側の鴨川沿いに空き地がありますから、そこに広大な寺院を建立することにしました」

道長は自慢げにそのようなことを言った。新たな寺を建立して華々しい法要を実施し、孫にあたる帝や東宮、三后となった娘たち、そして毎日のように宴会をした公卿らを招くつもりなのだろう。病となってもつねに世界の中心にいたい。

どこまでも貪欲な男だと、実資は開いた口がふさがらなかった。

この話は香子の耳にも届いた。

土御門殿の敷地の東側といえば、自分が生まれ育った曾祖父兼輔《かねすけ》の邸宅の南に隣接した土地だ。鴨川に接しているため、兼輔は土を盛って邸宅を建て、堤中納言と呼ばれた。その邸宅は弟の惟規が継ぐはずであったが、父の為時が二度目の受領の務めで越後に赴任したおり、父に同行して越後の地で病没していた。

越後から戻った父は後妻とともに別の館に住んでいる。

従って思い出の多い邸宅はいまは空き家同然ではあるが、曾祖父が残した漢籍などはそのまま残っていたので、時々帰宅して調べ物をすることがあった。

南側の土地はやや地盤が低く、大雨が降ると浸水することもあった。すぐ先で鴨川の上流の賀茂川と北東から流れる高野川が合流していて、洪水が起こりやすい場所だった。

道長はそこに金に糸目をつけずに土を運ばせ、広大な寺院の伽藍《がらん》の土台となる台地を築いた。

そこに九体の黄金の阿弥陀仏が横一列に並んだ阿弥陀堂を建立した。

浄土の教えによれば、阿弥陀仏の本願によってすべての人は極楽浄土に往生できるはずであるが、誰もが煩悩を抱え罪を負うていることから、当初は浄土の周辺にある辺地《へんじ》と呼ばれる場所に生まれ変わることになる。

煩悩や罪の大小によって、上品《じょうぼん》上生《じょうしょう》から下品下生までの九つの辺地があり、それぞれの辺地に阿弥陀仏の分身《ふんじん》の仏がおられる。

道長はどの辺地に生まれ変わってもよいように、九体の阿弥陀仏を収めた阿弥陀堂を建立することにしたのだ。この阿弥陀堂は無量寿院と呼ばれたが、講堂や経蔵など次々と新たな建物が建立されて伽藍の全体が完成すると、法成寺《ほうじょうじ》と呼ばれることになる。

九体の阿弥陀仏……。

どうやら道長は、この世の栄華に包まれながらも、来世のことを考え始めたらしい。

阿弥陀仏は西方極楽浄土のある西を背にして並んでいる。従って阿弥陀堂の西に位置する土御門殿が浄土と考えることもできるのだが、阿弥陀仏のお顔を仰ぐためには東側に回っていくしかない。

堂の扉をすべて開け放つと、堂の前に設けられた池の面に仏の姿が反映して、えも言われぬありがたい眺めが展けることになる。鴨川の対岸からも、堤の上に九体の黄金仏が並んでいる壮麗なありさまを遥拝することができた。

朝陽を浴びて黄金仏が燃えるように輝くさまも見事であったが、夕陽の眺めもこの世のものとは思えなかった。赤く染まった西の空を背景に、伽藍の要所に焚かれた篝火の光を浴びて黄金仏がきらきらと浮かび上がった。

その金と赤の輝きが堂の前の池や鴨川の水面に反映して、あたり一帯が煌々と輝き、まるでこの世に西方極楽浄土が出現したような眺めだった。

のちに子息の頼通は、道長が所有していた宇治の別荘の跡地に、平等院鳳凰堂を建立した。堂の前に宇治川から水を引き広大な池を配置した。阿弥陀仏は一体だけだが、黄金仏が水面に映るありさまは、父が築いた阿弥陀堂の眺めを再現したものだ。

三月に出家した道長は当初は行観《ぎょうかん》、のちには行覚《ぎょうかく》という法名を称したが、人々からは「御堂関白」と呼ばれた。建立された阿弥陀堂が「御堂」と呼ばれたからだ。遺された道長の日記も『御堂関白記』と呼ばれている。

関白に等しい内覧を長く務めたが、実際に道長が関白の座に着くことは一度もなかった。

# 終章　帝の夢を女院が引き継ぐ

安倍晴明《あべのせいめい》が何歳なのか、正確なところは誰も知らない。

出生地も定かではない。母が白狐だという伝説が残っている。

醍醐《だいご》帝の時代に陰陽頭《おんみょうのかみ》を務めた賀茂忠行《かものただゆき》の弟子となり、後継者の子息保憲《やすのり》からも教えを受けた。保憲は子息の光栄《みつよし》に陰陽頭を継がせ、晴明には天文博士《はかせ》を担当させた。しかし陰陽師としての名声は晴明の方が遥かに高く、主筋の賀茂一族を圧倒した。その結果、次男の吉昌《よしまさ》は陰陽頭に任じられた。

安倍晴明にも、最期の時が訪れた。

西洞院大路の邸宅を引き継いでいる長男の吉平《よしひら》から報せがあった。

邸宅の主殿に横臥している晴明はすでに衰弱していて、言葉を発することもできぬ昏睡状態のように見えたが、香子《かおりこ》が寝床の脇に座すと、うっすらと目を開いた。

香子の心の中に、声が響いた。

「憶えておるか。そなたが幼少のおりに、わたしはそなたの未来を予言した」

「よく憶えております」

香子も心の声で応えた。

「占いは恣意によるものではない。わたしはそなたに天命を伝えただけだ。天命は必ず成就する。その時を待っておればよい」

わずかな間のあとで、晴明は言葉を続けた。

「そなたを呼んだのはこのことを伝えるためだ。これで思い残すことは何もない。ただ些末なことだが、これも伝えておこう。蘆屋道満は滅びたが、あやつの弟子は多い。また何かしでかすやもしれぬ。吉平が何とかするであろうが、そなたがその場におるのであれば、助けてやってくれ」

わずかに開かれていた目が閉じられた。

晴明は静かに去っていった。


土御門殿《つちみかどどの》で後一条帝が即位してから半年ほどは、この邸宅が京極院と呼ばれ、里内裏となっていた。

道長はかつて姉の詮子《あきこ》が女院として居住していた南殿に移っていた。御所が一条院に移ってからも、彰子《あきらこ》が土御門殿を太皇太后宮としていたので、道長は南殿に住み続けていた。

その南殿と法成寺《ほうじょうじ》の山門とは、東の京極大路を一本挟んで向かい合っている。

道長は毎日、法成寺に出向き、阿弥陀堂にこもって念仏を唱えていた。

京極大路を渡る時に、道長はいつも白い犬を連れていた。

ある日、大路を渡って山門から伽藍《がらん》の中に入ろうとした時、犬が激しく吠えた。

不審に思った道長は南殿に引き返し、陰陽師の安倍吉平を招いた。

たまたま香子もその場に居合わせたので、吉平とともに、犬が吠えたという山門の前まで行ってみた。

「式神《しきがみ》さん」

と声をかけると天后媽祖《てんこうまそ》の声が届いた。

「そばにいるわ。十二天将の全員でいま調べているところよ」

捜索の結果、山門の直前の地面の下に土器《かわらけ》を紙縒《こより》でくくった厭魅《まじない》が埋められていた。

呪詛をした道満の弟子たちも捕らえられた。

訊問の末に、呪詛したのは左大臣顕光《あきみつ》だと判明した。

顕光は道長の従兄にあたる。道長の父兼家《かねいえ》の次兄で関白を務めた兼通《かねみち》の長男だ。関白の嫡男であるにもかかわらず二十二歳も年下の道長に先を越され、長く雌伏の時を過ごすことになった。道長はこの人物を無能と決めつけ、ほとんど相手にしていなかったのだが、確かに何をやらせても失敗ばかりしていて、他の公卿《くぎょう》からも軽んじられていた。

それでも娘の元子《もとこ》を一条帝に、その妹の延子《のぶこ》を三条帝第一皇子の敦明《あつあきら》親王に入内《じゅだい》させて権力の座を狙っていたのだが、元子は一条帝の寵愛を得られず若い男と駆け落ちするありさまで、妹の延子は東宮妃《ひ》となる寸前まで行ったのだが、敦明親王が自ら東宮の辞退を申し出たことで野望は潰《つい》えた。

長く道長の下位に甘んじたことで、妬《ねた》みと怨みが蓄積されていたのだろう。それが呪詛という企てになったようだ。

陰陽師たちは捕らえられたが、顕光に咎めはなかった。すでに高齢の顕光は死を迎えようとしていた。

ほどなく顕光は没し、次席で右大臣の公季《きんすえ》は名誉職の太政大臣に格上げされて、関白の頼通《よりみち》が左大臣に昇った。

道長の威光は嫡男に引き継がれ長く続くかと思われたのだが、その後の一族には不幸が続くことになる。人々は怨念を抱えて没した顕光の祟《たた》りだと噂した。

顕光は悪霊左府と呼ばれることになる。

寛仁《かんにん》五年（一〇二一年）、道長の末の娘の嬉子《よしこ》が東宮妃として入内した。帝《みかど》（後一条帝）と威子《たけこ》の年齢差は九歳であったが、嬉子は東宮敦良《あつなが》親王（彰子の次男でのちの後朱雀《ごすざく》帝）より二歳年上なだけで、似合いの夫婦であった。四人姉妹の中でも末の嬉子はひときわ明るく、姿も美しかった。東宮も嬉子を寵愛した。

三后《さんこう》に東宮妃が加わり、正室倫子《みちこ》の四人の娘がすべて后《きさき》になることが確実になった。

この時が道長の生涯の絶頂であったと見ることができる。

同じ年に、倫子が出家した。法成寺の境内に西北院という小坊を立てて住まいとした。末娘の嬉子が東宮妃となったことで、倫子も肩の荷を下ろした気持になったのだろう。

その西北院を香子が訪ねた。重要な話があった。

すでに道長も寺域の南に自らの小坊をもっていた。道長はほとんど政務に関わらなくなり、小坊に寝泊まりしながら御堂に通って念仏三昧の日々を送っていた。

道長は内覧や摂政を務めるだけでなく、摂関家の氏《うじ》の長者という役目を担っていた。歴代の権力者が築いた邸宅や、全国から寄進された摂関家の荘園はすべて、氏の長者である道長が管理しているはずだが、実際は正室倫子が家司《けいし》たちに指示を出していた。

倫子が出家すると、摂関家の資産の管理はどうなるのか、そこのところを質《ただ》しておきたかった。

まずは新築された西北院の住み心地などを尋ね、和やかに談笑した。

だが香子の来訪の目的を、倫子は察していたようだ。

倫子の方から問題の核心に入っていった。

「摂政を引き継いだ頼通は押しが弱く、姉の彰子の言うがままになっておるようですね。大殿は宴会がお好きで、贅沢な散財を重ねてこられた。国政は彰子とあなたにお任せするとして、問題は摂関家の資産の管理ですね」

「北の方（倫子）がご健在のうちは安心でございますが、先のことも考えておかねばなりませぬ」

「頼通の正室は具平親王《ともひらしんのう》（村上帝の皇子）の姫ぎみの隆姫女王《たかひめじょおう》ですが、いまだに子に恵まれませぬ。兄弟のように育った仲のよい敦康親王《あつやすしんのう》（一条帝第一皇子）の姫君を養女としておりますが、いずれは側室をもたねばならず、それでも跡継の男児が得られねば養子をとることも考えねばなりませぬ。将来のことを考えると不安です。資産の管理は彰子に任せたいと思うております」

さすがに倫子は将来のことまで充分に考えている。

香子は安堵しながら言った。

「大殿《おとど》は長く内覧をお務めになりその間にご領地を増やされました。多くは無税の荘園のため、朝廷の財政は破綻寸前でございます。彰子さまが摂関家の資産の管理も任されるということであれば、朝政の面でも思いきった改革に踏み込むことができます」

「摂関家が資産を独占するのは国政の妨げとなります。わたしも皇族を祖とする源《みなもと》一族の出身なので、摂関家の在り方には疑問を抱いてきました。これからは彰子が帝と東宮を率いて、朝廷の在り方を変えていくことでしょう。わたしは期待いたしております」

確かに倫子は源家の左大臣の娘だった。

倫子もまた摂関家の専横に批判的なまなざしをもっていたのだ。

東宮妃となった嬉子は懐妊し男児を産んだが、その直後に、大きな不幸が待ち受けていた。

赤疱瘡《あかもがさ》という疫病が広がっていた。

嬉子は疫病で命を落とした。

万寿《まんじゅ》二年（一〇二五年）の八月のことだった。

生まれた男児は親王宣旨を受けて親仁《ちかひと》親王（のちの後冷泉帝《ごれいぜい》）と呼ばれた。

末の娘が産んだ皇子だから道長の孫ではあるが、東宮（敦良親王）の母の彰子にとっても孫にあたるので、父方から辿れば道長の曾孫ということとなる。

いずれにしても道長は自分の血を引く新たな皇嗣を得たことになる。兄の帝には跡継となる皇子がいなかったので、次の世を担う後継者の誕生といえた。

道長に喜びはなかった。

可愛がっていた末娘を失った。小一条院《こいちじょう》（東宮を辞した敦明親王）の妃《きさき》となった寛子《ひろこ》が一男一女を遺してすでに没していたが、正室倫子が産んだ末娘の死は、大きな衝撃だった。

自分の娘が三后を独占し、さらに東宮妃になった。その一人が欠けたことは、望月の歌を詠んだ道長にとって、絶頂期からの凋落の兆しと感じられたのかもしれない。

疫病は突如として人を襲う。

あれほど明るかった嬉子が亡くなった。同じ時期の疫病で、和泉式部の娘で彰子のもとに女房として仕えていた小式部内侍《こしきぶのないし》も亡くなっている。娘を失った母の嘆きを、香子は間近で見ることになった。

一方、香子の娘の賢子《かたいこ》（越後弁《えちごのべん》）には、幸運が訪れた。

錚々たる高官を相手に浮き名を流していた賢子は、中納言藤原兼隆《かねたか》の側室となって女児を産んだ直後だった。

この時期に乳の出る賢子は、乳母《めのと》としてうってつけだった。

賢子は親仁親王の乳母となった。

恋多き女であった賢子も二十七歳になっている。長く女房として彰子に仕えてきたので、落ち着いた良識のある女に変貌していた。

鷹司殿《たかつかさどの》で育った賢子にとっては、嬉子は実の妹のようなものだった。その嬉子が産んだ親王を、賢子はわが子のように育てた。賢子のそばには母の香子がいた。さらに親王にとっては祖母であり伯母でもある彰子がいた。

出生直後に母を失った親仁親王は、祖母の彰子、乳母の賢子、そして賢子の母の香子という、三人の女たちに守られて育つことになる。

遠い未来のことであるが、親仁親王が後朱雀帝として即位したおりに賢子は従三位に昇り、大弐三位《だいにのさんみ》と呼ばれることになる。和歌も得意でこの名称で小倉百人一首にも歌が採られている。

わずか十九歳で死去した東宮妃嬉子の葬送は八月十五日の夜に行われた。

道長は歩くこともままならぬほどに衰弱していた。家司に抱えられて葬列には加わったが、嬉子の死の衝撃は道長の命の炎を吹き消そうとしているように見えた。


翌年の正月、太皇太后の彰子は落飾した。

東三条院詮子の前例に倣って女院の宣旨があり、上東門院の院号が贈られた。本拠としている土御門殿に接する土御門大路が平安宮の上東門院から発しており、それが女院の称号となった。

側近の女房が何人か、ともに出家することになったが、香子はそこに加わらなかった。自分にはまだなすべきことがあるという気がしていた。

落飾に当たっては弟の関白藤原頼通が鋏を入れた。

帝（後一条帝）は十九歳になっている。元服しているとはいえまだ少年だ。関白という役職は「関《あず》り白《もう》す」という語から採られたもので、政務に関する全権委任を受けてはいるが、帝に対して報告の義務はある。

帝が幼く、頼通が摂政であったころから、報告は国母《こくも》の彰子に対して行われていた。いまも、関白の報告は彰子に対してなされている。

政界から引退した道長は、摂関家の氏の長者の権限も頼通に譲ったはずだが、国母であり女院となった彰子が、母の倫子とともに摂関家の資産を管理していた。

頼通は彰子の四歳年下の弟だ。姉の彰子には逆らえない。

かつて国母の東三条院詮子が国政を支配していた時期があった。しかし当時の中宮は中《なかの》関白家の定子《さだこ》で、中宮を寵愛する帝が国母の詮子と対立することもあった。

いまの中宮は彰子の十二歳年下の同母妹の威子だ。中宮も彰子に従うしかない。

上東門院彰子は独裁者となっていた。

弟の頼通が政務に関する文書を提出すると、彰子は細部にわたって目を通し、意見を述べた。

かたわらにはつねに香子がいた。

二人とも漢文が読めた。政務に関する見識を有していた。

関白頼通はこの二人に従うしかなかった。

いまや国母として帝を支配し、姉として関白頼通を抑えている彰子は、国政にも参画できる立場であったが、帝は体が弱く病気がちだった。親政の実現のためには、帝が率先して政策を断行する必要があったが、帝の体力には限界があった。

彰子の三人の妹の中でも、年の近い妍子《きよこ》はとくに仲がよく、土御門殿を頻繁に訪ねてきた。

彰子と妍子は会うたびに国政について話し合った。摂関家の横暴を抑制し、帝による親政を進めなければならないという点で二人は一致し、香子を交えて、荘園整理をいかにして進めるか議論を重ねていた。

その場に十九歳の東宮敦良親王が加わることもあった。

一歳しか年の違わない兄の帝がいるため、皇位が巡ってくるのは先だと周囲も当人も考えていたため、敦良親王はのんびりとした温和な人柄に育っていた。兄の病状が切迫したものになってきたので、いまはそれなりの自覚をもっているようだ。女たちの国政についての議論にもしっかりと耳を傾けるようになっていて、自分が皇位を継承すれば、荘園整理令を発令すると決意を語ることもあった。

妍子はいつも一人娘の禎子《さだこ》内親王を伴っていた。

東宮と禎子内親王が顔を合わせることも多かった。東宮にとっては母の妹の娘であるから従妹にあたる。二歳年上の妃を亡くした東宮にとって、禎子は四歳年下の十五歳で、年格好も好都合だった。禎子は妍子の美貌と明るさを受け継いでいた。

いつしか二人は恋仲になっていた。

そこに問題が生じた。

関白頼通の同母弟で内大臣を務める教通《のりみち》の娘生子《なりこ》を東宮のもとに入内させるという話が持ち上がったのだ。

父の道長に倣って頼通や教通は自分の娘の入内を考えるようになっていた。帝のもとには道長の三女の威子が入内し、ようやく懐妊したという報せがあった。帝は威子を寵愛していて、側室は受け容れていない。入内を考えるならば、正室の嬉子を亡くした東宮の方が有望だった。

長男の頼通のところにはまだ妙齢の娘がいなかった。

これに対し弟の教通の長女の生子は十四歳になっている。入内の話はすでに道長が認めているとのことだった。

これを聞いた彰子は、東宮の母の自分に相談もなく話を決めるとは何事かと、激しい怒りを覚え、輿にも乗らずに法成寺に駆け込もうとする勢いを見せた。それでは話がさらにこじれてしまいそうだったので、香子が法成寺に出向くことにした。

法成寺は道長の私的な寺なので、私邸のようなものだ。法事などがなければひっそりと静まり返っている。

境内に入ると、念仏の声が聞こえた。

奥の鴨川に近いところに五大明王を祀った五大堂があり、その近くに道長の寝所となる小坊があったが、昼間は阿弥陀堂にこもって念仏を唱えているはずだ。季節は春であったが、三月になったばかりで風は冷たかった。それでも堂の扉は開け放たれ、陽光が堂の中を照らし出していた。

九体の丈六の阿弥陀仏が並んだありさまは、何度見ても荘厳な眺めで胸がひきしまる思いがする。道長は中央の阿弥陀仏の前に座して一心に念仏を唱えていた。近づいていっても気がつかないようだ。

かたわらに座してしばらく待つことにした。

南無阿弥陀仏。

仏の名を唱えることを称名念仏という。

比叡山では法華経を最も重んじていて、久遠本仏《くおんほんぶつ》という宇宙のごとき広がりをもった仏を観想することを本義としていたが、空海が伝えた瑜伽密教《ゆがみっきょう》や、観音信仰など、さまざまな教理を総合的に伝えていた。

なかでも多くの人々の心を捉えたのが阿弥陀仏の教えで、難しい経典を学ぶこともなく、厳しい山岳修行をすることもなく、ただ無心に仏の名を唱えるだけで、極楽浄土に往生できるとされていた。四十年ほど前に比叡山の高僧の恵《え》心《しん》僧都《そうず》源信《げんしん》が、さまざまな経典から地獄と極楽のありさまを抜粋して記した『往生要集』という論書を書き、弟子たちが洛中の各所で説法をした。そのため多くの人々が、死後の往生ということを気にかけるようになり、とくに地獄に堕ちることの恐怖から念仏を唱えるようになった。

望月の歌を詠んだ道長はこの世で栄華の極みに到達した。

いまはあの世のことしか考えていない。

道長は飲水病《いんすいびょう》とも消渇《しょうかち》（糖尿病）ともいわれる病に悩んでいた。酒の飲み過ぎと美食が原因だと言われている。体内の水分が抜け出て喉が渇き、やたらと水を飲むことからこの病名があるのだが、水分とともに養分も抜けてしまうため、極度に痩せ細り、いまは歩くことも困難になっている。おそらく寝所の小坊からここに来る時も、家司の手を借りて運び込まれたのだろう。

一心に念仏を唱えている道長の間近に座して、その横顔を眺めていると、かつての道長の姿がふと脳裏を過《よ》ぎった。清少納言が若き日の道長に恋をしたという話を想い起こしながら、自分も確かに、道長に惹かれていたのだと当時のことを思い返していた。

この世のものとも思えぬほどに美しい若者だった。

鈍感で自分勝手なところはいまも少しも変わっていない。たとえそのような欠点があったとしても、道長の美しさは光り輝いていた。

まるで物語の中の光源氏のように……。

だがいま目の前にいる老人は、見るも無惨なほどに痩せ細っている。枯木のように骨だけになり、美しかった顔は頬の肉が落ち、眼窩も窪み、まるで髑髏《しゃれこうべ》のようなありさまになっている。目の前の黄金の阿弥陀仏とは対照的に、道長のありさまは地獄の底で苦しむ人のようだ。このような道長の姿を見る日が来るとは思わなかった。

源氏の物語の『雲隠《くもがくれ》』の巻を空白のままにしておいてよかった……。

そんなことを考えていると、目の前の髑髏が、ふとこちらに顔を向けた。

念仏の響きが途絶えた。

「おや、式神さまではありませんか。そこにおいでだったのですか」

姿は変わり果てていたが、声の調子や、底抜けの明るさは若いころと少しも変わっていなかった。

「熱心に念仏を唱えておいでですね」

「いまはもう往生のことしか考えておりません。生きている間に良きことはあまたありましたが、そんなものはすべて過去になってしまいました。地獄に堕ちたくはないですからね。ひたすら阿弥陀さまのお慈悲にすがるしかないのです」

「本日はお願いの儀があってまいりました」

「ああ、式神さまのお願いなら、何でも聞きますよ。あなたにはいろいろとお世話になりましたからね。それからあなたの娘さんが、嬉子が産んだ親仁の乳母になってくれたそうですね。いまは威子が懐妊していますが、親仁も大事な皇嗣です。摂関家は将来にわたっても安泰です」

「その親仁さまのことなのですが、お世話は乳母にもできますが、養母となるお方がおられればと存じます。東宮さまもまだお若いので新たな妃《きさき》が必要ではないでしょうか」

「ああ、そのことですか。わたしにも考えがあります」

「教通さまのところの姫ぎみが入内なさるという噂を聞きました」

「教通から話がありましてね。生子はこの正月に十四歳となりました。彰子は十二歳で入内しましたからね。そろそろ入内してもいいのではと思っています」

「わたくしは反対でございます」

わずかに語調を強めて香子は言った。

道長は、びくっとしたようだった。

「上東門院さまのもとにはよく妍子さまがおいでになります」

「ああ、彰子と妍子は仲のよい姉妹ですからね」

「禎子内親王もご一緒でございます」

「内親王も成長されたことでしょうね」

「十五歳になっておいでです」

「そうですか。生子より一つ年上なのですね」

「乳母の賢子とともに、親仁さまのお世話をしておいでです。親王も禎子さまに懐いておいでです」

「そうなのですね。それは……」

「東宮も禎子さまのことが気に入っておられます」

「妍子の娘ですから、さぞや美しくなられたことでしょうね」

「わたくしは、禎子内親王こそが、東宮妃に相応しいお方だと考えております」

道長は大きく息をついた。

「式神さまがそのように言われるのならば、従わぬわけにはいかないでしょうね」

それから急に、涙声になって続けた。

「倫子が産んだ四人の娘と、明子《あきこ》のところの二人の娘の中では、妍子が一番の美人ですね。あなたの房から源氏の物語の草稿を盗んで叱られたことがありましたね。あれも少しでも妍子を喜ばせようとしたからなのです。こう言っては何ですが、わたしは妍子のことをとりわけ愛《め》でていたのです。ところが妍子が内親王を産んだ時に、思わずわたしは不機嫌な顔を見せてしまった。そのせいで妍子はわたしのことをずっと怨んでいます。わたしの人生で悔やむことがあるとすれば、妍子と不仲になったことです。妍子が喜ぶのであれば、禎子内親王を入内させましょう」

道長はそこで、髑髏のような顔に醜い笑みをうかべた。

「実は教通も娘の入内を申し出たことを後悔しているようです。兄の頼通が途端に不機嫌になりましてね。頼通のところには妙齢の娘がいないのだから仕方のないことなのですが、兄を差し措《お》いて弟が娘を入内させるとは何事かと、怒りをあらわにしているのですよ。禎子内親王ならば皇女ですから、誰も文句は言わないでしょう」

「それでは禎子内親王の入内を、お認めいただけるのですね」

「はいはい。お認めいたしますよ」

道長はさらに奇怪な笑みをうかべて話し続けた。

「安倍晴明が亡くなったあと、吉平から話を聞きましたよ。あなたは晴明の弟子で、陰陽師の霊能があるそうですね」

「弟子というほどではありません。幼少のころにお手伝いをさせていただいただけでございます」

「吉平の語るところでは、あなたの霊能は吉平よりも上だとのことですよ。そこでわたしから一つ、願いがあるのですがね。わたしの未来を占っていただけませんか」

思いもしない申し出だったので途惑いを覚えた。香子は道長の顔を見据えて言った。

「あなたさまは若くして内覧職に就かれ、最高権威の座を長く務められたではありませんか。この先に、いかなる未来をお望みなのですか」

髑髏の喉の奥から、軋《きし》むような笑い声が響いてきた。

「この世ではもはや望みはありませんよ」

道長は香子の顔を見つめた。

「わたしは極楽浄土に行けるのでしょうかね」

「行けるはずですよ。だって、熱心に念仏を唱えておられるではありませんか」

これは気安めにすぎないと思いながら、香子はそんなことを言ってみた。

すると道長は香子の方に身を乗り出すようにして問いかけた。

「極楽浄土って、ほんとにあるのでしょうかね」

ほとんど同時に、香子の胸の内で、千里眼の声が響いた。

「色即是空。一切は空なり。この世でわれらが目にするものはすべて幻影にすぎぬ」

続けて順風耳の声。

「空即是色。空こそがすべてなり。極楽浄土もまた幻影にすぎぬ」

香子は微笑みながら、道長に言った。

「極楽浄土は確かにありますよ。恵心僧都さまが万巻の仏教経典を調べた上で書かれた『往生要集』に、事細かに浄土のようすが書かれております」

「式神さまがおっしゃるのなら確かですね。ほんとうに極楽はあるのですね」

ほっとしたように髑髏はつぶやいて、黒ずんだ歯をむきだしにして笑ってみせた。

禎子内親王の入内はただちに決まった。

参内の前日、道長の子女が法成寺の御堂に集まった。

出家して同じ寺域に小坊を構えている正室の倫子も姿を見せた。

倫子が産んだ六人の子女の内、末娘の嬉子が欠けている。

長女彰子、四十歳。帝と東宮の母にして上東門院の称号を有する女院だ。

長男頼通、三十六歳。関白にして左大臣を兼ねる。

次女妍子、三十四歳。皇太后であり娘が東宮妃となる。

次男教通、三十二歳。内大臣にして近衛大将。

三女威子、二十八歳。中宮。現在は懐妊中。

この日、道長と妍子は和解した。

妍子が娘の入内を認めてもらったことの礼を述べた。

続いて禎子内親王がしっかりとした口調で感謝の言葉を告げた。

教通が娘の生子の入内を取り下げたことで、頼通と教通も和解できた。

あとは威子が男児を産めばさらにめでたいことが続くのだが、残念ながら生まれたのは女児だった。二番目の子も女児で、帝（後一条帝）は結局、皇嗣を残すことができず、皇位は弟の東宮（後冷泉帝）に継承されることになる。

この場には側室の明子が生んだ男児が一人加わっていた。

明子の三男で全体としては四男にあたる能信《よしのぶ》だ。

倫子の子女に比べて明子の子女は男児の出世が少しずつ遅く、女児の嫁ぎ先も劣っていた。それで次男の頼宗《よりむね》と六男の長家《ながいえ》は温厚な人柄で頼通からも信頼されているのだが、三男の顕信《あきのぶ》は道長から冷遇されたことが不満で若くして出家していた。

四男の能信も道長に対して不満を抱え、若いころは何かにつけて反抗していた。だが敦明親王の東宮辞退をめぐって功績があったことから公卿に取り立てられ、三十三歳となったいまは権大納言に昇っていた。

冷遇されることの多かった妍子と禎子内親王を一人で支え続けてきたのが能信だった。そのため妍子の強い要望でこの場に招かれたのだ。

道長は能信の方に目を向けた。

「能信どの。そなたが妍子と禎子内親王に尽くしてくれたことは伝え聞いております。内親王の父の三条帝はすでに亡く、祖父のわたしの寿命も尽きようとしています。もしも禎子内親王に皇子が生まれたら、そなたがわたしの代わりに後見となっていただけますね」

能信は無言で頭を下げた。

七年後、禎子内親王は男児を生む。女児二人を産んだあとの待望の男児であった。

尊仁《たかひと》親王と呼ばれた。

東宮敦良親王にとっては嬉子が生んだ親仁親王に次ぐ第二皇子だ。

帝（後一条帝）が皇嗣の皇子を遺さずに崩御されたあと、東宮が即位して後朱雀帝となる。

のちのことになるが、後朱雀帝が崩御されたあと、賢子が乳母を務めた第一皇子の親仁親王が即位して後冷泉帝となり、禎子内親王が産んだ第二皇子の尊仁親王が東宮に立てられる。

後冷泉帝は二十一歳で即位したため、皇子の誕生が期待された。

東宮の尊仁親王は長く公卿たちに冷遇され続け、何度か廃太子の危機もあったのだが、能信はただ一人の後見として、東宮（のちの後三条帝）を支え続けることになる。

能信は七十一歳まで生きたが、あとわずかのところで尊仁親王の即位を見ることはなかった。だがこの後三条帝が、新たな時代を切り拓くことになる。


妍子と和解したことで、道長はいくぶん元気を回復した。

逆に妍子は娘の入内で気が緩んだのか、翌日に病魔に倒れ、ほどなく息を引き取ることになった。

妍子の死は、和解が成立した直後だっただけに、道長には衝撃だったようだ。

報せを聞いてもすぐには現実のことと受け止めることができなかった。

六十二年も生きてきて、最後にこのような悲しみに出会うとは、神仏も何という無慈悲なことをなさるのか……。

道長は見舞いに訪れた側近たちの前で何度も慨嘆した。

最期の時が迫っていた。

飲水病に加えて、背中に大きな腫瘍ができ、全身の皮膚がただれ始めていた。激しい下痢が続き、膿汁と赤黒い血にまみれ、もはや身動きもならぬほどであったが、まだ言葉を伝えることはできた。

本人の意思で、道長の体は寝所ではなく、阿弥陀堂に運び込まれた。

十一月二十六日に帝の行幸《みゆき》があった。

孫にあたる後一条帝を迎えるために、道長は寝床から身を起こし、脇息にもたれて帝と対面した。

見るも無惨な姿に帝はただ涙を流すばかりだった。

道長は気力を振り絞って声を発し、長い歴史の中で自分ほど成すべきことをすべて成した者はいないと自分を褒め、帝に感謝の言葉を捧げた。

それ以後、道長は身内の者との面会を拒否した。女院（彰子）にも中宮（威子）にも会わなかった。

ただ世話係の家司に見守られて、九体の阿弥陀仏と対面していた。

十二月二日、背中の大きな腫瘍に針が刺され、膿汁《のうじゅう》を抽出したが、もはや仰向けに寝ることはできなくなっていた。

道長は涅槃《ねはん》を迎えた釈迦の姿そのままに、頭を北に向け、顔は西方に向けて、黄金色に輝く仏の姿を眺めていた。九体の仏の指に糸が結ばれ、そこから長く延ばした九本の糸の先が道長の手の中にあった。九体の仏と糸で結ばれたまま、道長は念仏を唱えた。

十二月四日、道長は息を引き取った。その最期の瞬間まで、口を動かし、念仏を唱え続けていたと伝えられる。


長元《ちょうげん》九年（一〇三六年）四月。

後一条帝（敦成親王）が崩御された。

一歳年下の弟ぎみの東宮敦良親王が即位する（後朱雀帝）。

彰子は二代の帝の国母となった。

翌年、東宮妃であった禎子内親王（妍子の娘）は皇后に格上げされ、関白頼通の養女嫄子《もとこ》が入内して中宮に立てられる。頼通に対して強い対抗心をもっている弟の教通も娘の生子を女御として入内させた。しかし摂関家の娘たちは皇子を産めなかった。

後朱雀帝は二十八歳で即位し、三十七歳で崩御された。

東宮の親仁親王が即位する（後冷泉帝）。

国母となるべき嬉子は亡くなっている。外戚となるはずの道長もすでに没していたが、結果として道長は三代の帝の外戚（母方の祖父）となった。

亡き嬉子に代わって国母に等しい立場となったのは、嬉子の姉で帝にとっては祖母にあたる彰子だった。

この時点で彰子は五十八歳。八十七歳まで生きる彰子にとってはまだ壮年期といえた。

亡き一条帝が夢見た親政による荘園整理は、上東門院彰子のもとで着々と実現されていた。かたわらには香子がいた。荘園整理は香子の父の為時の理念でもあった。

最初に荘園整理令を発したのは亡くなった後朱雀帝（彰子の次男の敦良親王）だった。長久《ちょうきゅう》の荘園整理令と呼ばれるこの改革によって、新たに開墾される荘園からは無税の特権が剝奪されることになった。改革を実際に推進したのは、摂関家の家司たちだった。氏の長者は弟の頼通だったが、彰子は摂関家の家司を差配していた。

孫の後冷泉帝（母は嬉子、乳母は賢子、養母は禎子）の時代になると改革はさらに進んだ。寛徳《かんとく》の荘園整理令と呼ばれる新たな改革では、前任の国司長官の代に遡って課税強化が実施されることになった。朝廷の財政再建が進み、摂関家の収入は大幅に減少する。最大の損失を受けるのは関白の頼通だが、温和な頼通は姉の改革を阻止できなかった。

失望した頼通は宇治に平等院鳳凰堂を建てて引きこもることになった。

頼通の姉に対するわずかな抵抗は、平等院に寄進された荘園に限っては無税の特権（不輸の権）が得られるようにと懇願することで、これはかろうじて認められた。頼通は自らが所有する領地を次々に平等院に寄進して何とか財産の一部を守ることができた。

後冷泉帝のもとにも摂関家の娘が次々に入内したのだがいずれも皇子を産めなかった。一方、暫定的に皇嗣とされた尊仁親王の母は皇女の禎子内親王（三条帝皇女）だ。やがて外戚をもたぬ尊仁親王（後三条帝）が即位することになる。

後三条帝は祖母の彰子、母の禎子に見守られながら、さらに大胆な荘園整理を実現することになる。延久《えんきゅう》の善政と呼ばれる改革では、租税を逃れるための不正な荘園を調査、摘発、没収する権限を、国司の手から離して、記録荘園券契所《けんけいじょ》という役所を新設して全国調査にあたらせた。この改革を推進したのは、彰子の叔父にあたる源重信《しげざね》の孫の経長《つねなが》と、赤染衛門《あかぞめえもん》の曾孫にあたる大江匡房《おおえのまさふさ》で、摂関家と縁のない二人は名義だけの荘園を何代も前に遡って摘発し、容赦なく租税を徴収した。

この改革は後三条帝の跡を継いだ白河《しらかわ》帝に継承される。

摂関家から疎まれていた東宮時代の尊仁親王のもとには、娘を入内させようという公卿も現れなかった。後見となっていた能信には娘がなかったので、道長のもとで長く内大臣を務めた藤原公季の曾孫にあたる茂子《しげこ》を自らの養女として東宮のもとに送り込んだ。東宮妃ではなく御息所《みやすんどころ》という低い扱いであったが、茂子は男児（貞仁《さだひと》親王）を産んだ。この男児こそが院政によって荘園整理を完成させ、新たな世を拓く白河帝だ。

治天《ちてん》の君《きみ》と称されるほどの独裁政権を築いた白河帝は、地方の武士を積極的に登用し、摘発を免れようとする地方豪族を武力によって制圧することになる。

菅原道真が提唱し、一条帝が夢見ていた荘園整理は、ついに現実のものとなった。

その結果、平安貴族は衰退し、帝による親政が続くことになったが、やがては武士の世が起こることになる。だがそれはのちの話だ。

紫 式部《むらさきしきぶ》と呼ばれた香子の没年はわかっていない。

香子が仕えた上東門院彰子は八十七歳まで生き、実子《うみのこ》の後一条帝、後朱雀帝、孫にあたる後冷泉帝、後三条帝が親政を実現し、荘園整理の成果を挙げていくさまを生きている間に見ることができた。彰子が亡くなったのは曾孫の白河帝が即位した二年後のことだ。

長く生きれば数多くの喜びが得られるが、多くの悲しみも体験することになる。彰子は夫の一条帝を見送っただけでなく、自らが育てあげた子や孫にあたる四人の帝がことごとく崩御し、三人の同母妹や孫たちが去っていくさまにも遭遇することになった。

香子はそのような悲しみとは無縁だった。娘の大弐三位賢子は八十四歳まで生きたから、娘の死に遭遇することはなかったはずだ。

人の一生には限りがある。

誰にも死の時は迫ってくる。

人生の大半を香子は彰子とともに過ごした。

鴨川の堤の上にある香子の生家の大路を挟んだところに土御門殿があり、彰子はそこで産まれた。それから長い年月が経過した。平安宮の内裏や一条院に移り住んだこともあったが、出産の時は生家に戻り、太皇太后、女院となってからは、土御門殿を本拠としていた。

香子はつねに彰子のそばにいた。だが年老いてからは自邸に戻り、時おり土御門殿を訪ねるだけになった。

やがて彰子は土御門殿を子息の御一条帝の皇女で妹の威子の娘でもある章子《あきこ》内親王（後冷泉帝中宮のちの二条門院）に譲り、鴨川を渡った東山の麓の閑静な白河院に移り住んだ。摂関家の祖ともいえる初代摂政良房《よしふさ》が別荘として開いた地だ。のちには白河帝がその地に法勝寺《ほっしょうじ》を建立し、隣地の白河北殿を院政の本拠地とすることになる。

彰子が洛東に移ったことで、香子が彰子のもとを訪ねることもなくなった。鴨川にはまだ橋がなかった。輿で行くにしても足場のよくない浅瀬を渡ることになる。高齢となった身には負担だった。

香子は自邸に引きこもって、最期の時を迎えようとしていた。

「その時が来たようね」

香子はつぶやいた。

「残念だけど、そのようね」

天后媽祖が応えた。

香子は軽い頭痛と体のけだるさを覚えて床に着いていた。若いころなら頭が痛いくらいで寝込むようなことはなかったのだが。

香子は自らの老いを感じていた。

「ずいぶん長く生きてしまったわ」

香子が語りかけると、天后媽祖は笑い声を立てた。

「式神の命《いのち》に比べたら、あなたの人生は短い蠟燭《ろうそく》が燃え尽きるくらいのものよ」

「それでもわたしにとっては長すぎた。少し疲れたわね」

「あなたは成し遂げたのよ。安倍晴明の予言のとおりになったわ」

「国の親となり、帝王の上なき位に昇る……というのは、上東門院彰子さまよ。わたしはそばにいただけ」

「あなたが彰子さまを育てたのよ。四代の帝もあなたの教えを受けた」

「彰子さまの孫の皇子たちは、皆で育てたのよ。彰子さまと、わたしと、禎子内親王、それに、乳母の賢子もいたわね」

「女たちが、国の在り方を改め、新たな国を築いたのよ」

「それでよかったのかしら。教えて、千里眼……」

すかさず千里眼の声が響いた。

「貴族の世が終わり新たな世が起こる」

続いて順風耳の声。

「源氏の物語は千年後にも読み継がれる」

ああ、源氏の物語……。

そんなものを書いていたこともあった。

遠い昔のような気がする。

まだ少女だったころに、母方の曾祖父の隠居所を訪ねた。

大雲寺《だいうんじ》。瘧《おこり》の発作に効能のある滝が近くにあり、修験者たちが加持祈禱で病人を癒していた。

霊場を訪ねた貴公子が、そこで出会った少女を養女として育て、やがて妻とする物語。

若紫《わかむらさき》と呼ばれる巻に登場してのちに「紫の上」と称される少女の物語を読んだ土御門殿の女房たちが、作者のことを紫式部と呼んでくれた。

紫式部の命の炎はいま燃え尽きようとしている。

それでも若紫の物語は、人から人へ語り継がれていくことだろう。

「式神さん……」

甘い眠りのようなものに包まれながら、香子は目を凝らした。

あたりは夜になっている。

闇の中に、式神の姿が、かすかに見えてくるようだった。

香子がまだ少女だったころに、一条戻橋の先にある晴明の道場で見た、薄汚れた衣をまとい髪が縮れて逆立った童女《わらわめ》が、あの時とまったく同じ姿でいまも香子の目の前にあった。

その童女の足元では鬼火が揺れていた。その青白い炎の中に、鉞《まさかり》を抱えた青い顔の鬼神と、三叉矛《さんさほこ》を手にした赤い顔の鬼神の姿が見えた。

天后媽祖さん……。

脇に控えているのは千里眼と順風耳ね。

「あなたたちに会えてよかった」

闇に向かって、香子はささやきかけた。

## 天皇家と藤原家の姻戚関係図〈1〉

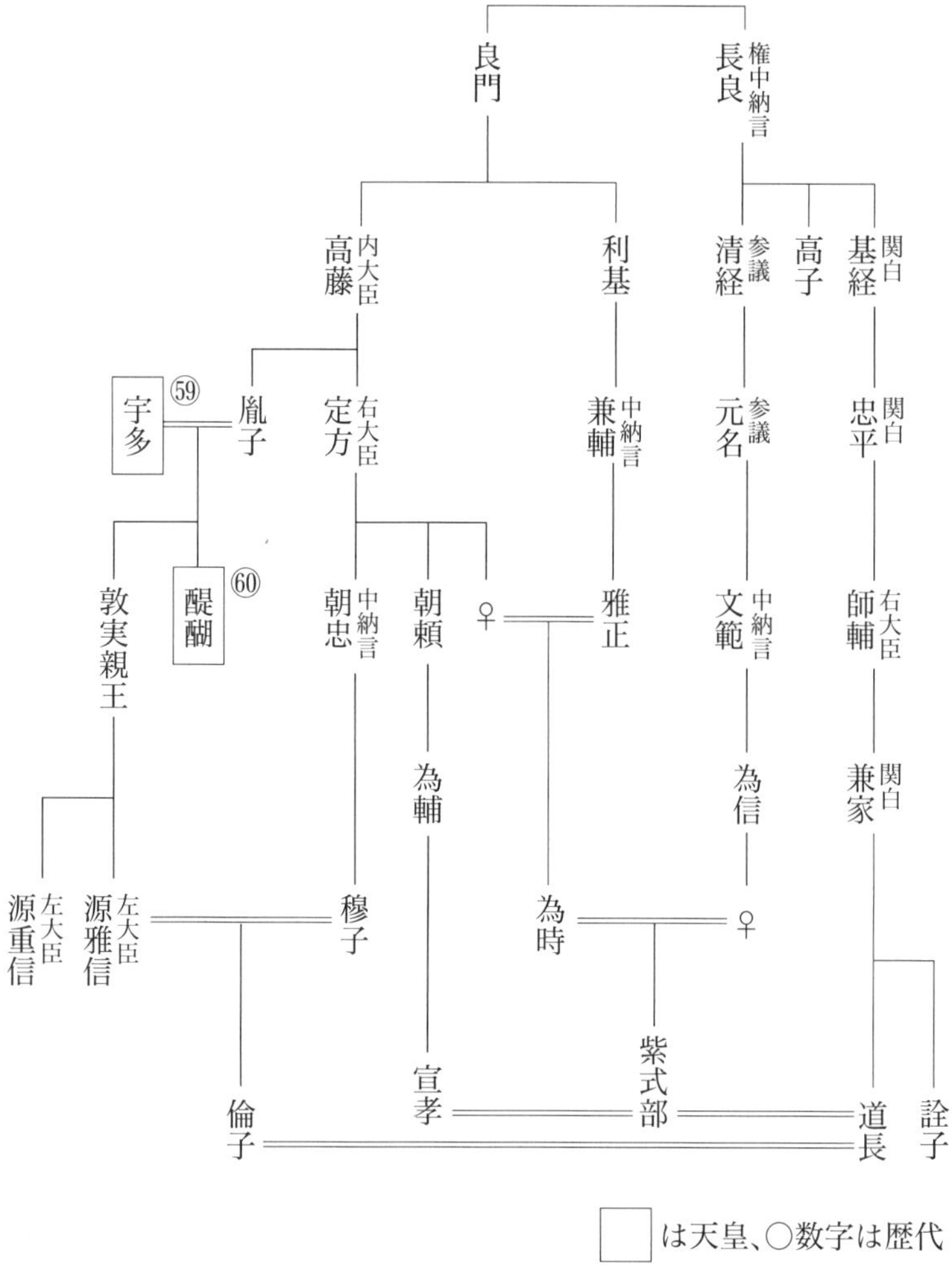

**著者略歴**
三田誠広（みた・まさひろ）
一九四八年、大阪生まれ。
早稲田大学文学部卒業。
七七年『僕って何』で芥川賞受賞。
著書＝『いちご同盟』『鹿の王』『釈迦と維摩』『桓武天皇』『空海』『日蓮』『親鸞』『尼将軍』『天海』『新釈 罪と罰』『新釈 白痴』『新釈 悪霊』『偉大な罪人の生涯』他多数。

# 光《ひかり》と陰《かげ》の紫《むらさき》式部《しきぶ》

二〇二三年四月二〇日第一刷印刷
二〇二三年四月二五日第一刷発行

著　者　三田誠広
装　幀　小川惟久
発行者　青木誠也
発行所　株式会社 作品社

〒一〇二-〇〇七二
東京都千代田区飯田橋二ノ七ノ四
電話　（〇三）三二六二-九七五三
FAX　（〇三）三二六二-九七五七
https://www.sakuhinsha.com
振替　〇〇一六〇-三-二七一八三

印刷・製本　シナノ印刷㈱
本文組版　㈲マーリンクレイン
落・乱丁本はお取り替え致します
定価はカバーに表示してあります


ISBN978-4-86182-975-8 C0093

# 参考文献


『二条の后藤原高子』角田文衞（幻戯書房）
『一条天皇』倉本一宏（吉川弘文館人物叢書）
『藤原彰子』服藤早苗（吉川弘文館人物叢書）
『安倍晴明』斎藤英喜（ミネルヴァ書房）
『藤原道長』山中裕（吉川弘文館人物叢書）
『紫式部日記　全訳注』宮崎荘平（講談社学術文庫）
『現代語訳　小右記』倉本一宏（吉川弘文館）
『藤原行成「権記」全現代語訳』倉本一宏（講談社学術文庫）

## 天皇家と藤原家の姻戚関係図〈2〉

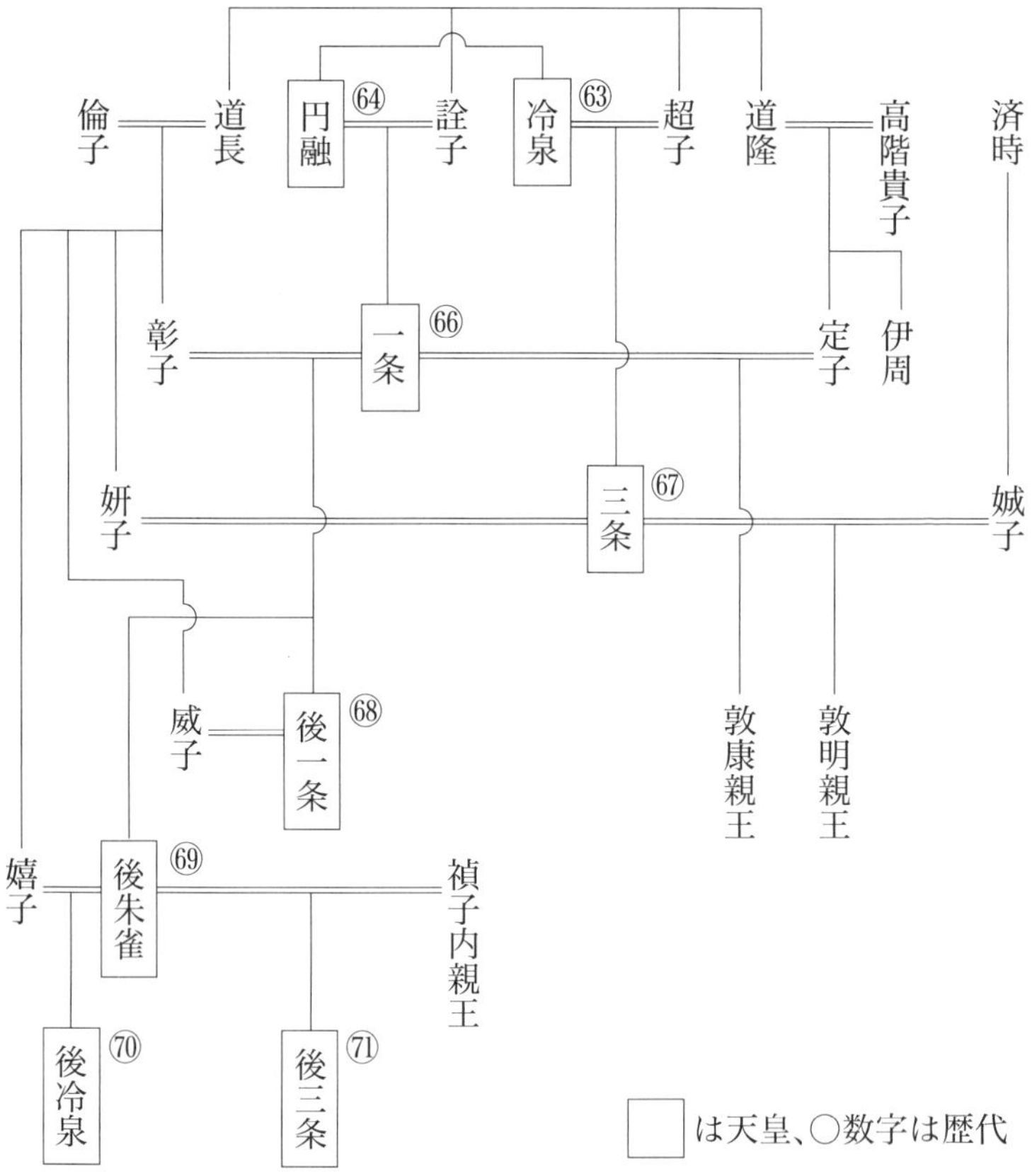


□は天皇、○数字は歴代